MIA HARPER

Willow Springs

Feeling Home

MIA HARPER

Willow Springs

Feeling Home

Roman

ISBN 978-3-98751-015-1

More ist eine Marke der Aufbau Verlage GmbH & Co. KG

1. Auflage 2023
© Aufbau Verlage GmbH & Co. KG, Berlin 2022
Satz Greiner & Reichel, Köln
Druck und Binden CPI books GmbH, Leck, Germany
Printed in Germany

www.aufbau-verlage.de

Kapitel 1

Sei ehrlich, Ceecee. Wie schlimm ist es? Kommt er durch?«
Liz DeWitt konnte beinahe körperlich spüren, wie sich ihre beste Freundin am anderen Ende der Telefonleitung wand. Ceecee hasste es, schlechte Nachrichten zu überbringen, das war schon immer so gewesen. Bereits im Kindergarten hatte sie es kaum über sich bringen können, Liz zu sagen, wenn ein Kuscheltier ein Auge eingebüßt oder sie einen Buntstift verloren hatte. Später in der Junior High hatte sich das fortgesetzt, als Ceecees Eltern sie für die großen Ferien zu ihrer Großmutter nach Idaho hatten schicken wollen. Geschlagene drei Wochen hatte sie gebraucht, bis sie Liz endlich gestehen konnte, dass aus den vielen gemeinsamen Plänen für den Sommer wohl nichts werden würde. Inmitten ihrer Angst und Sorge fühlte Liz ein kleines warmes Glimmen der Vertrautheit: Wäre die Lage nicht so ernst gewesen, hätte sie grinsen müssen. Denn wenn es hart auf hart kam, war auf Ceecee immer Verlass. Sie wusste, wann Liz sie brauchte, und würde sie niemals belügen.

Und auch diesmal enttäuschte die Freundin sie nicht. »Die Ärzte meinen, es wäre noch zu früh, etwas Definitives zu sagen. Sie haben Jack jetzt erst einmal ins künstliche Koma versetzt. Was sagt denn Tante Georgia?«

»Du weißt doch, wie sie ist. Sie möchte auf keinen Fall, dass ich mir unnötig Sorgen mache. Deswegen frage ich ja dich. Aber Ceecee ... ihre Stimme hat so furchtbar gezittert, ich glaube, sie hätte beinahe geweint.«

»Oh.«

»Ja, oh.« Liz ließ sich aufs Sofa fallen und sah aus dem Fenster. Draußen konnte sie zwischen zwei Häusern ein Stück blauen Himmel erhaschen. Es herrschte strahlender Sonnenschein, wie so oft in San Francisco Anfang Mai, wenn die Touristensaison begann. Doch diesmal konnte selbst die Aussicht auf die wärmere Jahreszeit ihre Stimmung kein bisschen heben. Liz war bei ihrer Tante Georgia und deren Mann Jack aufgewachsen, und bessere Eltern hätte sie sich nicht wünschen können. Daher wusste sie genau wie ihre Freundin Ceecee, dass Georgia normalerweise ein Fels in der Brandung war. Sie hatte für fast alles Verständnis, und irgendwie schaffte sie es stets, für die verzwicktesten Situationen die passende Lösung zu finden – ganz gleich, ob es dabei um berufliche Krisen oder private Katastrophen ging. Zu Georgia ging jeder in ihrem Heimatort Willow Springs, sobald er oder sie in Schwierigkeiten war. Schließlich bekam ihre Tante fast alles aufs Beste geregelt, ohne auch nur einmal die Ruhe, geschweige denn die Fassung zu verlieren. Liz konnte sich nicht erinnern, sie je weinen gesehen zu haben. Wenn Georgia sich nicht mehr im Griff hatte, dann musste es um Liz' Onkel wirklich, wirklich schlimm stehen.

»Vielleicht sollte ich lieber noch Rob fragen, wie er die Situation einschätzt. Immerhin ist er Mediziner.«

Ceecee gab ein undefinierbares Geräusch von sich. Liz

konnte sich nicht entscheiden, ob es ein Lachen, ein Ächzen oder ein Stöhnen sein sollte. »Mediziner! Er ist Tierarzt. Nicht dass Mathilda bei ihm nicht in guten Händen wäre, aber ich glaube kaum, dass er irgendeine sinnvolle Diagnose stellen kann, wenn ein fast Siebzigjähriger von einer Leiter fällt.«

Jetzt musste Liz doch lächeln. Mathilda war Ceecees heiß geliebte Border-Terrier-Dame und mit ihren fast 14 Jahren schon ein richtiger Hundemethusalem. Vom Futter über das Trainingsprogramm bis hin zur Hundesitterin war für Matty nur das Allerbeste gut genug. Dass Ceecee die Hündin ihrem alten Schulfreund Rob anvertraute, hieß vermutlich, dass es in den umliegenden drei Counties keinen besseren Tierarzt als ihn gab. Liz hätte ohnehin nie daran gezweifelt, und das nicht nur, weil Rob immer noch ihr bester Freund war.

Aber phantastischer Hundedoc hin oder her – der Einwand ihrer Freundin war durchaus berechtigt. Wenn schon die behandelnden Ärzte nichts Genaues über Jacks Zustand sagen konnten oder wollten, was sollte ihr dann jemand nützen, der die Wehwehchen von Schmusetieren wie Mathilda kurierte?

»Du hast natürlich recht, das ist Blödsinn«, sagte sie. »Und egal, was Georgia meint, ich sollte mir die Sache selbst ansehen. Ich würde es mir nie verzeihen, wenn ...«

Es schnürte sich ihr unwillkürlich die Kehle zu. Die Vorstellung, dass ihrem Ziehvater etwas Schlimmes passieren könnte, er womöglich starb, und sie nicht für ihn da sein konnte, war einfach zu schrecklich.

Ceecees mitfühlende Stimme unterbrach ihre trüben Gedanken. »Das klingt jetzt vielleicht seltsam, aber ... Hast du dir schon einmal überlegt, ob das nicht ein Zeichen des Himmels ist? Ich weiß nämlich genau, wie sehr du Heimweh nach Willow Springs hast, auch wenn du immer wieder versuchst, das zu überspielen. Das merkt jeder, der dich auch nur ein bisschen kennt. Ganz abgesehen davon könnte ich jemand Begabtes wie dich im *Lakeview* wunderbar gebrauchen.«

Liz holte tief Luft, doch bevor sie etwas sagen konnte, unterbrach ihre Freundin sie bereits wieder.

»Nein, nein, lass mich ausreden, bitte. Ich meine natürlich nicht, dass ich dich hier als Köchin anstellen will. Schließlich könnte ich mir gar nicht leisten, dich aus *dem* vegetarischen Gourmettempel von Frisco abzuwerben. Ich hatte eher gehofft, dass du meine Partnerin wirst. Immerhin sprichst du schon ganz schön lange davon, wie sehr dich deine liebe Chefin nervt. Und ob es nicht Zeit für was eigenes wäre.«

»Ja ...« Liz zögerte, bevor sie sich einen Ruck gab. »Ja, du hast recht, das habe ich schon gesagt. Und es stimmt auch, Marybelle wird immer verrückter, besonders was meine Arbeitszeiten angeht. Aber nach Willow Springs zurückkehren, einfach so, von jetzt auf gleich? Wir wissen doch noch gar nicht, was wirklich mit Onkel Jack los ist. Vielleicht spielt er schon nächste wieder Woche Golf mit deinem Dad, als wäre nichts gewesen. Außerdem ... Ich weiß ja nicht, was du dir vorstellst, aber so riesig sind meine finanziellen Reserven dann auch nicht, als dass ich mich irgendwo einkaufen könnte. Erst recht nicht beim unumstrittenen Gourmettempel«, sie dehnte das Wort, »von Willow Springs.« Das war nur halb geschmeichelt. Sie wusste, welche hohen Ansprüche ihre Freundin an alles stellte, was in ihrem Café serviert wurde. Es war kein Wunder, dass mit jedem Jahr die Umsätze stiegen; bestimmt wurde das *Lakeview* in jedem Reiseführer erwähnt, in dem auch Willow Springs vorkam. Und bei den Einheimischen war es seit der Eröffnung vor gut sechs Jahren so oder so eine feste Größe.

Ceecee lachte. »Du und dein Können sind Gold wert. Frisches Kapital haben wir eigentlich nicht nötig, es sei denn, du willst drei neue Dampfgarer anschaffen, oder was auch immer Genies der modernen vegetarischen Cuisine sonst so brauchen.« Sie machte eine Pause und wurde wieder ernst. »Nein, ehrlich, Liz, ich muss zugeben, ich bewege das bereits eine ganze Weile in meinem Herzen. Du kommst kaum noch nach Hause, weil du dich jedes Mal fast nicht losreißen kannst, wenn du wieder fahren musst, stimmt's? Und bei deinem letzten Besuch ist es dir noch schwerer gefallen als sonst. Oder warum sonst hast du den Flug so oft verschoben, bis man den Wutschrei deiner Marybelle quasi bis nach Greenwood County hören konnte? Mir kannst du nichts vormachen, meine Süße.«

Liz zuckte zusammen. Es stimmte, manchmal wollte sie gar nicht nach Hause fahren, weil sie wusste, wie weh ihr der Abschied tun würde. Und bei ihrem Besuch im Dezember hatte sie den Flug zweimal verschoben und ihre Chefin mit fadenscheinigen Ausreden vertröstet. Bis zu diesem Zeitpunkt hatte sie dennoch insgeheim gehofft, es wäre niemandem aufgefallen. Sie wollte nicht, dass sich Freunde und Familie Sorgen machten, ob es ihr gut ging. Kommentiert hatte die Verschieberei zumindest weder Ceecee noch Rob, und auch Georgia und Jack hatten sie mit keiner Silbe wieder erwähnt. Wobei, wenn sie sich überlegte, wie viele Fotos aus Willow Springs ihr Onkel ihr seitdem per Messenger App geschickt hatte ... Vielleicht war sie doch nicht so ungerührt erschienen, wie sie geglaubt und gehofft hatte?

Ceecee redete unterdessen schon weiter: »... und jetzt, wo Cal und ich uns endlich verlobt haben und bald heiraten, will ich auch nicht mehr lange mit dem Kinderkriegen warten. Du weißt ja, ich will einen ganzen Stall voller Babys, und Cal auch. Wem sollte ich dann das *Lakeview* anvertrauen, wenn nicht meiner besten Freundin?« Ihre Stimme bekam diesen bittenden Unterton, dem eigentlich niemand widerstehen konnte. Eine sehr praktische Eigenschaft, wie Liz und Rob schon in der Grundschule herausgefunden hatten, besonders wenn sie gemeinsam etwas ausgefressen hatten.

Allerdings ließ Liz sich nicht so leicht beeindrucken. »Sei nicht böse, Cee, dass ich hier vor Begeisterung nicht gleich ausflippe. Ja, ich gebe mich geschlagen, ich habe schon ein bisschen Heimweh nach euch und Willow Springs. Trotzdem, ich muss erst mal darüber nachdenken. Selbst wenn es ein wirklich tolles Angebot ist und ich dir total dankbar dafür bin. Nur bin ich irgendwie kaum imstande, an etwas anderes zu denken als an Jack und Georgia.« Wieder stellte sie fest, wie ihre Stimme ins Zittern kam. Sie holte tief Luft, um dagegen anzukämpfen. »Das ist alles ein bisschen sehr viel im Moment. Und deswegen ist es vermutlich auch nicht besonders klug, wenn ich gerade jetzt solche Entscheidungen treffe«, erwiderte sie langsam.

»Das verstehe ich doch, Liz. Es tut mir auch total leid, wenn ich dich damit einfach so überfalle. Für dich kommt das natürlich sehr plötzlich, aber ich habe wirklich schon lange darüber nachgedacht. Sehr lange sogar.« Im Hintergrund konnte Liz ein leises Klirren hören; vermutlich griff Ceecee nach einer Tasse, die natürlich mit ihrem Lieblingsgetränk Kaffee gefüllt war.

»Versprich mir einfach nur, darüber nachzudenken. Wäre das nicht schön, wir zwei wieder vereint in Willow Springs?«

Liz seufzte. »Versprochen, Ceecee.« Sie hielt kurz inne. »Wirklich, Cee, das mache ich. Ich denke ernsthaft darüber nach. Aber zuerst buche ich jetzt einen Flug zu euch. Ich will mir selbst ein Bild machen.«

»Recht hast du, Liz. Wenn du magst, sage ich Georgia Bescheid – am besten aber erst, nachdem du im Flieger sitzt. Und Dad kann dich abholen. Der weiß sowieso nicht, wohin mit sich, seit sein bester Kumpel im Koma liegt.«

»Ach, Cee, was würde ich nur ohne dich machen? Ich danke dir. Ich melde mich, sobald ich hier alles geregelt habe. Bye.«

»Keine Ursache. Ich freue mich so, dass du kommst! Auch wenn der Anlass natürlich kein schöner ist. Trotzdem, ich freue mich. Bis bald.«

Sie legten auf. Liz hielt das Telefon noch einen Augenblick in der Hand, bevor sie es gedankenverloren neben sich auf das orangefarbene Sofa fallen ließ. *Wir beide wieder vereint in Willow Springs*, hallte die Stimme ihrer Freundin in ihr nach. Ihr Blick glitt durch ihre Einzimmerwohnung, die angesichts der Mietpreise in der San Francisco Bay Area mit 35 Quadratmetern geradezu fürstliche Ausmaße hatte, und blieb am gerahmten Foto auf dem Sideboard hängen.

Sie, Rob und Ceecee im Sommer vor ihrem Abschlussball – damals waren sie noch die drei Musketiere gewesen. Rob mit seinem zuversichtlichen Grinsen und den ebenmäßigen Gesichtszügen. »Wie gemeißelt«, sagte Tante Georgia immer gern. Und Ceecee mit den seidig glatten braunen Haaren, dem Funkeln in den lachenden blauen Augen und diesem Porzellanteint, der selbst auf einem Foto diesen ganz besonderen Glow ausstrahlte. Kein Wunder, dass die beiden in ihrer Jahrgangsstufe gemeinsam Prom Queen und Prom King geworden waren. Zwar war Ceecee damals mit ihrem jetzigen Verlobten Cal auf dem Ball erschienen, der in Milwaukee schon Jura studiert hatte, aber daran hatte sich niemand weiter gestört. Und zu guter Letzt Liz selbst als Dritte auf dem Foto, mit weißblonden Locken und den zum Kussmund geschürzten Lippen. Der Kussmund war für Onkel Jack bestimmt gewesen, dessen Leidenschaft fürs Fotografieren nur noch von seiner Leidenschaft fürs Fischen übertroffen wurde.

Sie schloss die Augen.

Neue Bilder tauchten vor ihr auf: von den Ahornbäumen, die sich im Wasser des Pine Lake spiegelten, von Ceecee und Rob, wie sie auf den Stufen der Tierarztpraxis von Robs Eltern frische Muffins gegessen hatten, von Tante Georgia, wie sie mit Ceecees Vater über endlos lange Tabellen über den Schreibtisch gebeugt saß, von Onkel Jack, wie er sie fest an der Hand gehalten hatte, wenn sie durch den Schnee zum sonntäglichen Gottesdienst in St. Mark's gestapft waren, oder wie er sie jahrelang zum Treffen der Girls Scouts drei Orte weiter gefahren hatte. Wie er ihr als Kind gezeigt hatte, wie man den Wurm am Haken befestigen musste, wenn man den größten Fisch im Clam River fangen wollte. Von seiner komischen Verzweiflung, als sie ihm mit 13 Jahren erklärt hatte, dass sie nie, nie, nie wieder ein Tier essen wollte – »und das gilt auch für Würmer und für Fische sowieso« –, und von seinem Stolz, als Georgia und er sie vor zwei Monaten hier in San Francisco besucht und sie den beiden den schönsten Tisch im *Marybelle's* reserviert hatte.

Unvermittelt liefen ihr Tränen über die Wangen. Sie heulte und schluchzte, bis sie sich innerlich ganz leer fühlte und ihre Augen brannten. Dann erst setzte sie sich auf, wischte sich über die Wangen und holte dreimal tief Luft, bis ihr Atem wieder ganz ruhig ging.

Nein, sie konnte nicht glauben, dass Onkel Jack sterben sollte. Das war schlicht und ergreifend unmöglich. Er hatte noch so viel vor in seinem Leben, und Tante Georgia brauchte ihn so sehr! Es konnte nicht sein, dass ausgerechnet jemand wie er so früh gehen sollte. Jemand, der immer nur das Beste in anderen Menschen sah, der so liebenswürdig und einzigartig war. Entschlossen schüttelte sie den Kopf.

Etwas anderes hatte hingegen ein Ende gefunden, das war ihr in den vergangenen Minuten klar geworden. Ihre Zeit in San Francisco war vorbei. Wenn sie ehrlich zu sich war, hatte sie das schon lange gewusst, nicht nur dann, wenn sie das Heimweh nach Willow Springs umgetrieben hatte. Das lag nicht etwa an »The City«, wie die Einheimischen San Francisco gern nannten: In den vergangenen drei Jahren hatte sie sich hier richtig wohlgefühlt, in dieser verrückten Stadt mit der charmanten Architektur und der quirligen Gastroszene, in dem jede noch so ausgefallene kulinarische Idee ihre Fans fand, bis sie vom nächsten abgefahrenen Trend abgelöst wurde. Sie hatte den einen oder anderen besonderen Menschen kennengelernt, Freunde gewonnen, die sie sicherlich in Zukunft vermissen würde. Lange hatte sie sogar geglaubt, dass sie nach ihrer Zeit am *Culinary Institute* in Vermont und den Wanderjahren in Europa endlich wieder einen Ruhepol gefunden hatte, eine neue Heimat, von der sie sich durchaus vorstellen konnte, hierzubleiben und eine Zukunft aufzubauen. Der Job als Küchenchefin im *Marybelle's*, einem von San Franciscos erfolgreichsten vegetarischen Restaurants, war dabei das Tüpfelchen auf dem i gewesen. Sie hatte die Herausforderung und den Erfolg lange Zeit mit jedem Tag neu genossen.

Trotzdem, in den seltenen Minuten, in denen sie ganz tief in sich hineingespürt hatte, war ihr immer bewusst gewesen, dass sie im Grunde nicht bleiben, dass sie diese Stadt irgendwann wieder verlassen würde. Egal, wie schön das Leben hier sein konnte, wie aufregend, wundervoll und besonders. Denn sie gehörte nicht hierher: Nein, sie gehörte zu ihrer Familie, nach Wisconsin, nach Willow Springs. Zu den Seen und Wäldern der Northern Highlands, wo die Luft an einem Frühlingsabend klarer und würziger riechen konnte als jeder noch so sorgfältig ausbalancierte Designer-Gin. Zu den Leuten in Greenwood County, die man in einer Großstadt wie San Francisco sicher als Hinterwäldler betrachtete, die aber bei aller Knurrigkeit und seltsamen Gewohnheiten doch unglaublich großzügig und warmherzig sein konnten. Außerdem gab es in dem für seine Milchwirtschaft bekannten Wisconsin nun einmal den leckersten Blauschimmelkäse der Welt – wenn man vielleicht vom englischen Stilton absah. Aber wirklich nur ganz vielleicht.

Zum ersten Mal seit Jahren gestand sie sich zu, diesen Gedanken Raum zu geben: Zu fern war ihr die Möglichkeit erschienen, tatsächlich einmal dorthin zurückkehren zu können. Doch jetzt – Liz konnte nicht anders, sie musste auf einmal lachen, weil sie sich trotz aller Sorge um Jack so fühlte, als wäre ihr eine riesige Last von den Schultern gefallen – schien es, als würde ihr das Schicksal eine einmalige Chance gewähren. Warum war sie nur nicht früher darauf gekommen? Denn Kochen konnte sie auch dort, an der Seite ihrer liebsten und ältesten Freundin, der vermutlich geschäftstüchtigsten und ganz bestimmt schönsten Gastronomiebesitzerin, die Greenwood County je gesehen hatte.

Liz stand auf, putzte sich die Nase, strich die Haare zurück und straffte die Schultern. Sie hatte noch jede Menge zu erledigen.

Es war Zeit, nach Hause zurückzukehren.

Kapitel 2

Joe Mariani spazierte entspannt die Hauptstraße von Willow Springs entlang. Er sog tief die Luft ein und spürte ihr im Rachen nach, bis sie seine Lunge komplett ausfüllte. Sie hatte dieses ganz besondere Aroma, das er so nur aus seinem neuen Wohnort kannte, wie frisch gewaschen, mit einem ganz leicht harzigen Unterton. Eins war mal sicher: So eine Luft gab es in New York City nicht.

Joe war in New York geboren und aufgewachsen und hatte die ersten 33 seiner 34 Lebensjahre dort verbracht. Nicht, dass er nie rausgekommen wäre – *nonna* Francesca und *nonno* Gianni hatten natürlich dafür gesorgt, dass er den Rest der Familie in *bella Napoli* kennenlernte. Auch wenn sie selbst schon als Kinder mit ihren Eltern nach New York übersiedelt waren, galt ihnen Neapel immer noch als richtige Heimat. Sooft es ging, hatten sie daher ihre zahlreichen Enkelkinder zu deren ähnlich zahlreichen Cousins und Cousinen mitgenommen, und Joe hatte allerbeste Erinnerungen an so manchen heißen Sommertag im Land seiner Vorfahren. Ja, er mochte Italien, und er liebte New York, keine Frage, und vermutlich würde er irgendwann auch dorthin zurückkehren. Trotzdem, so gut wie in Willow Springs roch es weder in Little Italy noch in San Lorenzo.

Er war mittlerweile sogar überzeugt davon, dass ein einzelner tiefer Atemzug hier ihn wacher und ausgeglichener machte als zehn normale irgendwo anders.

Überhaupt hatte das Leben im nördlichen Wisconsin jede Menge Vorteile. Als Chief of Police war das Leben hier deutlich stressärmer und längst nicht so hektisch wie als Cop beim NYPD. Lebensgefährliche Situationen waren Mangelware. Für Joe war das einer der ausschlaggebenden Gründe für seinen Umzug gewesen. Natürlich gab es auch Schlägereien oder den einen oder anderen Diebstahl, und erst neulich hatte er sogar in einer Unfallsache mit Fahrerflucht ermitteln müssen. Und klar, Touristen tummelten sich hier fast so viele wie im Big Apple, was einige der üblichen Probleme mit sich brachte – aber erstaunlicherweise waren die Leute alle wesentlich besser drauf. Musste an der Reizüberflutung in der Ostküstenmetropole liegen. In seiner Heimatstadt wusste man bei Touris eigentlich nie, was sie für plötzliche Persönlichkeitsveränderungen durchmachen würden. Nur ein New Yorker kam mit New York eben so zurecht wie ... na ja, wie ein New Yorker. Die ganzen Hiker, Angler und Familien, die es nach Wisconsin zog, benahmen sich hingegen fast durchweg gesittet. Deswegen waren Joe und sein Team auch mehr mit dem beschäftigt, was man so Prävention und Bürgernähe nannte. Auch keine schlechte Aufgabe; es gab sogar Momente, bei denen sich er sich als »Freund und Helfer« ausgesprochen wohlfühlte. Wenn seine früheren Kollegen wüssten, wie viel Spaß ihm zum Beispiel die Verkehrserziehung in der Grundschule machte!

Joe schüttelte über sich selbst den Kopf und bog von der

Wausau Avenue schwungvoll in die Main Street ein – also, was man hier in Willow Springs eben als »Avenue« oder »Main Street« bezeichnete, denn im Grunde waren es natürlich wenig mehr als typische Kleinstadtstraßen mit ein paar Läden für Touristen und Einheimische: zwei Geschäfte für Anglerbedarf, die vermutlich seit Generationen im erbitterten Konkurrenzkampf lagen, ein Burgershop, ein Spirituosenladen, der sogar eine ganz ordentliche Auswahl an Craftbier aufzuweisen hatte, ein Minimart und das, was man sonst noch brauchte. Während Joe an der großzügig bemessenen Verkaufsstelle der ansässigen Käserei vorbeilief, stellte er wieder einmal fest, dass er und sein Team sich zwar im Großen und Ganzen gut ausgelastet fühlten, die richtig harten Jungs in Greenwood County allerdings doch eher rar waren. Bestimmt lag auch das an der Luft.

Aber das Schönste an Willow Springs war einfach, dass man jede Menge Platz für sich hatte. Man konnte in Ruhe über das Leben nachdenken oder vielleicht auch nur über den Dienstplan brüten. Wenn man nicht gerade auf der Straße nett gegrüßt wurde. Okay, jetzt war es schon nach 23 Uhr, noch dazu an einem Donnerstag, und um diese Uhrzeit befand sich auf der Main Street von Willow Springs natürlich keine Menschenseele, die ihn hätte grüßen können. Das sollte aber selbstverständlich nicht heißen, dass Joe seine Pflicht vernachlässigte – auch an diesem angenehm warmen Maiabend lief er eine letzte Patrouille, selbst wenn er das eigentlich einem seiner beiden Deputys hätte auftragen oder sich dafür hinter das Steuer seines Dienstwagens klemmen können. Aber er mochte diesen letzten Kontrollgang einfach zu sehr, nicht zuletzt deswegen, weil er so auch seinem Bewegungsdrang nachgehen konnte. Wenn es an seiner neuen Heimat etwas auszusetzen gab, war das in Joes Augen der beklagenswerte Mangel an vernünftigen Fitnessstudios. Er konnte nicht einfach so eine tägliche Runde im Kraftraum des Polizeireviers einlegen, sondern musste bis zum nächsten Gym etliche Meilen fahren. Am Anfang hatte er das ein paar Wochen versucht, dann aber feststellen müssen, dass er das nicht so ganz in seinem täglichen Terminplan unterbrachte – oder vielleicht passte die lange Fahrstrecke auch einfach nicht zu seinem neuen entspannten Lebensstil in Willow Springs. Deshalb war ihm in den letzten Monaten nichts anderes übrig geblieben, als sich nach diversen Outdoor-Sportarten umzusehen. Langsam gewöhnte er sich dran und musste sogar zugeben, dass die auch ihren Charme haben konnten. Besonders das Paddeln hatte es ihm angetan. Er mochte es einfach, wie die Bewegungen seine Arm- und Rückenmuskeln forderten, und das Dahingleiten übers Wasser hatte wirklich etwas für sich. Je nach Tageszeit und Wetter sahen die Seen immer anders aus, und er fand es besonders schön anzuschauen, wenn der Himmel bedeckt war und sich die Wasseroberfläche unter einer leichten Brise kräuselte. Jetzt im Frühling passierte das ziemlich oft, und das stahlgraue Wasser vor dem hellen Grün der frisch belaubten Ahornbäume, die die meisten Ufer säumten ... Ja, das hatte was, das konnte niemand leugnen, fand Joe. Im Sommer würde er sich sogar endlich sein eigenes Boot zulegen; er hatte schon ein passendes Modell im Auge. Bisher lieh er sich das Kanu noch bei George Leadbetter, dem Mädchen für alles in Willow Springs.

Nur Angeln lehnte Joe als Sport grundsätzlich ab – wenn

man stundenlanges Rumsitzen und Schweigen überhaupt als Sport bezeichnen konnte. Manche behaupteten ja, das wäre ausgesprochen meditativ. Nein, ihm war da eine kleine Meditation zu später Stunde hier auf der Main Street wesentlich lieber. Noch dazu, wenn er sich sicher sein konnte, dass sämtliche 3327 Einwohner von Willow Springs brav in ihren Betten lagen und schliefen. Oder sich dort anderen, möglicherweise etwas aufregenderen Tätigkeiten hingaben. Joe grinste. Schließlich war er ein Mann, ein italienischstämmiger noch dazu, da durfte ihm bei dem Gedanken an ein Bett vielleicht noch was anderes einfallen als seliger Schlummer. Wobei er zugeben musste, dass in seinem eigenen Bett für seinen Geschmack schon ein bisschen zu lange Flaute herrschte. Daran musste er eigentlich dringend mal was ändern. Hm, vielleicht war die mangelnde Auswahl an ungebundenen attraktiven Frauen auch ein gewisser Nachteil von Willow Springs.

Irgendwo in der Ferne kläffte ein Hund. Haustierhaltung war definitiv kein Grund für Joe gewesen, von der Großstadt in eine ländliche Idylle zu ziehen. Er war immer noch erstaunt, wie selbstverständlich die Leute hier massenweise Hunde, Hühner oder sonstiges Getier hielten. Alison aus der Funkzentrale hatte sogar ein Pferd, fünf Ziegen, drei Schafe und diverse Gänse, soweit er wusste. Einfach verrückt! Wenn man Joe fragte, gehörten Tiere am besten auf einen Teller, in großzügigen Portionen und hübsch angerichtet. Wobei ... mit einer Katze würde er sich möglicherweise anfreunden können.

Der Gedanke an eins dieser schnurrenden, freundlichen Wesen in seiner reichlich einsamen Junggesellenbehausung gefiel

Joe seltsamerweise seit ein, zwei Monaten. Er konnte es sich selbst nicht so recht erklären, warum, aber die Idee erwies sich als hartnäckig. Merkwürdig, was Ruhe und das absolute Fehlen jeglicher Sippschaft im Umkreis von mehreren hundert Meilen mit den Gedanken eines Mannes so anstellen konnten! Nicht, dass er irgendetwas gegen besagte Sippschaft hatte. Er würde sogar so weit gehen zu behaupten, dass er seine ausgedehnte Familie mit all den Großeltern, Tanten, Cousinen, Schwägerinnen und Onkel ausgesprochen gern hatte und seine Eltern und die beiden missratenen Brüder heiß und innig liebte. Und auf seine fünf Nichten und Neffen ließ er erst recht nichts kommen. Trotzdem, zu Hause war es quasi Tag und Nacht ausgesprochen trubelig, eigentlich herrschten immer bei irgendwem Drama und Aufregung. In Willow Springs hingegen konnte man sich selbst *denken* hören. Und eine Katze, dachte Joe, eine Katze, das wäre ... das wäre einfach nett. Ihm fiel wieder ein, dass seine Nachbarin Steph Plattner erst gestern erzählt hatte, es gäbe bei Mrs. Tillman drei Straßen weiter einen hübschen Wurf und dass sie und ihr Mann Aaron bereits beschlossen hatten, für ihre Tochter ein Kätzchen anzuschaffen. Vielleicht sollte auch er endlich Nägel mit Köpfen machen und nicht mehr länger nur darüber nachdenken? Er könnte gleich morgen ...

Aus diesen angenehmen Überlegungen wurde Joe durch einen unerwarteten Anblick gerissen. Er hielt inne. Aus dem *Lakeview*, seinem Stammcafé, schien Licht. Dort gab es den absolut besten Caffè Latte im Northern Highland von Wisconsin, ach was, den besten Caffè Latte jenseits von New York. Die Bohnen immer frisch geröstet, die Temperatur absolut perfekt – nicht zu heiß, wie das manche Besserwisser immer so gern machten, sondern trinkfertig –, und dazu diese Milch, die garantiert von glücklichen Kühen stammte, so lecker, wie sie war. Selbst Cousine Maria hatte sich beeindruckt gezeigt, als sie im Februar mit den Großeltern zu Besuch gewesen war. Und sie galt in der amerikanischen Hälfte seiner Familie als absolute Expertin, was Caffè Latte anging. Schließlich hatte sie das Kaffeemachen in den Ferien bei Großonkel Alberto gelernt, der laut diverser Reiseführer eins der besten *baretto* von Neapel führte.

Jedenfalls kannte Joe sich durch seine häufigen Besuche im *Lakeview* gut genug aus, um zu wissen, dass die Besitzerin sich niemals um diese Uhrzeit dort herumtreiben würde. Ceecee Kaufman war zwar enorm fleißig und ziemlich geschäftstüchtig, aber Überstunden mitten in der Nacht kamen für sie ganz bestimmt nicht infrage. Das würde schon ihr stockkonservativer Verlobter Cal McNamara nie im Leben zulassen. Nach Meinung von Joe war McNamara einer dieser Typen, die erwarteten, dass ihre Frauen brav zu Hause waren, noch bevor sie den ersten Whisky des Abends tranken. Insgeheim fragte er sich, wie das Ganze wohl nach der Hochzeit laufen würde. Ob McNamara seiner bildschönen Frau dann einfach befehlen würde, ihr heiß geliebtes Café zu verkaufen und die hauptberufliche Anwaltsgattin zu geben? Zwar kannte er sie nicht besonders gut, aber so ganz konnte Joe sich nicht vorstellen, dass Ceecee sich dem einfach fügen würde. Dafür war sie bei aller freundlichen Sanftheit doch viel zu sturköpfig und außerdem viel zu stolz auf ihr Café. Die Frauen seiner Familie jedenfalls pflegten Anweisungen ihrer Angetrauten bestenfalls amüsant zu finden und ignorierten sie meist nachsichtig. Gut möglich, dass auch Ceecee Kaufman zu solch einer Taktik greifen würde. Joe wäre es nur recht – auf seinen fast täglichen Caffè Latte würde er nämlich nur äußerst ungern verzichten.

Der Lichtstrahl aus dem *Lakeview* veränderte sich, wurde schmaler und dann wieder breiter, so als hätte jemand eine Tür geöffnet. War es vielleicht eine der Angestellten, die sich dort zu schaffen machte? Nein, dafür hatte Ceecee eindeutig ein zu weiches Herz, als dass sie irgendjemanden aus ihrer Belegschaft um diese Uhrzeit hätte arbeiten lassen. Schließlich hatte das Café schon seit Stunden geschlossen und würde morgen in aller Frühe für die Frühstücksgäste wieder die Pforten öffnen.

Es konnte also nur ein Fremder sein.

Angespannt trat Joe dichter an das *Lakeview* heran. Seine Nackenhaare stellten sich auf, und schlagartig hatte er ein ganz, ganz dummes Gefühl. Ob er besser Verstärkung anfordern sollte? Die Regel, dass sich ein guter Cop niemals allein in eine brenzlige Situation begab, wurde einem schließlich nicht grundlos in der Polizeischule eingebläut, und er selbst wusste nur zu gut ... Joe schüttelte den Kopf. *Das hier ist nicht New York, Junge, denk dran*, ermahnte er sich. Das fing schon damit an, dass nicht quasi an jeder zweiten Ecke ein Streifenwagen stand. Hier in Greenwood County hatten seine beiden Deputys nicht nur längst Feierabend, sondern wohnten auch noch in zwei meilenweit entfernten Nachbarorten. Bis sie am *Lakeview* wären, würde es wahrscheinlich ewig dauern, und der Übeltäter – wenn es denn überhaupt einen Übeltäter gab – wäre längst über alle Berge. Und Joe hatte sich in den vergangenen Monaten auch mit keiner einzigen Situation konfrontiert gesehen, die er nicht sehr entspannt allein hatte in den Griff kriegen können. Selbst den Typen mit der Fahrerflucht hatte er keine drei Stunden später festsetzen können. Er begnügte sich also damit, seine Position an die Funkzentrale durchzugeben, und versicherte, dass er sich wieder melden würde, sobald er die Situation geklärt hätte.

Etwas beruhigt überlegte er, wie er jetzt vorgehen sollte. Als Erstes würde er ausprobieren, ob die Vordertür vom Café zu öffnen war. Das Naheliegende war nämlich oft das Beste, so bescheuert das auch klang. Genau wie der Rest von Willow Springs wusste er, dass das *Lakeview* weder eine Alarmanlage noch eine Türklingel hatte. Ceecee konnte die Dinger nicht ausstehen, wie sie mal erzählt hatte, und da der Gastraum meistens voll war und Ceecee und ihre Kellnerinnen Maggie und Ruthie im Dauereinsatz durch den Laden eilten, sparte sie sich den Lärm. Eine weise Entscheidung, fand Joe. Er blickte sich ein letztes Mal um, bevor er die Klinke runterdrückte. Lautlos und gut geölt glitt die Tür auf.

»Holy SHIT!«

Die Stimme, die diesen Fluch aussprach, war nicht besonders laut. Trotzdem jagte ihr rauer Klang Joe kaltheiße Schauer über den Rücken – und das lag nicht an den nervenaufreibenden Minuten, die hinter ihm lagen.

Ohne Zwischenfall hatte er das *Lakeview* durchquert, den Gastraum des Cafés nach möglichen Eindringlingen abgesucht und sich dann weiter richtig Küche vorgewagt. Die Geräusche, die aus der Richtung kamen, hatten sein ungutes Gefühl nicht gerade beruhigt. Erst ein Klopfen, dann ein Schaben, als würde etwas über den Boden gezogen werden, dann wieder ein Klopfen und ein unterdrücktes Ächzen. Ertappte er hier jemanden dabei, wie er das *Lakeview* leer räumen wollte? Oder war Schlimmeres passiert? Ein Einbruch geschah schließlich im Dunkel der Nacht, eine Bluttat im Affekt hingegen war etwas ganz anderes. Und die Küche war hell erleuchtet. Vor Joes innerem Auge war unwillkürlich das Bild eines hitzigen Streits erschienen, ein Schlag, ein hilfloses Opfer, das blutend auf dem Fliesenboden zusammenbrach ...

An diesem Punkt seiner Überlegungen hatte er sich jedoch selbst zur Ordnung gerufen. In Willow Springs passierte so wenig, dass die Nachrichten des Lokalradios vermutlich im Kinderfernsehen hätten vorgelesen werden können. Allerdings – man wusste ja nie: Oft genug verbarg eine wohlgeordnete Fassade die schlimmsten Entgleisungen, wie jeder Cop in New York früher oder später begriff. Und in Willow Springs war das ganz bestimmt nicht anders. Aber selbst wenn sich seine Befürchtungen als grundlos herausstellen sollten, hatte er nicht so lange als Cop im 5. Precinct überlebt, um jetzt die simpelsten Vorsichtsmaßnahmen außer Acht zu lassen. Er zog seine Dienstwaffe. Atmete noch einmal tief durch. Und machte dann zwei schnelle Schritte durch die Tür.

Der Anblick, der ihn dort erwartete, ließ ihn erstarren. Nicht

Ceecee, er hatte recht gehabt. Auch nicht Maggie oder Ruthie. Aber eine Frau – und was für eine.

Die kleine Ecke seines Gehirns, die noch funktionierte, wisperte das Wort »Eiskönigin«. Er blinzelte. Dann blinzelte er noch mal. Und riss sich zusammen. Schließlich konnte er sich ungefähr vorstellen, was mit Männern passierte, die sich Frauen auslieferten, die aussahen, als wären sie direkt den erotischen Fieberträumen skandinavischer Arthouse-Regisseure entsprungen. Oder als wollten sie gleich mit ihrer kleinen Schwester und ein paar Drachen verlorene Königreiche erobern.

Er suchte Beistand in der Routine. »Nehmen Sie die Hände hoch, Ma'am, und halten Sie sie so, dass ich sie sehen kann.«

Na also, klappte doch mit der Routine. Daenerys' große Schwester nahm tatsächlich die Hände hoch. Joe ließ den Blick über sie gleiten. Sneakers, endlos lange Beine, ein Sommerkleidchen – vielleicht ein bisschen zu knapp für Nord-Wisconsin Ende Mai –, weißblonde Locken und dazu ein Gesicht, das bei näherer Betrachtung ganz und gar nicht wie die klassische Schönheit Daenerys Targaryen aus *Game of Thrones* aussah. Dazu war es viel zu ... nun ja, »unkonventionell« war vermutlich der richtige Begriff. Nicht ein Hauch von Make-up, riesige grüne Augen, geschwungene Augenbrauen und ein ausdrucksvoller Mund. Joe fiel auf, dass die Unterlippe etwas üppiger war als die Oberlippe. Ihm fiel außerdem auf, dass besagte Unterlippe zitterte. Die Frau hatte Angst. Er senkte die Waffe – schließlich war das Sommerkleidchen eindeutig zu kurz und zu eng anliegend, als dass sie darin irgendwo eine Knarre hätte verstecken können.

»Was zum Teufel soll das? Wie kommen Sie dazu, eine harmlose Bürgerin ohne irgendeinen Anlass zu bedrohen, Sie Vollidiot? Noch dazu auf Privatbesitz?«

Lange Beine und sexy Unterlippen hin oder her, das ging nun doch einen Tick zu weit. Seine *mamma* hatte ihn schließlich gut erzogen; er schätzte es auch nach Jahren auf Streife in New York nicht, wenn Frauen fluchten. Schon gar nicht, wenn sie dabei seine Intelligenz anzweifelten. Nette Mädchen taten so etwas einfach nicht.

»Ma'am, ich fordere Sie auf, sich auszuweisen. Wie Sie ganz richtig beobachtet haben, befinden wir uns auf Privatbesitz. Um«, er warf einen Blick auf die Uhr in der Küche und auf die hinter der Blondine aufklaffende Stahltür, »23 Uhr 48. Was haben Sie um diese Zeit in Ceecees Kühlkammer zu suchen?«

Es war, als hätte er ein Licht in ihr angeknipst. Sie fing an zu lächeln. »Ceecee, soso. Sie nennen meine beste Freundin also beim Spitznamen. Die ab nächster Woche übrigens auch meine Geschäftspartnerin ist. Wir befinden wir uns also mehr oder weniger auf *meinem* Privatbesitz.« Jetzt wurde ihr Lächeln zu einem breiten Grinsen, und Joe wurde es aus unerfindlichen Gründen schlagartig warm. »Liz DeWitt. Und wer sind bitte Sie, *Officer?*«

Kapitel 3

Ich hatte richtig Mitleid mit ihm, der Arme. Er sah so entschlossen aus, als würde er gleich eine ganze Gangsterbande stellen wollen. Und dann war da nur ich.« Liz hob das Weinglas und lächelte Rob verschwörerisch an. Mittlerweile konnte sie über die Erfahrung lachen, aber in der Situation selbst wäre sie beinahe gestorben vor Angst. Schließlich war sie im Laufe ihres Berufslebens schon Tausende Male aus der Kühlkammer getreten, noch nie aber hatte sie dabei in den Lauf einer Waffe blicken müssen. Oder darüber in Augen, die so – sie überlegte einen Moment – gefährlich schimmerten wie dunkler Karamell, eine Sekunde bevor er verbrannte. Wirklich, abgesehen von seiner allgemeinen Begriffsstutzigkeit war der neue Chief of Police von Willow Springs brandheiß. Und zumindest optisch ziemlich genau ihr Typ.

»Steph hält große Stücke auf ihn. Sie meint, sie hätte noch nie einen so netten Nachbarn gehabt. Oder, ich zitiere«, Rob malte mit zwei Fingern zur weiteren Bekräftigung Anführungszeichen in die Luft, »einen so lecker aussehenden. Und Missy sagt, niemand könne so toll das Krabbenburger-Lied singen wie er.«

»Deine Nichte ist natürlich schon mit vier eine ganz große Musikkennerin. Da kommt sie ganz nach ihrem Vater.«

Rob grinste. Sein Schwager Aaron behauptete gerne, er würde sich noch nicht mal unter der Dusche trauen zu singen, aus purem Mitleid mit seinen Mitmenschen. Ob seine Stimme wirklich so schaurig war, konnte in Willow Springs niemand beurteilen, selbst Steph schwor, in ihrer Gegenwart sei ihrem Mann nie auch nur eine halbe Songzeile über die Lippen gekommen. Obwohl er Missy anbetete, würde Aaron deshalb nie mit seiner Tochter das Krabbenburger-Lied singen, und so war es kein Wunder, dass die arme Kleine sich in der Nachbarschaft Ersatz suchen musste. »Aber sie hat doch diese begabte Patentante. Du warst schließlich die Beste in der musikalischen Früherziehung, oder habe ich das falsch in Erinnerung?«

»Nett von dir, dass du dir diesmal verkniffen hast zu erwähnen, dass ich schon von der ganz, ganz großen Karriere als Primaballerina geträumt habe. Bis ich dann leider feststellen musste, dass ich offenbar mit zwei linken Füßen gesegnet bin.«

Robs Lächeln vertiefte sich. »Ich bin heute Abend anscheinend nicht gut in Form, sorry, Babe.« Er zuckte mit den Schultern. »Nein, im Ernst, Liz, Joe Mariani ist schon in Ordnung. Wir sind zwar nicht gerade eine Verbrecherhochburg, aber er tut echt viel für Stadt und County. Und ich glaube, dass unsere älteren Mitbürgerinnen und Mitbürger viel ruhiger schlafen können, seit er Chief O'Hara beerbt hat.«

Liz gab ein skeptisches »Hm« von sich. Gut schlafen hatte sie nach ihrer Begegnung mit Joe Mariani nicht können. Und das hatte sicherlich nicht nur daran gelegen, dass sie schon das zweite Mal innerhalb weniger Wochen von San Francisco nach Willow Springs geflogen und neben dem Umzugsstress auch noch mit den zwei Stunden Zeitverschiebung zwischen Kalifornien und Wisconsin zu kämpfen hatte. Denn irgendetwas hatte der Kerl an sich ... und das war bestimmt nicht dieses ganze »Ich-bin-ein-italienischer-Macho-in-Uniform-holt-mich-hierraus«-Gehabe, das er so aggressiv ausstrahlte. Eher vielleicht die Tatsache, dass er diese Uniform auf so unverschämt sexy Weise ausfüllte. Ob es tatsächlich stimmte, was man über Männer in Uniform sagte? Bei Joe Mariani konnte sie sich beunruhigenderweise tatsächlich vorstellen, dass er ...

Rob unterbrach ihre Gedanken, indem er sagte: »Aber ich sehe, du hast schon genau den gleichen verträumten Ausdruck im Gesicht wie Steph, wenn sie von ihm spricht. Muss ich mir jetzt Sorgen machen?« Er zog eine betont betroffene Miene und griff sich mit einer Hand ans Herz.

»Ach, Robbie, mein Liebster. Du weißt doch, du bist der schönste Mann der Welt«, frotzelte sie und zwinkerte ihm zu.

Und es stimmte, Rob *war* der schönste Mann der Welt. Er hatte den perfekten Körper, groß, schlank, athletisch, ohne muskelbepackt zu sein. Sein Gesicht war von einer klassisch-markanten Schönheit, aber aus seinen grünen Augen sprach die pure Lebenslust: als wäre es völlig unmöglich, an seiner Seite auch nur eine langweilige Sekunde zu erleben.

Kurzum, er sah so unglaublich gut aus, versprühte einen solchen unbekümmerten Charme, dass jede Person, die ihn kennenlernte, zuerst dachte, er wäre ein Model oder mindestens schwul. Erstaunlicherweise war er weder das eine noch das andere, sondern der Tierarzt in Willow Springs. Dazu war er ausgesprochen hetero und auf eine sehr selbstverständliche Art und Weise sexy. Wenn er mit seinen langen eleganten Fingern beiläufig die dunkelblonde Haarsträhne zurückstrich, die ihm immer wieder ins Gesicht fiel, ließ das viele Frauen unwillkürlich innehalten und darüber nachdenken, was er mit diesen Fingern sonst noch alles anstellen könnte. Manchmal glaubte Liz, dass sie das einzige weibliche Wesen im Umkreis von fünfzig Meilen war, das ihn sich noch nie als Held ihres plötzlich ungeheuer aufregenden Liebeslebens vorgestellt hatte. Allerdings war sie gegen seinen Charme schon immer völlig immun gewesen. Es half, wenn man jemanden mit fünf getröstet hatte, weil er sich wegen des Todes seines heiß geliebten Kanarienvogels Mr. Blobby die Augen ausgeheult hatte. Oder wenn man mit ihm die erste Zigarette hinter dem Schuppen der Eltern geteilt und ihm danach eine gefühlte Ewigkeit beim Kotzen zugesehen hatte. Und nicht zuletzt, wenn man ihm vor dem Spiegel Regieanweisungen bezüglich einer ganz bestimmten Haarsträhne gegeben hatte, weil er fand, dass er ein paar coole Moves brauchte, um »die Weiber« zu beeindrucken, ihm das aber vor seinen jüngeren Schwestern zu peinlich gewesen war. Da waren sie 15 gewesen, und Rob hatte sich für ihre Hinweise revanchiert, indem er ihr gesteckt hatte, dass Todd Evans aus dem Chemiekurs auch total auf sie stand, er sich aber nicht traute, sie »klarzumachen«, und sie die Initiative ergreifen müsse.

Der Sommer mit Todd war zwar toll gewesen, lang getrauert hatte sie aber nicht, als er im Herbst Schluss gemacht hatte – wer tat das schon mit 15? –, doch Liz würde nie dieses aufregende Prickeln, dieses unwiderstehliche Gefühl von Macht vergessen, weil sie damals den ersten Schritt gemacht hatte. Dank Rob hatte sie den bestmöglichen Start in ihr Liebesleben gehabt, davon zehrte sie heute noch. Sie musste zwar zugeben, dass dieses Liebesleben in letzter Zeit ein bisschen brachgelegen hatte, aber das würde hoffentlich nicht ewig so bleiben.

»Nein, du weißt doch, ich kann solche überkorrekten Typen nicht leiden. Ma'am, ich fordere Sie auf, sich auszuweisen«, äffte sie Joe nach. »Was macht so jemand wie er eigentlich hier bei uns?«

Rob zuckte die Achseln. »Keine Ahnung. Das Übliche vermutlich. Sehnsucht nach Ruhe und Entspannung. Oder vielleicht kann er hier auch schneller Karriere machen.«

»Karriere als Chief of Police in einem kleinen County in Wisconsin?« Sie schaute ihren besten Freund skeptisch an. »Wohl kaum. Ach, na ja«, gab sie sich desinteressiert, auch wenn sie eine gewisse Neugier vor sich selbst nicht verleugnen konnte, »ist ja auch egal. Jedenfalls war es wirklich völlig übertrieben, wie er sich aufgeführt hat. Als hätten wir mit Cal nicht schon einen aufgeblasenen Liebhaber von Recht und Ordnung hier in Willow Springs.«

Rob stellte seine Bierflasche auf den Tisch und sah sich um. Sie saßen im schummrig beleuchteten *Angels' Delight*, der einzig anständigen Bar im Ort, die alle Einheimischen nur *Angels* nannten und die an einem Freitagabend Ende Mai weitgehend von Touristen verschont geblieben war. Vielleicht lag das an der etwas versteckten Lage, vielleicht auch an ihrem zurückhaltenden Äußeren, das für Nicht-Einheimische eine etwas verschlafene Absteige suggerieren mochte. Aber die Getränkeauswahl war hervorragend, die Einrichtung mit ihren warmen Messingakzenten und den Scheunentoren unaufdringlich retro, die Musik weder zu edgy noch zu mainstream, die Preise waren mehr als fair – und das vielleicht Wichtigste: Die Bedienung war kompetent und freundlich, wusste aber, wann sie auf Abstand gehen musste. Man konnte sich also ungestört unterhalten und nebenher noch etwas Leckeres trinken. Perfekt nach einem langen Tag.

»Wie ich sehe, bist du immer noch nicht glücklich mit dem Gedanken, mit wem unsere liebe Cee da ihr Leben teilen will. Ich dachte, dass du dich langsam dran gewöhnt hättest.« Rob sah sie forschend an und zog die Augenbrauen hoch. »Oder kommst du jetzt etwa wieder auf Ideen, was wir dagegen tun sollten?«

»Komm schon, Rob. Du willst doch nicht etwa behaupten, du fändest diese Verlobung einen brillanten Einfall? Nur weil sie den ersten Kuss von ihm gekriegt hat, muss sie ihn doch sechzehn Jahre später nicht gleich heiraten.«

Er zuckte mit den Schultern. »Wo die Liebe hinfällt ...«

Liz schaute ihn wütend an. Manchmal war seine Gleichmütigkeit wirklich schwer zu ertragen. Auch wenn er selbst wegen der Scheidung seiner Eltern nicht an die Liebe glaubte, war das noch lange kein Grund, eine gute Freundin wissentlich den absolut falschen Mann heiraten zu lassen. Sie holte tief Luft.

Rob unterbrach sie, bevor sie etwas sagen konnte. »Was ist denn aus Ms. Wer-weiß-was-sie-zueinander-hinzieht geworden, hm? Du hast mir doch früher immer gepredigt, wir müssten tolerant sein«, sagte er und hob die Hand, um eine neue Runde Drinks zu ordern. Wie üblich war die Kellnerin in Sekundenschnelle da und schenkte Rob ein strahlendes Lächeln, während sie ihm die Flasche Budweiser reichte, ihn dabei scheinbar wie zufällig berührte und ihre Finger nur langsam und sichtlich widerstrebend wegzog. Dann stellte sie das Glas Chardonnay vor Liz auf den Tisch und schaffte es gerade so eben, den Blick von Rob loszureißen und auch ihr kurz zuzulächeln. Liz verkniff sich ein anerkennendes Grinsen: Schließlich hatte sie schon oft erlebt, dass sie in Gegenwart von Rob sofort zur offensichtlichen Rivalin mutierte, die keinen freundlichen Blick wert war.

»Danke, Glennon, du bist die Beste«, sagte Rob und lächelte dabei so charmant, dass Liz fast schon hören konnte, wie sich der Herzschlag der armen Kellnerin beschleunigte. Mit wiegenden Hüften verschwand sie, und Liz rollte die Augen gen Himmel.

»Glennon? Woher weißt du denn schon wieder, wie sie heißt? Ist sie etwa als neuestes Opfer vorgesehen?«

Rob nahm sein Bier und prostete ihr zu. »Was du mir gleich wieder zutraust ... Ich interessiere mich nun einmal für meine Mitmenschen.« Er grinste, nicht im Geringsten beleidigt.

»Jaja«, winkte sie ab und nahm den Gesprächsfaden wieder auf. »Jedenfalls, was Ceecee und Cal angeht: Wenn du mich fragst, ist tolerant und hirntot ja wohl eindeutig nicht das Gleiche.« Sie griff in die frisch aufgefüllte Schale mit den Erdnüssen. »Ich habe immer gehofft, dass sie irgendwann von selbst draufkommt, wie wenig sie im Grunde zueinander passen. Aber langsam verzweifle ich daran. Denn du willst doch nicht ernsthaft leugnen, wie unerträglich selbstgefällig er geworden ist, seitdem er die Kanzlei von seinem Dad übernommen hat? Er dreht sich komplett um sich selbst, Ceecee interessiert ihn gar nicht weiter. Ich verstehe einfach nicht, warum sie ihn nicht schon längst vor die Tür gesetzt hat.« Sie warf sich die Erdnüsse in den Mund und kaute energisch darauf herum.

Rob sah sie lange an. Schließlich seufzte er und nahm einen Schluck Bier. »Was soll ich denn jetzt sagen, Lizzie? Ich finde Cal genauso langweilig und selbstgefällig wie du; er ist in Gedanken nie aus der Highschool rausgekommen und führt sich immer noch wie der umschwärmte Quarterback auf. Doch dummerweise sieht Cee in Cal nun mal ihren Ritter auf dem weißen Pferd, weiß der Himmel, wieso. Sie ist einfach viel romantischer, als gut für sie ist. Das hätten wir schon im Kindergarten wissen müssen – sie saß immer ganz vorn, wenn Mrs. Mitchell uns *Cinderella* vorgelesen hat. Weder du noch ich werden ihr also diese romantischen Illusionen einfach mal auf die Schnelle austreiben, so leid mir das tut. Und ich habe beim besten Willen keine Lust, den halben Abend über das Liebesleben von Cal McNamara zu reden. Erzähl mir lieber, wie es Jack geht. Habt ihr jetzt mehr Infos?«

In knappen Worten erzählte sie ihm, was die Ärzte während der morgendlichen Visite gesagt hatten. Die Knochenbrüche waren harmlos und würden auch bei einem knapp Siebzigjährigen komplikationslos ausheilen können. Sorgen machte ihnen hingegen die Schädelfraktur. Es würde eine Zeit lang dauern, bis sie überhaupt untersuchen konnten, ob sein Gehirn dauerhaft geschädigt worden war.

»Hat er irgendwelche Lähmungen oder Ausfallscheinungen?«, fragte Rob behutsam nach.

»Ich weiß nicht. Er liegt so ruhig da. Seine Ärztin meint, das

Gehirn müsse erst einmal abschwellen, und das würde eben seine Zeit dauern. Es ist schrecklich, ich fühle mich so hilflos.«

Liz spürte, wie ihre Kehle eng wurde, weil vor ihrem inneren Auge das Bild ihres Onkels auftauchte. Wie klein er in seinem Krankenhausbett ausgesehen hatte! Sie griff nach ihrem Glas und nahm einen großen Schluck.

»Ja, das Abwarten ist immer das Schlimmste. Das fällt mir selbst bei meinen tierischen Patienten nicht leicht. Aber die Neurologie-Station im Bethesda Hospital hat einen hervorragenden Ruf, sie gilt als eine der besten in Wisconsin. Wenn jemand dafür sorgen kann, dass Jack wieder gesund wird, dann die Fachleute dort.« Er nickte ihr zu. »Und Tante Georgia? Wie geht es ihr, kommt sie einigermaßen mit der Situation zurecht?«

»Ach, Rob. Du kannst es dir nicht vorstellen. Sie hat heute Nachmittag geweint.«

»Oh.«

»Ja, oh.« Liz seufzte. »Ceecee hat genau das Gleiche gesagt.«

Rob grinste bloß. »Ceecee ist ja auch eine ausgesprochen kluge Frau.«

»Wenn man von Cal absieht.«

Joe Mariani stöhnte und zog sein Kissen unter dem Kopf hervor. Die Leuchtziffern seines Old-School-Radioweckers verhöhnten ihn. 1:37 Uhr. Zum x-ten Mal an diesem Abend, nein, in dieser Nacht klopfte er sein Kissen zurecht und stopfte es sich wieder hinter den Kopf. *Che rabbia*, was hatte er sich da gestern nur für eine peinliche Aktion geleistet! Er hatte sich aufgeführt, als würde er in einem miesen Gangsterfilm aus den Vierzigern mitspielen, und zwar in der Rolle des tumben Streifenpolizisten, kurz bevor der vom Verbrecherkönig dahingemeuchelt wurde. Wann bitte war es ihm zum letzten Mal passiert, dass ein Mitglied der Öffentlichkeit ihn erst hatte bitten müssen, sich ordnungsgemäß auszuweisen? An seinem zweiten Tag als Rookie? Ihr spöttisches Lächeln, als er seine Marke hervorgefingert hatte, würde er jedenfalls nicht so schnell vergessen. Noch dazu hätte ihm sein Copinstinkt einwandfrei sagen müssen, wie harmlos Liz DeWitt war. Das hatte er nun davon, wenn er schon darüber nachdachte, sich eine Katze anzuschaffen, damit wenigstens irgendein weibliches Wesen mal wieder in seinem Bett schlief. Wirklich, er musste aufpassen, dass er hier auf dem Land nicht völlig versauerte. Ihm fehlte eindeutig die geistige Herausforderung. Oder eine ordentliche Portion Sex.

Das musste auch die Erklärung dafür sein, warum ihm Liz' grüne Augen nicht mehr aus dem Kopf gingen. Oder wie ihre Unterlippe so verdammt sexy gezittert hatte. Also, bevor sie spöttisch gegrinst hatte. Und dann noch dieses auffällig weißblonde Haar … Dabei entsprach gerade das so gar nicht seinem Geschmack. Er mochte seine Frauen lieber brünett. Und rassig. Ladys, die nichts so leicht aus der Bahn warf und die sich ihrer Angst nicht durch undamenhaftes Fluchen Luft machen mussten. Was zum Herzeigen und der *nonna* Vorstellen. Italienisch eben. Nun ja, wenn er ehrlich war, hatte er bisher mit dieser Sorte Frau auch nicht besonders viel Glück gehabt. Francesca hatte er zwar die eine oder andere davon vorgestellt, aber weder er noch seine Freundinnen hatten sich jemals zu einer dauerhaften Bindung samt Ehe- und Nachwuchsplänen durchringen können. Irgendwie hatte immer der entscheidende Kick gefehlt, und er konnte nicht sagen, dass er das jemals bei einer der Frauen ernsthaft bereut hätte. Sein Cousin Marty hatte immer gesagt ... Ach, verdammt.

Er drehte sich um. 2:09 Uhr. Es half nichts. Er stand auf und griff nach seiner Hose. So konnte er nicht einschlafen, da ging er besser noch ein wenig frische Luft schnappen.

»Rob! Rob! Komm da sofort runter!«

Geräusche trugen weit in der Nacht. Das Flüstern bildete da keine Ausnahme. Joe verstand jedes Wort, obwohl er bestimmt noch anderthalb Straßenecken entfernt war. Der Angesprochene gab sich allerdings keinerlei Mühe, seine Stimme zu dämpfen. Amüsiert und glasklar klang es durch die Dunkelheit: »Stell dich nicht so an, Babe, von hier aus ist die Aussicht viel besser.«

Rob Sawyer unterwegs mit einer Frau. Joe erlaubte sich ein Grinsen. Der Bruder seiner Nachbarin ließ wirklich nichts anbrennen, man musste beinahe Respekt vor ihm haben. Bei seinem Tempo und Verschleiß hatte er vermutlich schon die halbe weibliche Bevölkerung von Greenwood County zu irgendeinem Zeitpunkt flachgelegt. Gleichzeitig verhielt er sich wie ein echter Gentleman, er brüstete sich nie mit seinen Eroberungen und redete immer nur gut über seine Verflossenen. Das wiederum hatte zur Folge, dass auch kaum jemand abfällig über ihn sprach, Joe jedenfalls hatte im letzten Jahr kein schlechtes Wort über ihn gehört. Wenn man mal von Gabrielle Kershaw absah, denn die hatte wirklich eine Menge Gemeinheiten zu erzählen. Aber da bildete Rob keine Ausnahme: Die Tochter des ansässigen Bauunternehmers schaute nicht gerade mit Wohlwollen auf die Menschheit, erst recht nicht auf die von Willow Springs. So was passierte vermutlich leicht, wenn man ein verwöhntes Einzelkind war und sich mit seinem Leben in der Kleinstadt nicht ganz ausgelastet fühlte.

Jetzt ertönten ein Blätterrascheln und ein Ächzen. Stieg Sawyers Begleitung nun ebenfalls in den Baum? Oder kam Sawyer stattdessen runter? Joe bog um die nächste Straßenecke – und erkannte die Frau unter der hohen Gelb-Birke sofort, auch wenn ihr Gesicht im Schatten lag. Lange Beine in knappen Shorts, weißblonde Haare. Liz DeWitt. Hatte sie ihn etwa gesehen?

Bevor er sich von dem Schreck erholen konnte, landete Sawyer neben ihr, legte ihr lachend den Arm um die Schultern und drückte sie. »Immer noch derselbe ...«

»Schhhh«, machte Liz und drehte sich zu Joe um. »Chief Mariani.«

»Ms. DeWitt.« Er nickte dem Paar zu. »Sawyer.«

»Joe, altes Haus, können Sie etwa nicht schlafen? Ich kann Ihnen nur wärmstens ein paar Drinks im *Angels* empfehlen, das hat auf mich immer einen sehr beruhigenden Effekt.« Er zog seine Begleiterin lachend weiter, in Richtung Marathon Street – dorthin, wo er wohnte. So einschläfernd konnten die Drinks nicht gewesen sein, offenbar hatte er noch einiges vor. »Gute Nacht«, rief er über seine Schulter. Liz murmelte etwas, was Joe nicht verstand, Sawyer lachte noch ein bisschen ausgelassener. »Gute Nacht, Chief, schlafen Sie gut«, rief sie dann.

Eine Erwiderung sparte sich Joe lieber, dafür waren die beiden jetzt schlichtweg zu weit entfernt, da hätte er schon laut brüllen müssen. Und die komplette Nachbarschaft musste er nun wirklich nicht aufwecken, nur um sie nicht wie ein begossener Pudel grußlos abziehen zu lassen und wenigstens noch etwas von seinem Stolz zu retten. Aber vermutlich war es dafür im Fall Liz DeWitt ohnehin schon zu spät.

Er seufzte. Sawyer hatte sich wirklich nicht viel Zeit gelassen; die beiden hatten unglaublich vertraut gewirkt. Eigentlich ein bisschen zu vertraut, sie konnten schließlich nur wenige Nächte gemeinsam verbracht haben. Joe überlegte konzentriert. Schließlich war er nicht umsonst Cop und hatte etliche erfolgreich gelöste Fälle hinter sich.

Sie nennen meine beste Freundin also beim Spitznamen. Er konnte sich noch genau erinnern, wie liebevoll ihre raue Stimme bei diesen Worten geklungen hatte und wie warm sie dabei gelächelt hatte. Meist blieben Frauen ihren besten Freundinnen ein Leben lang treu, zumindest war das bei seinen zahlreichen Cousinen und seinen beiden Schwägerinnen so. Bei denen hatte man immer das Gefühl, sie würden sich alle schon aus dem Kindergarten oder wenigstens aus der Highschool kennen. Vielleicht war Ceecee nicht nur ihre beste Freundin, sondern auch ihre älteste? Und Liz kam selbst aus Willow Springs? Vom Alter her würde es passen, und soweit er wusste, war Ceecee Kaufman wohl nie besonders lange aus Wisconsin rausgekommen. Die meisten Fremden hier im Northern Highland kauften sich auch erst einmal ein Ferienhaus an irgendeinem See und ließen sich nicht gleich ganz in Willow Springs nieder. Normalerweise zog man nicht aus heiterem Himmel irgendwohin, wenn er es sich recht überlegte. Okay, er selbst hatte das getan, aber bei ihm hatte das andere Gründe.

Möglicherweise war dann auch Rob nur ein alter Freund. Joe hatte gehört, dass Sawyer und Ceecee zusammen zur Schule gegangen und damals befreundet gewesen waren. Hatte er nicht neulich sogar bei Steph ein Foto vom Abschlussball der beiden gesehen? Seine Nachbarin hatte nämlich die halbe Wand im Wohnzimmer mit Familienfotos gepflastert, ähnlich wie *nonna* Francesca zu Hause auch. Stimmt, auf einem davon posierten die beiden als Prom King und Queen. Zwar hatten sie heute offenbar nicht mehr besonders viel miteinander zu tun – jedenfalls hatte er sie noch nie zusammen getroffen oder etwas über sie gemeinsam gehört –, aber das musste ja nichts heißen.

Er versuchte sich zu erinnern. Ja, Sawyer und Liz hatten vertraut gewirkt, aber hatte wirklich erotische Spannung in der Luft gelegen? Als würden sie gleich miteinander Sex haben? Vielleicht war es wirklich bloß ein harmloses Treffen unter alten Klassenkameraden gewesen? Hm. Schwer zu beurteilen, denn wenn Joe ehrlich war, konnte er sich nur schwer vorstellen, dass irgendjemand Liz DeWitt *nicht* anziehend finden könnte. Zwar ziemlich nervig, das ja, doch auf alle Fälle sexy. Aber er war natürlich erfahren genug, um zu wissen, dass das seine völlig subjektive Sicht auf die Dinge war, schließlich war er schon ein bisschen älter als 16.

Es war eindeutig Zeit für einen kleinen Schwatz mit der reizenden Ceecee Kaufman. Bestimmt erzählte sie ihm morgen bei einem Caffè Latte und einem ihrer phantastischen Blaubeermuffins alles über ihre neue Geschäftspartnerin, wenn er es geschickt anstellte. Warum auch nicht? Schließlich war es seine Pflicht als Chief, über die Bewohnerinnen und Bewohner von Willow Springs Bescheid zu wissen.

Beschwingt drehte er sich um und ging schnellen Schrittes in Richtung seiner Wohnung. Er wusste auch nicht, warum ihn die Aussicht auf den morgigen Tag so erfreute. Musste an Ceecees Caffè Latte liegen.

Kapitel 4

Mit einem Seufzer schloss Liz die Haustür hinter sich und lehnte sich dagegen. Es war ein langer Tag gewesen. Jedes Mal, wenn sie im Bethesda Hospital ankam, versetzte es ihr aufs Neue einen Schock, Onkel Jack so schmal und stumm im grellen Licht der Neonbeleuchtung liegen zu sehen. Die besorgten Mienen der Ärztinnen und Ärzte hatten sie auch nicht gerade zuversichtlich gestimmt, auch wenn sie sich bemüht hatte, diese Tatsache nach Kräften vor ihrer Tante zu verbergen.

Allerdings – und das war fast noch schlimmer als der Zustand von Jack – gab die sonst so ruhige, zuversichtliche Georgia sich mittlerweile überhaupt keine Mühe mehr, noch in irgendeiner Form ihre Fassung zu bewahren. Sie so still vor sich hin weinen zu sehen ... Liz hatte nicht gewusst, wie sie mit dieser neuen, völlig unbekannten Situation hatte umgehen sollen. Am Ende hatte sie nur die Hand ihrer Tante gehalten und stundenlang mit ihr zusammen an Jacks Bett gesessen. Erst Robs Nachricht, ob Liz nicht später mit ihm ins *Angels* gehen wollte, hatte Georgia wieder etwas Leben eingehaucht. Der raffinierte Schuft hatte die Textnachricht natürlich nicht an Liz geschickt, sondern gleich an ihre Tante – und die hatte selbstverständlich darauf bestanden, dass Liz »sich mit dem lieben Robbie einen schönen Abend« machte. Als ob das unter diesen Umständen so einfach wäre!

Sie musste allerdings zugeben, dass sein Plan voll aufgegangen war: Auch Tante Georgia hatte den Abend zum ersten Mal seit Tagen zu Hause und nicht am Krankenbett ihres Mannes verbracht. Liz' warmherziger Freund hatte sich Sorgen um Georgia gemacht und nach einem Weg gesucht, ihr die dringend benötigte Atempause zu verschaffen. Ja, wie sie Rob und seine ausgeklügelten Methoden so kannte, war ihm bestimmt klar gewesen, dass sie beide nur mit einem Auto unterwegs gewesen waren und Liz so erst Georgia vom Hospital hatte mitnehmen müssen, bevor sie ihn im Haus nebenan abholte. Sie traute es ihm sogar zu, dass er zuerst die Garage der Hansens gecheckt hatte, um festzustellen, ob dort vielleicht noch ein Wagen stand. Da ihre beiden Familien, solange Liz denken konnte, nebeneinander in der Marathon Street wohnten, wusste jeder von ihnen, wo die jeweiligen Ersatzschlüssel der Nachbarn versteckt waren. Vorhin hatte Rob dann verdächtig zufrieden gelächelt, als sie ihm erzählt hatte, dass Georgia sicher zu Hause war und sie ihn ganz besonders nett von ihr grüßen sollte.

Sie stieß sich von der Tür ab und ging langsam die Treppe hinauf, ohne das Licht anzuknipsen. Schließlich kannte sie das Haus in- und auswendig; es empfing sie wie ein alter Freund. In der Luft lag ein Hauch des Reinigers, mit dem die Putzfrau so gern das Parkett zum Glänzen brachte, und aus der Küche brummte leise der riesige Kühlschrank, den Onkel Jack schon seit Jahren ersetzen wollte. Sie ließ die Hand über die altvertraute Tapete mit dem geprägten Rosenmuster gleiten und musste spontan lächeln. Als Kind hatte sie immer geglaubt, sie würde später ihr ganzes Haus mit Blumenmuster tapezieren.

Noch in anderer Hinsicht hatte Robs Plan funktioniert: Auch Liz hatte für den Abend die Sorgen etwas abschütteln können. Es war einfach nur schön gewesen, ihn zu sehen und ausgiebig mit ihm zu quatschen. Zwar schafften sie es meistens, sich einmal im Monat digital zu sehen, und hatten einander, sooft es ging, auch besucht, aber irgendwie war es was anderes, hier in Willow Springs gemeinsam mit ihm im *Angels* zu sitzen. Sie hatte gar nicht gemerkt, wie die Zeit verflogen war: Plötzlich war es gut vier Stunden und zwei – Liz kniff die Augen zusammen – nein, drei Gläser Chardonnay später gewesen. Das sollte sie sich wirklich nicht zur Gewohnheit werden lassen, auch wenn sie sich gerade sehr angenehm beschwipst und ein wenig leichtsinnig fühlte. Aber immerhin war sie nicht wie Rob mitten in der Main Street auf Bäume geklettert, um sich dort »den Nachtwind um die Nase wehen zu lassen«. Mit 31 konnte man doch endlich mal zugeben, dass man Höhenangst hatte, oder?

Allerdings, wenn sie jetzt so darüber nachdachte, bereute sie es beinahe. Sie hätte zu gern gewusst, was Chief *Italian Stallion* dazu gesagt hätte, wenn er sie im Baum ertappt hätte. Vermutlich so was wie »Ms. DeWitt, kommen Sie sofort da runter, bevor ich Ihnen einen Strafzettel wegen möglicher Beschädigung öffentlicher Grünflächen ausstellen muss«. Liz kicherte leise. In Zivil hatte er ganz anders ausgesehen als in seiner Polizeiuniform. Jünger irgendwie. Und weicher. Noch aufregender, wenn sie ehrlich war. Steph hatte schon recht mit ihrer Einschätzung. Er *sah* lecker aus. Warum hatte sie eigentlich sofort geahnt, dass er es war, der da um die Ecke gebogen kam? Sie blieb stehen und dachte nach. Es musste ihr Macho-Alarm gewesen sein – denn egal, wie gut Joe Mariani aussah, ein aufgeblasener Idiot war er trotzdem. Da konnte Rob noch so nett über ihn reden, schließlich war er noch nie von dem Cop mit vorgehaltener Waffe und strengem Blick aufgefordert worden, sich zu rechtfertigen. So was hielt Mariani bei Männern wie Rob vermutlich gar nicht für nötig. Nein, von Joe Mariani hielt sie sich besser fern, ob nun in Uniform oder Alltagsklamotten, da war sie sich völlig sicher.

Mit dem Gefühl, eine Entscheidung getroffen zu haben, ging sie die letzten drei Stufen hinauf. Die Tür zum Schlafzimmer von Georgia und Jack war nur angelehnt, etwas Licht fiel auf den Flur. Liz verdrehte die Augen: Manche Dinge änderten sich wirklich nie. Sie steckte den Kopf durch die Tür.

»Liz, Liebes, hattet ihr einen schönen Abend?«, fragte ihre Tante und legte das Buch beiseite, mit dem sie sich bis zur Rückkehr ihrer Nichte die Zeit vertrieben hatte. Sie saß aufrecht gegen die hellen Leinenkissen gelehnt, und ihr graues Haar, das sie zu einer schicken Kurzhaarfrisur geschnitten trug, schimmerte im Licht der Nachttischlampe.

»Du hättest nicht auf mich warten sollen«, tadelte Liz ihre Tante liebevoll, »du brauchst deinen Schlaf.« Unvermittelt stiegen ihr die Tränen in die Augen, weil sie daran dachte, wofür Georgia ausgeruht sein musste. Für einen weiteren Tag am Krankenbett ihres Mannes.

Überraschenderweise lächelte Georgia verschmitzt. »Ach, meine Kleine, wenn du wüsstest, wie schön es immer war, auf dich zu warten, würdest du das nicht sagen.« Sie zwinkerte ihr zu. »Ich würde es sogar als richtiggehend aufregend bezeichnen. Jack und ich haben uns oft wie Teenager gefühlt, die endlich sturmfreie Bude hatten.«

»Wenn ich das geahnt hätte, liebe Tante, dann hätte ich öfter die Nacht durchgemacht.«

»Sag bloß, du hättest nicht verstanden, was dein Onkel gemeint hat, wenn er dir fünfzig Dollar in die Hand drückte und sagte, du solltest den ganzen Abend lang Spaß haben.« Sie lachten, Liz fast mehr aus Erleichterung darüber, dass Georgia wieder Witze machen konnte. Dann aber wurde ihre Tante unvermittelt ernst. »Und im Moment kann ich sowieso nicht schlafen. Da ist es einerlei, ob ich noch auf dich warte oder nicht. Jedes Mal, wenn ich die Augen schließe, sehe ich Jack vor mir, wie er bewegungslos auf dem Rasen liegt.«

Liz musterte Georgia besorgt. Sie konnte sie so gut verstehen! Es war kaum zu ertragen, mitzuerleben, wie ihr sonst so vitaler, aufgekratzter Onkel in diesem verdammten Bett lag, von piepsenden Maschinen umgeben. Und dann dieser merkwürdige antiseptische Geruch, der in der Krankenhausluft lag und den man auch Stunden später kaum loswurde ... Ihr fielen die tiefen Schatten unter Georgias Augen auf, die zarte Haut, die blass und durchscheinend über den Wangenknochen spannte. Ihre Tante war schon immer schlank und zart gewesen, jetzt aber wirkte sie fast schon eingefallen.

Liz kam eine Idee. »Wie wäre es mit einem Schlummertrunk? Ich jedenfalls könnte jetzt gut einen vertragen.«

»Wie früher bei unseren Mädelsabenden?«, fragte Georgia.

»Mit Ceecee, Steph und Sally?«

Liz nickte.

»Na, dann los«, sagte Georgia und lächelte schwach, »einen von deinen Zaubertränken kann ich mir wohl kaum entgehen lassen. Ich kann allerdings nicht versprechen, dass ich danach wirklich brav einschlafe.«

»Das macht gar nichts. Ich wollte ohnehin noch ein paar Sachen mit dir besprechen.«

Liz sprang die Treppe wieder hinab und lief in die große, freundliche Wohnküche. Wenn sie nicht zu Hause war, wurde hier außer Tee und Kaffee kaum etwas zubereitet – Tante Georgia war eine spektakulär schlechte Köchin. Es erstaunte Liz immer wieder, auf wie viele verschiedene Arten Georgia es schaffte, selbst die einfachsten Gerichte zu verderben, wenn sie sich mal an den Herd stellte. Gekochte Eier waren hart wie Tennisbälle, oder der Dotter lief einem kalt-glibbernd über die Finger, Nudeln dagegen waren entweder labbrig oder so al dente, dass sie geradezu unter den Zähnen knusperten, ja es hatte sogar eine Gelegenheit gegeben, bei der die Pastasauce aus dem Glas angebrannt gewesen war. Jack erzählte immer gern, dass Liz »aus reiner Notwehr« das Kochen erlernt hatte, und das stimmte. Schließlich konnte sie nicht jeden Abend eine Ausrede erfinden, warum sie entweder bei den Sawyers oder bei den Kaufmans zu Abend essen musste. Wobei sie in beiden Haushalten immer willkommen gewesen war, denn wer einmal mit Georgias Küche Bekanntschaft gemacht hatte, wusste, was Sache war.

Liz zog die Schublade mit ihren Gewürzen auf. Perfekt, alles war da, wo sie es bei ihrem letzten Besuch zu Weihnachten hinterlassen hatte. Dann stand bestimmt auch die Notration mit Mandelmilch noch in der Speisekammer. Offenbar hatte ihr Onkel seinen Plan, im Ruhestand das Kochen zu lernen, »weil er sich dann das ganze Auswärtsessen nicht mehr leisten könne«, bisher nicht in die Tat umgesetzt. Georgia hatte nur lachend abgewinkt, denn rechnen konnte sie als Chefbuchhalterin des größten Arbeitgebers von Greenwood County dafür umso besser. Und auch Onkel Jack hatte seine Handelsfirma für Landmaschinen bestimmt nicht mit Verlust verkauft, der alte Fuchs. Die Hansens hatten einen mehr als bequem abgesicherten Lebensabend vor sich, daran bestand für Liz kein Zweifel.

Sie stellte einen kleinen Topf auf den Herd, gab zwei großzügig bemessene Portionen Mandelmilch hinein, suchte Zimt, Kardamom, schwarzen Pfeffer, Ingwer und Kurkuma hervor und schaltete die Kochplatte an. Normalerweise verwendete sie Ingwer und Kurkuma natürlich frisch gerieben, und auch Mandelmilch aus der Packung war definitiv eher eine Notlösung; im *Lakeview* würde sie ihre eigene Nuss-und Getreidemilch herstellen. Aber für heute Abend ging es, die Goldene Milch würde auch so köstlich schmecken. Mit routinierten Handgriffen maß sie die Gewürze ab, fügte der kochenden Milch schließlich eine Prise Salz hinzu und drehte die Hitze auf klein. Dann holte sie aus der Vitrine im Wohnzimmer zwei der blau-weißen Becher von Tichelaar hervor, die nur zu ganz besonderen Gelegenheiten benutzt wurden. Aber Liz fand, dass Georgia und sie wirklich jeden Seelentrost gebrauchen konnten, und wenn es nur dieses reizende Geschirr war, das altmodisch gekleidete Kinder mit ebenso altmodischem Spielzeug zeigte. Sanft strich sie über ihr Lieblingsmotiv, einen kleinen Jungen mit Spindel und Kniebundhosen. Den hatte sie von Anfang an ganz besonders gemocht, denn insgeheim hatte sie immer Mitleid mit ihm gehabt, weil er so alberne Klamotten tragen musste und trotzdem so konzentriert wirkte.

Ihre Mutter Marlee hatte die Becher zusammen mit ein paar Kerzenhaltern vom selben Hersteller »als kleines Mitbringsel aus der alten Heimat« im Koffer gehabt, nachdem sie in Amsterdam die erste größere Installation ihrer Karriere erstellt hatte. Liz hatte das immer ein bisschen albern gefunden. Schließlich waren die DeWitts schon vor beinahe 200 Jahren in die USA ausgewandert und pflegten keinerlei holländische Traditionen, da konnte man wohl kaum noch von den Niederlanden als Heimat sprechen. Sie war außerdem ziemlich geschockt gewesen, als ihr Jahre später klar geworden war, dass Tichelaar eine der großen alten Porzellanmanufakturen in Europa war und insbesondere die reich bemalten Kerzenhalter ein kleines Vermögen gekostet haben mussten. Wohl kaum etwas, das man spontan kaufte und dann auch noch als Mitbringsel bezeichnete. Aber so war ihre Mutter eben: impulsiv, großzügig, voll verrückter Ideen und mit einem Auge für Kunst in jeglicher Form.

Wieder zurück in der Küche, füllte sie die Milch durch ein Teesieb sorgfältig in die beiden Becher, gab jeweils einen Löffel Honig dazu und brachte sie dann auf einem Tablett nach oben.

Georgia warf einen Blick darauf und meinte nach einem Moment des Zögerns dankbar: »Das Tichelaar! Was für eine zauberhafte Idee, Liebes. Das ist genau das Richtige nach so einem

Tag.« Sie griff nach dem Becher, der einen Jungen auf Stelzen zeigte. »Hast du deine Mutter mittlerweile erreicht?«, stellte sie dann die nächstliegende Frage.

Liz spürte kurz ein kleines Flattern der Rührung im Bauch. Georgia sprach von ihrer Schwester ihr gegenüber stets als »deine Mutter«. Sie hatte ihrer Nichte auch immer verboten, sie und Jack als ihre Eltern zu bezeichnen oder sie gar mit »Mom« und »Dad« anzureden. Es war, als wolle sie Marlee nicht das Recht auf ihre Mutterschaft verweigern, ihr in den Augen ihrer Tochter immer Vorrang einräumen. An der Realität änderte das natürlich nichts: Liz liebte Marlee sehr und war als Teenager auch manchmal ganz schön sauer gewesen, dass sie nicht mit ihrer glamourösen Mutter durch die Welt reisen, sondern hier in Willow Springs hatte bleiben müssen. Zu gern hätte sie ihre Sommer in Europa oder Asien verbracht oder einen der kunstbesessenen Schauspieler oder Musiker kennengelernt, die mit den Jahren immer zahlreicher bei den Ausstellungseröffnungen ihrer Mutter auftauchten. Manchmal fragte sie sich sogar, ob sie auch deswegen als Köchin so gern international gearbeitet hatte, um diese Sehnsucht nach fremden Ländern endlich auszuleben. Aber selbst wenn sie offenbar ein bisschen was vom Fernweh ihrer Mutter geerbt hatte, änderte das nichts an der Tatsache, dass Georgia und Jack in jeder Hinsicht – bis vielleicht auf die biologische – ihre eigentlichen Eltern waren und es auch immer bleiben würden. Dass Marlee den Mut und die Selbsterkenntnis besessen hatte, ihre große Schwester um die Erziehung ihrer Tochter zu bitten, nachdem sie als knapp Zwanzigjährige ungewollt von ihrem Tutor schwanger geworden war, rechnete Liz ihr hoch an: Es war vermutlich Marlees einziger echter mütterlicher Impuls in ihrem ganzen Leben gewesen. Oder, so dachte Liz manchmal amüsiert, sie war vielleicht auch nur eins von Marlees großzügigen Geschenken, hatten sich doch Georgia und Jack zum Zeitpunkt ihrer Geburt schon seit Jahren sehnsüchtig ein Kind gewünscht.

»Marlee«, sagte sie und betonte den Namen ganz leicht, »hat versprochen, so schnell wie möglich zu kommen. Allerdings könne sie im Moment unmöglich aus Zürich weg, weil *Achtern im Sternenhimmel* so ein – ich zitiere – ›wahnsinnig toller Erfolg‹ sei.« Sie grinste und nahm einen Schluck, genoss für einen Augenblick das leichte Brennen des Ingwers auf der Zunge. »Typisch.«

Georgia wollte prompt die eigene Tasse absetzen und etwas sagen, vermutlich, um ihre kleine Schwester zu verteidigen, wie sie es immer tat.

Liz ließ es nicht so weit kommen. »Sie wollte außerdem wissen, was genau ihr – und hier zitiere ich wieder – ›verrückter Lieblingsschwager angestellt‹ hätte. Das frage ich mich auch, wenn ich ehrlich bin. Ihr redet immer alle von einer Leiter. Aber was genau ist denn nun passiert?«

Georgia sah sie über den Tassenrand abwägend an, und Liz fragte sich unwillkürlich, ob die Frage vielleicht zu viel in ihrer Tante aufwühlte. »Du musst es mir nicht erzählen, wenn es dir schwerfällt, ich frage mich bloß ...«

»Wie Jack ein paar Meter fallen und sich gleich solche Verletzungen zuziehen kann?«, fragte Georgia, und Liz nickte beklommen. »Das würde ich auch gern wissen!« Plötzlich brach es aus ihrer Tante heraus: »Und ich bin so wütend, sooo wütend auf diesen blöden Idioten! Statt wie üblich George Leadbetter zu beauftragen, die Regenrinnen zu reinigen, beschließt er, es lieber selbst zu machen. Nur weil nach dem letzten Platzregen die Regenrinne vor dem Badezimmer überlief und das Wasser gegen die Fensterscheibe platschte. Der Regen hatte kaum aufgehört, da stand er schon mit Leiter und Eimer auf dem Rasen. Natürlich war der Boden feucht und glitschig, die Leiter muss irgendwie ins Rutschen gekommen sein. Vielleicht, als er sich zur Seite gebeugt hat.« Mit einem Knall stellte sie den Becher auf ihr Nachttischchen. »Als mir klar wurde, was er vorhatte, wollte ich nach draußen, ihn warnen oder zumindest die Leiter halten. Aber da war schon alles zu spät. Ich könnte ihn umbringen, wirklich.« Unvermittelt brach Georgia wieder in Tränen aus.

Liz konnte nur hilflos zusehen. Wie sollte sie ihre Tante auch trösten? Wenn es stimmte, was sie erzählt hatte, dann war ihr Onkel tatsächlich verflixt leichtsinnig gewesen. Wortlos stand sie auf und ging eine Packung Kleenex holen, um Georgia einen unbeobachteten Moment zu verschaffen.

Als sie wiederkam und ihrer Tante die Taschentücher reichte, schnäuzte diese sich energisch. »Köstlich, übrigens, dein Schlummertrunk«, sagte sie dann und lächelte noch etwas wacklig, offenbar froh, ein unverfänglicheres Thema anzuschlagen.

»Nicht wahr?«, meinte Liz. »Das lief im *Marybelle's* schon super, und ich setze es bestimmt auf die Karte vom *Lakeview*. Ceecee meint auch, dass sich immer mehr Touristen nach Getränken jenseits von Cappuccino und Co. erkundigen. Neulich hätte sogar schon Gabrielle Kershaw nach Milchalternativen gefragt.«

»Pfff, die dumme Gans hat es gerade nötig. Will mal wieder damit angeben, wie genau sie alles im Blick hat, oder?«, entgegnete ihre Tante mit ungewohnter Häme. Das war nicht verwunderlich, denn die verwöhnte Gabrielle hatte auch Liz schon in der Highschool auf die Palme gebracht.

»Wobei ich zugeben muss, dass sie in diesem Fall wirklich recht hat, dieses Zeug ist geradezu unwiderstehlich, Liz. Es ist nur ...« Georgia zögerte lange, suchte anscheinend nach den richtigen Worten. »Ich frage mich, ob es richtig für dich ist, nach Willow Springs zurückzukehren. Jack und ich sind so stolz darauf, was du dir in San Francisco erarbeitet hast. Das *Marybelle's* findet sich immerhin in jedem zweiten Gourmetführer für die Westküste. Du könntest in jedem schicken Restaurant auf der ganzen Welt arbeiten. Und jetzt willst du hier, in Greenwood County, für Hinterwäldler und Touristen kochen?« Liz öffnete den Mund, um etwas zu sagen, doch Georgia winkte ab.

»Versteh mich nicht falsch, Ceecee leistet im *Lakeview* tolle Arbeit, ihr Café hätte auch in einem größeren Ort jede Chance auf Erfolg. Aber ist es auch das Richtige für dich? Nach all den Jahren in der Großstadt? Dein Onkel und ich dachten immer, du hättest dir genauso eine aufregende Karriere in deinem Metier gewünscht.« Sie machte eine kleine verlegene Pause. »Liegt es am Geld? Also, falls ja, Jack und ich würden dir gern etwas eigenes in Frisco finanzieren. Wir haben sogar schon darüber gesprochen.«

»Danke dir, das ist wahnsinnig lieb von euch«, sagte Liz sanft. »Vielleicht komme ich sogar darauf zurück – aber nur, wenn das *Lakeview* noch Kapital braucht. Denn meine Entscheidung ist getroffen, Tante Georgia. Ein befreundeter Kollege von Cal setzt bereits den Vertrag für Ceecee und mich auf, wir werden am Mittwoch unterschreiben. Das ist nur noch eine reine Formalität. Und danach fliege ich kurz zurück, um die Wohnung aufzulösen.«

Georgia sah sie nach wie vor zweifelnd an. »Du machst das jetzt aber nicht, weil du denkst, dass Jack ...«, sie konnte nicht weitersprechen, setzte nach einem Augenblick des Sammelns neu an, »dass ich hier deine Hilfe brauche?«

Wie sollte Liz Georgia nur vermitteln, dass der Entschluss, nach Willow Springs zurückzukehren, keineswegs so spontan war, wie es jetzt erschien? Er war schon lange in ihr gereift, und sie war überzeugt davon, dass sie auch hier tolle Arbeit leisten konnte und keineswegs ins Hintertreffen geraten müsste. Im Gegenteil, hier hätte sie endlich Zeit, sich mehr zu entfalten, Neues auszuprobieren, ohne sich gleich dabei gehetzt zu fühlen, weil die Konkurrenz vielleicht schon auf einen ähnlichen Gedanken gekommen war. Jacks Unfall war nur der Anlass, diesen Wunsch endlich zu erkennen und in die Tat umzusetzen, der letzte kleine Schubs, den es gebraucht hatte. Aber das konnte sie ihrer Tante doch unmöglich so sagen, oder? Denn würde sich das nicht anhören, als wäre sie im Grunde ganz froh über den Unfall?

In ihrer Not erwiderte sie das Erstbeste, was ihr einfiel. »Du tust gerade so, als wäre es undenkbar, aus der Großstadt hierher überzusiedeln. Dabei haben wir seit Kurzem sogar einen waschechten New Yorker als Chief of Police. Außerdem, wo Ceece und Cal jetzt heiraten und vielleicht bald ein Baby bekommen, möchte ich ...«

Sie sprach nicht weiter, denn ihre Tante schaute sie auf diese Art und Weise an, bei der sich Liz immer wie knapp fünf vorkam. Als wisse sie etwas, was ihr selbst verborgen geblieben war. »Das ist in der Tat ein Argument«, meinte sie schließlich nachdenklich. Dann lächelte sie plötzlich, beugte sich vor und tätschelte ihre Hand. »Ceecee bekommt reizende Kinder und braucht dann jede Unterstützung von ihrer liebsten Freundin, du hast recht. Vielleicht mache ich mir einfach nur zu viele Sorgen um dich. Schließlich bist du erwachsen und weißt sicherlich sehr viel besser als ich, was gut und richtig für dich ist. Vergiss einfach, was ich gesagt habe.« Sie griff nach dem Becher, nahm einen tiefen Schluck und stellte ihn dann zurück auf das Tablett. »Vielleicht habe ich auch nur ein schlechtes Gewissen, weil ich mich so unglaublich freue, dass du wieder hier bist und dass du in Willow Springs bleiben willst.« Leiser setzte sie hinzu: »Ganz egal, was der Anlass ist.« Sie hielt inne, schien zu überlegen. »Aber weißt du was? Wir reden morgen weiter. Dein Zaubertrank hat Wunder gewirkt: Ich glaube, ich kann jetzt tatsächlich schlafen. Nimmst du das Tablett mit?«

Liz sah ihre Tante noch einen Moment an, ob sie noch etwas sagen wollte. Doch als Georgia schwieg, schnappte sie sich Becher und Tablett und verließ das Schlafzimmer. Hinter ihr knipste ihre Tante das Licht aus und rief noch leise: »Gute Nacht, Liebes.«

»Gute Nacht«, antwortete Liz, während sie die Schlafzimmertür zuzog. Auf dem Flur blieb sie stehen und holte tief Luft. Was sollte das Gerede über »sie wäre erwachsen und müsse selbst wissen, was sie täte«? Schließlich war sie seit Jahren für sich verantwortlich. Und auch wenn sie wusste, dass Jack und Georgia sich manchmal Gedanken machten, hatten sie sich nie in irgendeiner Form in ihr Leben eingemischt, sogar immer betont, wie wichtig es wäre, die eigenen Entscheidungen zu treffen. Es musste ihre Tante viel gekostet haben, überhaupt ihre Freude darüber zuzugeben, dass Liz sich in ihrer Heimatstadt niederlassen würde. Oder wenn sie anklingen ließ, dass sie ihr ein Restaurant finanzieren wollten, damit sie *nicht* nach Willow Springs zurückkehrte. Warum also hatte Georgia sich dann so schnell zufriedengegeben?

Kapitel 5

Das rote da? Meinst du echt?« Joe ging in die Hocke, um die bunt über- und untereinander wuselnden Katzenkinder genauer in Augenschein zu nehmen. Das besagte rote Kätzchen war gerade dabei, einem Geschwisterchen energisch ins Ohr zu beißen. Das schwarz-weiß gefleckte Tier hob schüchtern eine Tatze, um die Bisse abzuwehren, konnte sich aber gegen den roten Angriff nicht so recht durchsetzen. »Ist das Exemplar nicht ein bisschen wild?«

»Nein«, beschied Missy lakonisch. »Das passt zu dir, Onkel Chief.«

»Aber wir müssen auch dran denken, dass ich gerne ein Katzenmädchen haben will. Wenn es sich so mit seinen Geschwistern kloppt, dann ist es doch bestimmt ein Junge.«

Zu dieser gewagten These sagte Missy nichts. Überhaupt war die vierjährige Tochter von Aaron und Steph Plattner ein Kind von bemerkenswert wenigen Worten. Manchmal dachte er, das läge daran, weil ihre dunkelblonde Mutter so gern redete. So wie jetzt.

»Meine Güte, Joe, man merkt, dass Sie nur mit Brüdern aufgewachsen sind! Sally und ich haben früher ganze Nachmittage damit zugebracht, uns nach allen Regeln der Kunst zu prügeln.

Mein rechter Haken war wirklich legendär, und niemand in unserer Klasse konnte einem so gut die Arme hinter dem Rücken verdrehen wie Sal. Ich glaube, sogar Rob und seine Kumpels hatten Angst vor seinen kleinen Schwestern.« Steph lachte vergnügt und wiegte Missys Babybruder Owen hin und her. Joe hatte schon jetzt Mitleid mit ihm, sollte sich seine große Schwester ähnlich entwickeln wie Mutter und Tante.

Mrs. Tillman, die Besitzerin der Katzenschar, die für die heutige Katzenwahl auf ihre Veranda zu Sonntagskaffee und -kuchen eingeladen hatte, war gerade aus dem Haus getreten und hatte das Geplänkel gehört. Sie stellte die Kanne mit frisch gebrühtem Kaffee auf den Tisch und kommentierte Stephs Worte mit einem vergnügten Lachen. »Ihr wart wirklich Satansbraten. Mein Enkel Tom ist einen Sommer lang immer einen Umweg von der Schule gelaufen, weil er solche Angst vor dir und Sally hatte. Dabei war er damals bestimmt einen Kopf größer als ihr beide. Erstaunlich, dass aus euch doch noch was geworden ist.« Sie zwinkerte ihm zu.

»Wir wussten halt schon in jungen Jahren, wie stark zwei entschlossene Frauen gemeinsam sein können«, kommentierte Steph.

Mrs. Tillman winkte ab und trat zu Joe und Missy an den Katzenkorb. »Wenn Sie wirklich so versessen auf ein Weibchen sind, Joe, dann schauen wir uns das rote Kätzchen jetzt mal genauer an. Vielleicht haben wir ja Glück.« Sie gab ein paar sanfte Töne von sich und beugte sich über den Katzenkorb. Trotz ihrer gut 80 Jahre bewegte sie sich erstaunlich geschmeidig, wie viele der älteren Einwohner von Willow Springs. Das Leben im Northern Highland musste wirklich gesund sein. Zielsicher griff sie in die Katzenschar. Das rote Kätzchen hatte zunächst wenig Lust, sich von seinen Geschwistern zu trennen, beruhigte sich aber unter den zärtlichen Händen der alten Dame erstaunlich schnell. »Aaaah«, sagte sie. »Das Kleine ist tatsächlich ein Mädchen, sehen Sie?« Sie hielt ihm das Kätzchen entgegen. Natürlich sah Joe nichts außer einem kleinen Katzenhintern. Bisher war er noch nie in die Verlegenheit gekommen, das Geschlecht einer Katze bestimmen zu müssen. Ging das in diesem Alter überhaupt schon?

»Sind die Katzen mit sechs Wochen dafür nicht zu jung?«, stellte er also die naheliegende Frage.

Das war offenbar der falsche Schachzug gewesen, denn nun fühlte sich Mrs. Tillman veranlasst, ihm den genauen Unterschied zu erklären. Sie drückte Joe das Katzenkind in die Hand, hielt ihm den Schwanz hoch und wies mit dem Finger auf die beiden rosa, haarlosen Kreise. »Hier, ich zeige es Ihnen. Die beiden Genitalöffnungen sind dicht beisammen, außerdem hat die Kleine da noch nicht so viel Fell. Bei ihren Brüdern ist das ganz anders.« Sie ließ die rote Katze wieder zu ihren Geschwistern gleiten und griff nach einem grau getigerten Kätzchen, das gerade laut miauend auf sie zu krabbelte. Sie musterte es kurz und drehte es dann ebenfalls so, dass Joe nun auch dessen – wie hatte Mrs. Tillman es genannt? – Genitalöffnungen bewundern konnte. »Bei ihm hier sind After und Penis deutlich weiter auseinander, und wenn Sie genauer hinsehen«, Joe sah gehorsam genauer hin, Mrs. Tillman erklärte das Ganze so sachlich, dass bei ihm überhaupt keine Verlegenheit aufkommen wollte,

»können Sie hier auch schon eine kleine Erhebung erkennen. Das ist ...«

An dieser Stelle wurden sie von einem ohrenbetäubenden Schrei unterbrochen.

»Tante Liz, Tante Liz«, kreischte Missy und rannte geradewegs hinein in die offenen Arme von Liz DeWitt, die von der Straße auf sie zukam.

» ... das ist nämlich der Hoden«, beendete Mrs. Tillman ihre didaktischen Erläuterungen ungerührt. Sie setzte den grauen Kater wieder in den Korb zurück und richtete sich auf. »Noch etwas Kuchen, Chief?«

Joe lehnte sich in seinem Rattansessel mit den gestreiften Kissen zurück. Er mochte die Veranda der Tillmans direkt vor dem Haus. Es war wirklich der perfekte Ort, um entspannt einen Sonntagskaffee zu trinken. Ab und an kam ein Nachbar auf der Straße vorbei und hob grüßend eine Hand, aber besonders viel war heute nicht los. Im Vorgarten gegenüber reckten sich noch vereinzelt ein paar späte Tulpen der Sonne entgegen; wenn es weiter so warm blieb, würden sicherlich bald auch die Rosen blühen.

Allerdings musste er zugeben, dass es gerade wesentlich spannendere Sachen in seiner Nähe gab als knospende Rosensträucher. Joe holte tief Luft und ließ den Blick zur anderen Seite der Veranda wandern. Dort hockte Liz DeWitt neben Missy vor dem Korb und begutachtete konzentriert die Katzenschar. Im

Gegensatz zu ihm hatte Missy sich noch nicht für eine Katze entscheiden können, und offenbar besprach Liz mit der Kleinen jetzt genau das Für und Wider jedes einzelnen Kandidaten. Gerade angelte ein schwarz-weiß geflecktes Exemplar nach dem Grashalm, den Liz probeweise über den Korb hielt, und er konnte beobachten, wie sich ein entzücktes Lächeln auf ihrem Gesicht ausbreitete. Mittlerweile hatte er sich von dem Schock erholt, den ihr unvermitteltes Auftauchen bei ihm ausgelöst hatte. Er musste sich anscheinend daran gewöhnen, dass diese Frau komplett unberechenbar war – das war jetzt schon das dritte Mal, dass sie prompt um die Ecke bog, wenn er gar nicht mit ihr rechnete. Und gleichzeitig hatte sich sein Gespräch mit Ceecee Kaufman über Liz als erstaunlich unergiebig erwiesen; normalerweise verrieten ihm die Leute wesentlich mehr, als sie wollten. Nicht so in diesem Fall. Ja, Liz sei ihre beste Freundin und mit ihr in Willow Springs aufgewachsen, und ja, sie würde ihre Geschäftspartnerin im *Lakeview* werden. Seine vielleicht etwas zu direkte Frage, ob Liz wegen Rob Sawyer in die alte Heimat zurückkehren wolle, hatte Ceecee mit einem erstaunten Blick und mit einem für ihre Verhältnisse fast schon schnippischen »Kann ich mir nicht vorstellen« beantwortet, bevor sie ein »Ihr Onkel Jack ist schwer verunglückt, das wissen Sie doch, Chief« hinterhergeschoben hatte und dann eilig in Richtung Küche verschwunden war.

Nein, das hatte er nicht gewusst – zumindest waren ihm die Verwandtschaftsverhältnisse nicht bekannt gewesen. Von dem Unfall hingegen hatte er gehört, auch wenn der eindeutig nicht in sein Gebiet gefallen war. Das Ganze tat ihm sehr leid. Er mochte Jack Hansen und seine Frau Georgia. Die beiden waren wohl das, was man gern als »Säulen der Gemeinschaft« bezeichnete, auch wenn sie beileibe nicht so steif und korrekt wirkten, wie dieser Begriff nahelegen würde. Sie benahmen sich gern wie ein frisch verliebtes Pärchen, trotz der Tatsache, dass sie seit Jahrzehnten verheiratet sein mussten, und waren ansonsten unauffällig zur Stelle, wenn sie gebraucht wurden. Er konnte sich noch genau erinnern, wie Jack an seinem zweiten Tag als Chief im Revier aufgetaucht war und ihm als Willkommensgeschenk eine Flasche Apple Brandy aus der Gegend mitgebracht hatte. Normalerweise machten Joe solche Aktionen ziemlich misstrauisch, aber sämtliche seiner Mitarbeiterinnen und Mitarbeiter hatten ihm versichert, dass er sich im Falle von Jack Hansen keinerlei Gedanken zu machen brauchte. Wie hatte es Alison aus der Funkzentrale beschrieben? »Jack Hansen wäscht seine eigenen Hände, Joe, und das sehr gründlich.« Als er abends in seinem trostlosen Pensionszimmer die Flasche ausgepackt hatte, um einen Schlummertrunk zu nehmen, hatte er in der Pappschachtel die Visitenkarten von sämtlichen Maklern der Gegend gefunden, immerhin ganze drei Stück. Einer davon hatte ihm gleich am nächsten Tag seine ebenso günstige wie hübsche und bezugsfertige Wohnung besorgt. Dass Jack Hansen sich die Mühe gemacht hatte, herauszufinden, was den neuen Chief of Police gerade am meisten fehlen könnte, hatte Joe mit ziemlicher Bewunderung und Dankbarkeit erfüllt. Und der Brandy war nebenbei auch ziemlich genial gewesen, mittlerweile besorgte Joe ihn sich gelegentlich selbst.

Also war Liz DeWitt die Nichte vom netten Jack Hansen,

wegen seines Unfalls nach Willow Springs zurückgekehrt und würde jetzt bei Ceecee ins *Lakeview* einsteigen. Vermutlich war sie nun erst mal bei ihm und ihrer Tante in ihrem großen Haus in der Marathon Street zu Gast, bis sie was eigenes hatte. Vielleicht wohnte sie auch bei ihren Eltern, vorausgesetzt, die lebten noch hier. Allerdings hatte Joe von einer Familie DeWitt in Willow Springs bisher nichts gehört; es müsste sich dann ja vermutlich um Verwandte von Georgia Hansen handeln. Aber zumindest war damit sehr wahrscheinlich geklärt, dass Rob und sie den gleichen Nachhauseweg gehabt hatten, wenn auch nicht, was an dessen Ende genau passiert war.

Er warf einen Seitenblick auf Steph: Wusste sie vielleicht, ob was zwischen Liz und ihrem Bruder lief?

»… und Liz will tatsächlich nach Willow Springs zurückkehren und bei Ceecee einsteigen«, sagte Steph gerade. Sie warf ihren dunkelblonden Pferdeschwanz über die Schultern zurück und streckte die Hand mit der Kaffeetasse aus, um sich von Mrs. Tillman nachschenken zu lassen. Dann ließ sie die andere Hand über dem Kuchenteller kreisen, um sich eins der hausgemachten köstlichen Törtchen auszusuchen. Sie entschied sich für die Rhabarber-Vanille-Variante. »Missy freut sich unglaublich, dass sie ihre Tante Liz jetzt in der Nähe hat. Sie tut ihr richtig gut.«

Joes Blick wanderte zurück zu den beiden weiblichen Wesen vorm Katzenkorb und verharrte dort. Er konnte seiner Nachbarin nur zustimmen: Missy war auch bei ihm nicht schüchtern. Das war sie von Anfang an nicht gewesen, von dem Nachmittag an, als Aaron Plattner ihn letzten Sommer zum Grillen eingeladen hatte, »um seine Mädels kennenzulernen«. Damals war

Steph mit Owen hochschwanger gewesen, und er hatte ihr immer mal wieder zur Seite gestanden, wenn Aaron zu sehr mit seinen Verpflichtungen im *Pine Lake Inn* beschäftigt gewesen war. Seitdem hatte er einiges an Zeit im Haus gegenüber verbracht, fast war er bereit zu sagen, dass Steph und Aaron zu so etwas wie richtigen Freunden geworden waren.

Der Weg zu Missys Herz, das hatte Joe schnell verstanden, war die Musik. Vermutlich lag das daran, dass weder Steph noch Aaron jemals mit ihr sangen; besonders Letzterer behauptete steif und fest, er hätte nicht das geringste musikalische Talent. Missy hingegen war total begeistert, sobald er beim Herumalbern ein paar Takte anstimmte, ähnlich wie die Kids von seinem jüngeren Bruder Gabe. Mittlerweile hatte die Kleine ihm sogar anvertraut, dass sie gerne Ballettstunden hätte, was Joe äußerst vernünftig fand: Trotz allem Babyspeck konnte man jetzt schon sehen, dass Missy beim Körperbau ganz nach ihrer großen, schlanken Mutter kam, auch wenn sie Aarons dunkle Augen geerbt hatte. Er hatte ihr deshalb geraten, diesen Wunsch ihren Eltern mitzuteilen, was Missys mit einem abwägenden Nicken und einem halb überzeugten »Hm« zur Kenntnis genommen hatte. Kurzum, er hatte geglaubt, einen wirklich guten Draht zu Missy zu haben. Aber in Gegenwart von Liz DeWitt blühte das Mädchen erst richtig auf. Es redete sogar wie ein Wasserfall, während Liz ihm ernsthaft zuhörte.

Heute trug sie die weißblonden Locken nicht offen, sondern zu einem Knoten am Oberkopf geschlungen; Jeans und ein leichter grüner Sommerpulli zeigten nur wenig Haut. Trotzdem ertappte Joe sich dabei, wie sein Blick den Rundungen ihrer Brüste folgte. Verdammt! Er wollte sich gar nicht ausmalen, was sie wohl gedacht hatte, als sie ihn gesehen hatte, wie er interessiert die Genitalöffnungen von kleinen Katzen musterte und ihm eine alte Lady dabei Vorträge über Hoden hielt. Aber er sollte besser keine Zeit mit unnötigen Grübeleien verschwenden, sondern die Gelegenheit nutzen, um mehr über sie herauszufinden.

»Tante *Liz*?« wandte er sich also fragend an Steph.

»Wieso? Ach, Sie meinen, weil wir Missy verboten haben, Sie mit Vornamen anzureden, weil man das bei fremden Menschen nicht tut?« Ihre grünen Augen funkelten fröhlich. Sie nahm einen genießerischen Schluck von ihrem Kaffee und lächelte Mrs. Tillman an. »Wirklich großartig, dieser Kaffee, Mrs. T. Seit Sie die Bohnen vom *Lakeview* nehmen, ist er sogar noch besser als früher.« Sie wandte sich wieder an Joe, als würde sie seine Ungeduld spüren. »Nehmen Sie es nicht persönlich, Joe. Liz ist Missys Patentante. Sie ist zwar zwei Jahre älter als Sally und ich, aber wir sind quasi zusammen groß geworden. Die Hansens wohnten direkt neben meinen Eltern.«

»Sie ist bei Tante und Onkel aufgewachsen? Leben ihre Eltern denn nicht mehr?«

Seine unschuldige Frage hatte einen wahren Heiterkeitsausbruch zur Folge.

»Wenn man eins über Marlee DeWitt *nicht* sagen kann«, japste Mrs. Tillman schließlich, »dann, dass sie nicht lebendig ist.«

Steph hatte offenbar Mitleid mit ihm und setzte ihn in knappen Worten über Liz' Mutter ins Bild. Joe schüttelte den Kopf.

Unglaublich, sein Kind einfach so bei Verwandten abzusetzen und sich selbst in der Welt rumzutreiben. Und dann auch noch als Künstlerin! Die Installationen erstellte! Vor Joes innerem Auge erschien ungefragt ein Bild von nackten Körpern auf flackernden Fernsehbildschirmen, untermalt von seltsamem Chorgesang.

»Und ihr Vater? Hätte der sich nicht um die Kleine kümmern sollen?«

»Nun, Marlee meinte immer, der Vater wäre ihr Tutor gewesen«, sagte Steph, »aber wenn ich ehrlich bin, bin ich mir nicht so sicher, ob das stimmt.« Sie kicherte, und ihr dunkelblonder Pferdeschwanz wippte. »Marlee war die große Heldin meiner Jugend. Sie kommt und geht, wie es ihr gefällt, Konventionen und Regeln sind für andere Leute. Die fleischgewordene Freiheit.« Sie zuckte mit den Schultern. »Und heute bin ich noch keine dreißig, sitze mit zwei Kindern zu Hause und liebe meinen wahnsinnig ehrbaren, fleißigen Ehemann heiß und innig ... obwohl ich doch so einen wahnsinnig sexy Nachbarn im Haus gegenüber habe.« Sie zwinkerte Joe übermütig zu. »Ein tragisches Schicksal, ich weiß.« Steph seufzte theatralisch, bevor sie die Decke in Owens Kinderwagen zurechtzupfte.

»Das sage ich Aaron, wenn er euch später abholen kommt, besonders die Sache mit dem sexy Nachbarn. Kann nie schaden, seinen Kerl auf Trab zu halten«, versicherte Mrs. Tillman. Sie lachte fröhlich, und Joe konnte sich richtig vorstellen, wie sie das bei ihrem Mann zeit seines Lebens praktiziert hatte. Wenn sie so strahlte wie jetzt, erinnerte sie ihn irgendwie an Judi Dench, deren Tod als *M* er immer noch nicht recht verkraftet hatte. Ralph Fiennes war in seinen Augen einfach kein Ersatz für diese besondere Lady mit den strahlend blauen Augen. »Ehrlich gesagt waren wir alle froh darüber, wie es gekommen ist. In Marlees Künstlerleben war kein Platz für ein Kind. Sie hätte sich niemals durch irgendwelche Mutterpflichten einschränken lassen.«

»Und, ist ihre Tochter ihr ähnlich?«, wollte Joe wissen.

»Liz ist Marlee wie aus dem Gesicht geschnitten. Ihre Unabhängigkeit und ihre Toleranz hat sie definitiv ebenfalls geerbt, wobei ich glaube, dass Georgia und Jack sie auch so erzogen haben. Aber ...« Mrs. Tillman zögerte.

»Aber was?«, fragte Liz, die mit der roten Katze im Arm plötzlich vor dem Kaffeetisch stand. »Habe ich euch unterbrochen? Redet ihr etwa über mich? War es interessant?«, wandte sie sich mit einem frechen Grinsen an Joe.

Nicht so interessant, wie es hätte sein können, dachte er. Laut setzte er hinzu: »Keinesfalls, Ms. DeWitt, keinesfalls. Ich wollte lediglich wissen, warum Missy Sie beim Vornamen nennt und ich mich mit Onkel Chief zufriedengeben muss.« Er warf demonstrativ einen Blick auf seine Armbanduhr. »Wären Sie jetzt so freundlich, mich zu entschuldigen? Ich muss leider zum Dienst.« Er stand auf, untermalt von den bedauernden Ausrufen von Steph und seiner Gastgeberin.

»Soll ich Ihnen ein paar Törtchen einpacken, Chief? Sie haben ja noch gar nicht ordentlich zugelangt, das kann ich so nicht hinnehmen«, sagte Mrs. T. und wollte schon aufspringen.

»Nein, nein, machen Sie sich bitte keine Umstände. Ich hatte wirklich genug.« Nur mühsam unterdrückte er den Impuls, sich vielsagend auf den Bauch zu klopfen – eine Geste, die er immer reichlich albern fand, wenn sein Dad damit *nonna* Francesca zeigen wollte, dass er sich wirklich mehr als großzügig an ihren hausgemachten Cannoli bedient hatte. »Vorher sage ich aber noch kurz Rebel auf Wiedersehen.« Joe streckte die Hand nach der friedlich schlummernden roten Katze auf Liz' Arm aus und ließ den Zeigefinger über das weiche Fell gleiten.

»Rebel?«, fragte sie und zog die Augenbrauen hoch. »Ist das nicht ein merkwürdiger Name für ein weibliches Haustier?«

»Was wäre Ihnen denn lieber, Ms. DeWitt?« Er senkte die Stimme. »Soll ich etwa die Holly Golightly geben und sie einfach ›Katze‹ nennen?«

Den Moment ihrer Verblüffung nutzte er, um sich schnell bei Mrs. Tillman zu bedanken und Missy und Steph zum Abschied zuzuwinken. Dann ergriff er endgültig die Flucht, weil er jetzt wusste, was er zu tun hatte: sich von Liz DeWitt fernhalten. Sie kamen wirklich aus völlig unterschiedlichen Welten. Wenn er sich in ihrer Gegenwart gerade noch beherrschen konnte, sich wie sein eigener Vater aufzuführen, nur um sich dann in der nächsten Sekunde mit irgendwelchen Frauen zu vergleichen … und ausgerechnet mit der rehäugigen, gertenschlanken Audrey Hepburn aus *Frühstück bei Tiffany!* Ging es vielleicht noch ein bisschen unmännlicher?! Jedenfalls konnte es nicht mehr lange dauern, bis er sich vor Liz DeWitt komplett zum Narren machte. Und er musste nicht in einer Kleinstadt aufgewachsen sein, um zu wissen, dass einem so etwas lange nachhängen konnte. Abgesehen von seinem Stolz wäre das wirklich fatal für seinen Ruf als Chief of Police – wie sollte er seine Würde wahren, wenn es hieß, er würde sich wie ein Idiot aufführen, wenn es um Frauen ging? Das ging auf gar keinen Fall. Als oberster Gesetzeshüter von Greenwood County durfte er nicht zur Lachnummer werden.

Während er die Stufen der Veranda heruntersprang und in Richtung seiner Wohnung lief, straffte er entschlossen die Schultern. Nein, eins war klar: Joe hatte nicht vor, sich seinen Zufluchtsort Willow Springs in irgendeiner Form verderben zu lassen.

Kapitel 6

Aufatmend bog Liz auf den Parkplatz vom *Lakeview* ein. Sie kam vom Bethesda Hospital, wo die Dinge leider unverändert waren. Nun wollte sie sich am frühen Abend mit Ceecee treffen, um die ersten konkreten Pläne für ihre Partnerschaft zu besprechen. Über die grobe Marschrichtung waren sie sich zwar einig – mehr vegetarische und vegane Gerichte auf der Karte und ein mittelfristiger Ausbau des Cafés zum Restaurantbetrieb mit voller Schankerlaubnis, zumindest im Sommer –, aber nun wollten sie die Details für die kommenden Wochen und Monate festzurren. Sie verspürte einen kleinen Stich, als sie sich eingestand, wie sehr sie sich darauf freute, sich endlich über etwas anderes Gedanken machen zu können als über den Gesundheitszustand ihres Onkels. Jack wäre sicherlich der Letzte, der ihr in dieser Hinsicht Vorwürfe machen würde, denn harte Arbeit war für ihn nicht nur immer eine Selbstverständlichkeit gewesen, sondern auch ein Genuss. Vielleicht war er auch deswegen auf diese verflixte Leiter gestiegen, weil er die Rolle als Ruheständler nicht halb so aufregend und befriedigend fand wie das Leben als Geschäftsmann? Falls ja, müssten sie für ihn nach seiner Genesung dringend eine neue Beschäftigung und spannende Aufgaben finden.

Apropos Aufgabe: In nicht allzu ferner Zukunft würde sie selbst sich nach einer Wohnung umsehen müssen. Zwar hatte sie ihre Habseligkeiten nach dem Umzug in der letzten Woche erst einmal in einer Selfstorage-Einheit im Nachbarort eingelagert, doch auf Dauer war das ebenso wenig eine Lösung, wie in ihrem alten Jugendzimmer zu hausen. Im Moment war es zwar das Beste für sie und Georgia, wenn nicht jede für sich allein irgendwo sitzen und sich Gedanken um Jack machen musste, sondern sie das gemeinsam in dem Haus in der Marathon Street tun konnten, aber sie wollte ihrer Tante nicht länger als nötig zur Last fallen. Spätestens wenn Jack aus dem Krankenhaus kam, brauchte sie dringend etwas eigenes.

Sie musste auch einräumen, dass Georgias überraschendes Angebot, Kapital bereitzustellen, sie wahnsinnig beruhigte. Ihr war bewusst, wie viele Restaurants sie mit Kusshand nehmen würden und dass es keine leeren Worte waren, wenn Ceece meinte, dass sie sich jemanden wie Liz eigentlich überhaupt nicht leisten konnte. Insgeheim hatte es sie dennoch ziemlich gewurmt, dass ihre Freundin in die Partnerschaft quasi alle »harten Werte« einbrachte, während sie bis auf ein paar Ersparnisse nur sich selbst anbieten konnte. Natürlich könnten Ceecee und sie auch Kredite aufnehmen, sollte das für die Geschäftserweiterung notwendig werden, und da war Liz allein durch ihre exzellente Ausbildung an einer der berühmtesten Kochschulen des Landes und ihren einwandfreien Lebenslauf bares Geld wert – trotzdem ... Trotzdem verschaffte es ihr einfach ein besseres Gefühl, wenn sie nicht wie die sprichwörtlich arme Miss aus einem viktorianischen Schauerroman auftreten musste.

Mit einem Lächeln auf den Lippen betrat sie das *Lakeview*. Ihre Freundin war gerade dabei, die beeindruckende Kaffee-Siebträgermaschine zu reinigen. »Liz! Du bist aber früh dran. Ich hatte dich erst in einer Viertelstunde erwartet.« Ceecee legte den Lappen beiseite, trat auf sie zu und umarmte sie fest.

»Was Neues aus dem Krankenhaus?«

Stumm schüttelte Liz den Kopf und spürte, wie ihr schon wieder die Tränen in die Augen traten. Im Hospital verbot sie sich das, weil sie für Jack und Georgia stark sein musste. Wenn sie hingegen allein war, hatte sie oft das Gefühl, sie könnte beim kleinsten Anlass losheulen wie ein kleines Kind. Dieser emotionale Ausnahmezustand nahm sie ganz schön mit; ständig fühlte sie sich total erschöpft und gleichzeitig merkwürdig aufgedreht. Sie mochte sich gar nicht ausmalen, wie ihre Tante diese Tage erlebte.

Seufzend trat sie einen Schritt zurück und löste sich aus Ceecees tröstlicher Umarmung. »Lass uns nicht schon wieder davon reden, okay? Ich brauche einfach mal etwas Abwechslung. Mit dir eine neue Zukunft zu planen ist da genau das Richtige.«

»Na klar, das verstehe ich«, sagte Ceecee, und Liz konnte ihr ansehen, dass das keine leeren Worte waren, sondern ihre Freundin tatsächlich verstand, was sie meinte. »Ich habe mir auch schon jede Menge Gedanken und Notizen gemacht. Aber zuerst muss ich noch die *La Marzocco* sauber machen, dann bin ich für heute durch. Geh schon mal vor. In der Küche findest du einen frischen Krug Eistee.«

Liz ging nach hinten in die lavendelblau gestrichene Küche mit den blitzblank gewienerten Edelstahlarbeitsplatten. Obwohl der Raum keine Fenster hatte und das Licht eher funktional als gemütlich war, fühlte sie sich sofort ein bisschen besser. Sie war eben Köchin durch und durch, und eine ordentlich eingerichtete und saubere Gastroküche, die geliebt, benutzt und gepflegt wurde, wärmte ihr Herz.

Beim Anblick der Kühlkammer musste Liz unwillkürlich an ihre erste Begegnung mit Joe Mariani denken. Und daran, wie frech er am Sonntag bei Mrs. T. gegrinst hatte, als er das rote Kätzchen gestreichelt und den Witz über dessen möglichen Namen gemacht hatte. Es war geradezu eine Erleichterung gewesen, zu wissen, dass in diesem verdammt sexy Körper irgendwo doch Humor und Selbstironie steckten. Und dass er sich dabei auch gleich noch als Fan klassischer Hollywood-Filme entpuppte, konnte man fast als Bonus bezeichnen ... fast. Denn während Liz den Tee aus der Kühlkammer holte und zwei Gläser mit Eis vorbereitete, schüttelte sie energisch den Kopf über sich selbst. Schließlich rückte er ja keinen Fingerbreit von diesem albernen »Ms. DeWitt« ab! Welcher Mensch in ihrem Alter benutzte denn bitte heutzutage so konsequent korrekte Anrede samt Nachnamen?

Eins war jedenfalls sicher, Steph und Mrs. Tillman fraßen ihm aus der Hand. Sie schienen keinerlei Probleme mit seiner hyperpeniblen Art zu haben, im Gegenteil, Liz hatte das Gefühl, sie entpuppten sich geradezu als seine energischen Verbündeten. Auf ihre Frage, über was genau sie denn eigentlich mit ihm gesprochen hätten, verweigerten die beiden hartnäckig die Auskunft. Auch sonst hielten sie bemerkenswert dicht über konkrete Details, was den Chief und sein Leben anging.

Schließlich hatte Steph das Thema mit einem entschiedenen »Das musst du schon selbst herausfinden, meine liebe Liz« beendet, und nach ein paar mitfühlenden Kommentaren zu Jack hatten sie den Rest des Nachmittags lediglich über harmlose Dinge geplaudert, wie etwa, dass Owen besser als Missy auf das Zahnen reagiert hatte oder ob dieses Jahr jemand George Leadbetter beim Wettangeln schlagen könnte.

Ceecee kam in die Küche und warf den Lappen in den bereitstehenden Eimer für Schmutzwäsche. Ihre geröteten Wangen deuteten darauf hin, dass sie sich beim Putzen der Kaffeemaschine besonders ins Zeug gelegt hatte, um schnell zu ihrer Freundin zu kommen.

»Wow, du warst aber schnell«, sagte Liz. »Bist du dir sicher, dass Ruthie dir morgen früh nicht die Hölle heiß macht, wenn die *La Marzocco* nicht so blitzt wie sonst?« Ruthie war Ceecees langjährige Tresenkraft und liebte die edle Kaffeemaschine möglicherweise noch mehr als ihre Chefin.

»Ach, mit Ruthie kann ich in der Hinsicht sowieso nicht mithalten. Neulich habe ich sie sogar dabei ertappt, wie sie der Maschine Schritt für Schritt erklärt hat, was sie jetzt als Nächstes beim Putzen tun würde. Als würde unsere *La Marzocco* sich richtig erschrecken, wenn sie nicht genau weiß, wo man sie gleich anfasst.« Ceecee grinste, halb belustigt, halb verständnisvoll, und schüttelte den Kopf. »Apropos erschrecken: Was hast du denn mit Joe Mariani gemacht? Er schien zu glauben, er hätte dich neulich hier in der Küche überrascht und dabei zu Tode erschreckt. Es war ihm furchtbar unangenehm, wenn ich das richtig verstanden habe. Und danach meinte er auch noch, du würdest hauptsächlich wegen Rob nach Willow Springs zurückkehren.«

»Wegen Rob?«, fragte Liz ungläubig. Der Mann konnte doch diese harmlose Umarmung am Baum nicht falsch verstanden haben, oder? Okay, sie waren beide leicht angetrunken gewesen, hatten gekichert und herumgealbert, aber das machten sie doch eigentlich immer ... Gleichzeitig spürte sie, wie ihre Wangen untypischerweise ganz heiß wurden. Offenbar hatte er das Thema Ms. DeWitt nicht nur mit Steph und Mrs. T. besprochen, sondern erkundigte sich sogar bei ihrer besten Freundin!

»Hey, du wirst ja ganz rot«, lachte Ceecee. »Habe ich da etwa einen wunden Punkt getroffen?« Sie winkte ab. »Sorry, ich will dich nicht ärgern. Und ich muss zugeben, ich bin zwar total neugierig, was du nachts mit irgendwelchen Cops in unserer Kühlkammer treibst, aber das kannst du mir bei anderer Gelegenheit mal genauer erzählen. Jetzt haben wir Wichtigeres zu tun. Ich hole schnell meinen Laptop, und dann legen wir los, ja?«

Die nächsten zwei Stunden arbeiteten sie konzentriert, besprachen und verwarfen Ideen, rechneten alles durch, dachten über die nächsten Schritte nach. Ceecee führte das Café seit beinahe sieben Jahren, mittlerweile war das *Lakeview* eine feste Größe in Willow Springs und Umgebung. Doch in der Gastronomie durfte man nicht stehen bleiben, das galt für eine idyllische Kleinstadt in Nord-Wisconsin ebenso wie für San Francisco. Trotz der anstehenden Hochzeit und der Babypläne hatte ihre Freundin nichts von ihrem Drive verloren, wie Liz zufrieden feststellte. Ceecee hatte schon vor dem Einstieg ihrer Freundin darüber nachgedacht, das Farbengeschäft nebenan zu pachten, sobald die Besitzer Ende des Jahres in Ruhestand gingen, und die Fläche des *Lakeview* so um ein gutes Drittel zu erweitern. Die gestiegenen Touristenzahlen der letzten Jahre ließen das durchaus zu, wie sie überzeugend vorrechnete.

Genauso wichtig war es ihnen aber auch, die einheimischen Gäste nicht aus dem Blick zu verlieren. Nicht nur, weil sie auch im Winter und der Nebensaison gut über die Runden kommen wollten, sondern weil sie sich auch ihrer Heimat verpflichtet fühlten. Sie wollten Teil einer lebendigen Community sein und bleiben, denn »warum bist du schließlich hierher zurückgekommen«, sagte Ceecee, »doch wohl nicht, um dich hier zu vergraben, sondern um richtig loszulegen, oder?«

»Ich liebe deinen Pragmatismus, Sweetie. An die Gemeinschaft denken, Gutes tun und sich dabei besser fühlen – die perfekte Kombi!« Liz zwinkerte ihrer Freundin zu.

Ceecees blaue Augen blitzten amüsiert. »Höre ich da etwa einen Hauch von Spott, hm? Wer von uns beiden ist denn die vegetarische Spitzenköchin? Lecker essen *und* damit gleichzeitig die Welt retten?«

»Erzähl das bloß nicht Marybelle! Welt retten und lecker essen waren ziemlich weit unten auf ihrer Prioritätenliste, Geld scheffeln schon eher. Ich weiß noch, wie sie eines Tages mit einer winzigen Dose Life Dust ankam.« Auf Ceecees fragend hochgezogene Augenbrauen schüttelte sie den Kopf. »Frag nicht, irgendein abgefahrenes Nahrungsergänzungsmittel aus vergorenen Beeren und Grünkohl oder so. Jedenfalls meinte Marybelle, so etwas würden unsere Kunden lieben und natürlich teuer bezahlen, weil nur das Zeug die Chakren richtig öffnet. Oder sollte es die Faszien lockern?« Sie überlegte kurz. »Keine Ahnung. Es gab auch tatsächlich ein paar Leute, die das extra zum Dessert bestellten, aber besonders erleuchtet oder locker sahen sie danach nicht aus. Kein Wunder, das Zeug schmeckte widerlich.«

»O mein Gott, hätte ich geahnt, mit was für schlimmen Sachen dich deine liebe Chefin traktiert, hätte ich dir schon viel früher eine Partnerschaft angeboten. Der exotischste Zusatz, den wir im *Lakeview* verwenden, ist der echte Vanillezucker.«

»Echter Vanillezucker? Können wir uns das leisten?«

Ceecee wandte sich ihrem Laptop zu und suchte den Posten Vanillezucker raus. Das war wirklich im Rahmen, wie Liz feststellte. Zumal sie sich vorerst einig waren, keine größeren Renovierungen vorzunehmen, sondern sich auf die Angebotspalette zu konzentrieren, um sie für den Großstadt-Gaumen vieler Gäste noch attraktiver zu machen. Das hieße auch, dass sie den Mittagstisch erweitern und noch in diesem Jahr an den Wochenenden im Probebetrieb eine Abendkarte anbieten würden, die voll auf die frische regionale Küche setzte.

An diesem Punkt ihrer Überlegungen klopfte vorn jemand energisch an die Glastür vom Café. Liz zuckte zusammen und warf einen Blick auf die Uhr an der Wand. Schon fast neun. Draußen musste es bereits dunkel sein, auch wenn sie das in der fensterlosen Küche nicht mitbekommen hatten.

»Cal«, sagte Ceecee lächelnd und rutschte vom Stuhl. »Er wollte Mathilda vorbeibringen, bevor er zum Training geht. Kommst du mit, Liz? Wir müssen gleich ohnehin im Gastraum weitermachen, meine Süße darf nicht in die Küche.«

»Cal will jetzt noch zum Training?« Ceecees Verlobter, mit vollständigem Namen James Calvin McNamara III., war zwar an der Highschool ein richtiges Sport-Ass gewesen, Liz hatte allerdings den Eindruck, dass sich sein sportliches Engagement in den letzten Jahren auf das ein oder andere Tennis- oder Golfspiel mit wichtigen Klienten beschränkt hatte.

»Ja, hab ich dir doch erzählt. Er will im Oktober am Ironman Hawaii teilnehmen, deswegen wird er bei unserer Hochzeitsfeier auch den einen oder anderen Kompromiss beim Essen schließen.«

Nein, das hatte Liz offenbar wieder verdrängt – beim Thema Cal stellte sie nämlich meist ihre Ohren auf Durchzug. Mit einem Anflug von schlechtem Gewissen folgte sie ihrer Freundin in den Gastraum. Egal, wie sehr sie Rob gegenüber schimpfte, war Cal ja kein schlechter Kerl, nur einfach gähnend langweilig und im Grunde ein furchtbarer Stoffel – und damit absolut nicht der richtige Mann für jemanden wie Ceecee. Dass die diese Tatsache seit der zehnten Klasse hartnäckig leugnete, war Liz ein zunehmendes Rätsel.

Klar, in der Schule hatte sie es noch irgendwie verstanden: Cal war als Quarterback der Star des Footballteams der Greenwood High gewesen und hatte als einer der bestaussehenden Jungs überhaupt gegolten. »So wie James Van der Beek«, hatte Ceecee immer behauptet, »nur besser.« Damit war er ziemlich genau ihr Typ gewesen, und selbst Liz, die dem Hauptdarsteller aus *Dawson's Creek* nicht viel abgewinnen konnte, hatte zugeben müssen, dass der große blonde Cal mit seinen schon in der Highschool ausgeprägten Gesichtszügen durchaus etwas für sich hatte. Es hatte sicherlich auch nichts geschadet, dass er zwei Klassen über Ceecee, ihr und Rob gewesen war und damit deutlich älter und reifer. Außerdem war Ceecee eine der romantischsten Frauen, die Liz kannte. Das lag bei ihr in der Familie; ihre Eltern feierten schließlich jedes Jahr den Tag ihres Kennenlernens mit einer großen Gartenparty. Außerdem hatte Rob völlig recht, wenn er meinte, dass sie schon im Kindergarten immer in der ersten Reihe gesessen hätte, wenn Märchen wie *Dornröschen* oder *Cinderella* vorgelesen worden waren.

Manchmal glaubte Liz, dass Cee viel mehr in die Idee der Liebe selbst verliebt war als in Cal und deswegen gar nicht sehen wollte, wie wenig die beiden eigentlich zueinanderpassten. Denn mal ganz ehrlich – das hier war das wahre Leben und nicht irgendwelche dummen Kleinmädchenphantasien! Es ging darum, einen Mann zu finden, der einen immer wieder neu beflügelte und herausforderte, mit dem man zusammenwachsen konnte, bis man sich oft wortlos verstand, der einen liebte, ohne dass man sich gegenseitig alle Ecken und Kanten glattbügeln musste, der für einen kämpfte und dem man den Rücken stärken wollte, mit dem man alt werden und jung bleiben konnte – und mit dem man nach einem leidenschaftlichen Streit ebenso leidenschaftlichen Sex haben konnte. Und sie bezweifelte stark, dass die Beziehung zu Cal ihrer besten Freundin das alles auch nur annähernd bieten konnte.

Einen Moment später registrierte sie mit einem unterdrückten Seufzen seinen pflichtbewussten Kuss auf Ceecees Wange. Typisch. Mathildas Begrüßung gestaltete sich da wesentlich temperamentvoller, obwohl die Border-Terrier-Dame in Menschenjahren gerechnet die 80 locker überschritten hatte. Dementsprechend lauwarm fiel Liz' Gruß aus. »Hallo, Cal«, sagte sie nur, verteilte brav die obligatorischen Luftküsse und fügte noch ein versöhnliches »Du siehst gut« hinzu, mehr um Ceecees Gefühle zu schonen, als um ihm ein Kompliment zu machen. Wobei es stimmte, er sah gut aus: Der dezente Bauchansatz der letzten Jahre war verschwunden, durch seine blonden Haare zogen sich ein paar hellere Strähnen, und seine Haut zeigte eine leichte Bräune. Man sah ihm an, dass er sich viel draußen bewegte, er wirkte fit wie schon lange nicht mehr. Sie wusste nicht genau, was zu einem Ironman-Wettbewerb gehörte – gab es nach einem Marathon nicht noch irre langes Radfahren und Schwimmen oder so etwas ähnlich Verrücktes? –, aber das harte Training stand ihm. Widerwillig gestand sie sich ein, dass er fast wieder diese zufriedene, in sich ruhende Ausstrahlung hatte, die ihn damals an der Highschool so beliebt gemacht hatte. Jetzt schämte sie sich beinahe doch ein bisschen für ihren Kleingeist. Immerhin hatte Ceecee beschlossen, mit diesem Mann ihr Leben zu verbringen und das demnächst auch zu besiegeln. Sollte sie sich da nicht für ihre Freundin freuen, statt an ihrem Zukünftigen rumzukritteln? Schließlich würde sie das umgekehrt auch nicht wollen.

Während Liz noch mit diesem Dilemma kämpfte, antwortete Cal grinsend: »Ja, nicht wahr?« Er klopfte sich auf den nun wieder flachen Bauch. »War aber wirklich Zeit, richtig was für meine Fitness zu tun. Mein Coach sagt sogar, dass er noch nie jemanden in meinem Alter trainiert hat, der innerhalb so kurzer Zeit sein Niveau so enorm verbessert hat. Er meint, auf Hawaii könne ich wirklich mit den Besten mithalten.« Er drehte sich auf dem Absatz um, rief im Gehen noch ein »Bye, meine Hübschen« und bog, jetzt schon im Laufschritt, nach rechts auf die Main Street ab. Liz fiel auf, dass er sich eine dieser albernen Stirnleuchten überstreifte. Ihr fiel außerdem auf, dass er nicht ein Wort zu ihrer Rückkehr gesagt oder sich gar nach Onkel Jack erkundigt hatte.

Sie drehte sich zu Ceecee um.

Die trug diesen ganz speziellen Gesichtsausdruck, den Rob und Liz kurz vor dem Abschlussball »Ceeces Cal-mein-Superheld-Gesicht« getauft hatten. »Sieht er nicht wirklich großartig aus? Ich bin wieder frisch verliebt, Liz, ehrlich. Und dass er dann trotz des Trainings noch daran denkt, Mathilda vorbeizubringen! So rücksichtsvoll von ihm, denn allein hat meine Süße einfach solche Angst. Normalerweise bin ich um sieben meist schon zu Hause, damit Cal und ich richtig Zeit füreinander haben.« Ihr zwitschernder Tonfall passte hervorragend zum Cal-mein-Superheld-Gesicht. Liz musste sich zwingen, die Augen nicht zu verdrehen – sooo ein Riesenumweg war das ja wohl auch nicht.

Ihr kam ein schlimmer Gedanke. Ceecee machte manchmal gerne Nägel mit Köpfen, und jetzt, wo Cal und sie schon so gut wie verheiratet ...

»Du bist doch noch nicht etwa schon schwanger?!«

Ihre Freundin lächelte ein bisschen zerknirscht. »Ich kann es ja ehrlich gesagt kaum abwarten, bis wir endlich durchstarten, und Cal eigentlich auch nicht. Er meint aber, ich solle mir nicht die Traumhochzeit verderben, indem ich mit Babybauch für die Fotos posiere. Damit hat er natürlich vollkommen recht.«

Liz holte erleichtert Luft. Sie wusste selbst, dass die Hoffnung, Ceecee würde sich anders entscheiden und nicht mit Cal den Bund fürs Leben eingehen, wirklich verschwindend gering war. Und selbst wenn sie sich eben noch vorgenommen hatte, sich einfach für die beiden zu freuen – offenbar konnte sie nicht aus ihrer Haut und klammerte sich an jeden Strohhalm, ihre Freundin würde es doch noch einsehen. Wenn Cee allerdings erst einmal ein Kind von ihm hätte, dann würde sie ihn niemals verlassen, da war Liz sich absolut sicher.

»Und außerdem«, jetzt wurde Ceecees Lächeln noch einen Hauch zerknirschter, »müssten wir erst einmal Sex haben, damit ich schwanger werde. Das passt halt gerade nicht so richtig in Cals Trainingsplan und ...«

»Ihr habt keinen Sex mehr?«, platzte Liz heraus. Sie war schlicht und ergreifend zu entsetzt, um noch diplomatisch zu sein. Ihre Freundin verzichtete schon vor der Ehe darauf?

»Es ist nur für eine kurze Zeit, ein paar Monate oder so«, murmelte Ceecee. »Wenn du erst mal sechzehn Jahre mit dem Mann deines Lebens zusammen bist, dann wirst du sehen, wie wenig so eine kleine Sexflaute im großen Ganzen ausmacht.«

»Hm«, machte Liz. Okay, sie selbst war natürlich noch keine sechzehn Jahre mit einem Mann zusammen gewesen, hatte es aber immer als ziemliches Alarmzeichen begriffen, falls sie länger keine Lust mehr auf ihren Freund gehabt hatte – und sie konnte sich auch nicht erinnern, dass so etwas umgekehrt jemals vorgekommen wäre. Klar konnte es passieren, dass man zu stressigen Zeiten vielleicht mal ein, zwei Wochen auf Sex verzichtete – aber das quasi als Dauerzustand in einer Beziehung? Nur wegen eines Trainingsplans?

»Cal hat mir auf alle Fälle eine richtig tolle Hochzeitsnacht versprochen. Dann ist der Ironman schon so gut wie vorbei, und wir zwei machen es uns richtig schön.« Ceecees Stimme verklang. Offenbar war ihr selbst klar geworden, dass ihr vermeintlicher Optimismus nicht ganz so glaubwürdig rüberkam.

»Hm«, machte Liz noch einmal. Ungebeten hüpfte ihr wieder das Bild eines ganz bestimmten zukünftigen Katzenbesitzers durchs Hirn. Ob der auch mehrere sexlose Monate fürs »große Ganze« akzeptieren würde?

Kapitel 7

Haha, guter Witz! Und was hast du dann gemacht, Kumpel?«
»Ich habe ihr gesagt, dass ich ihr leider nicht zu Diensten sein kann und sie sich besser an Pastor Sutton wenden solle, wenn sie das nächste Mal nachts Geräusche aus der Kirche hört.« Joe betrachtete das amüsierte Gesicht auf dem kleinen Bildschirm vor sich und verspürte ein klitzekleines bisschen Unbehagen. Sein Cousin Chuck liebte es, Geschichten aus Willow Springs zu hören. Einerseits tat Joe ihm gern den Gefallen, andererseits wusste er selbst nicht so genau, warum er dabei immer so tat, als wäre er mitten in einem Nest voll bibelfester Landeier gelandet. Vermutlich, weil sich das Ganze so nun einmal abgeklärter anhörte – oder hätte er Chuck etwa erzählen sollen, dass er Mrs. Irving deswegen geraten hatte, sich an den Pastor zu wenden, weil er es einfach gotterbärmlich fand, wie der sein verwitwetes Gemeindemitglied anschmachtete? Und dabei nur nicht Manns genug war, sich endlich ein Herz zu fassen und ihr seine völlig ehrenhaften – na ja, mehr oder weniger völlig ehrenhaften – Gefühle zu gestehen? Zugegeben, als Amor hatte Joe sich beim NYPD nicht betätigen müssen, das war vielleicht schon ein bisschen ... seltsam für einen Staatsdiener. Aber hier interessierte er sich tatsächlich auf eine ganz neue Art und Weise für

seine Mitbürgerinnen und Mitbürger, wie er immer wieder feststellte, und das fühlte sich irgendwie gut an.

Nein, für solche Zwischentöne war ein Videogespräch unter Männern einfach nicht der richtige Anlass. Und was hätte er auch sonst sagen sollen? Dass er nicht mehr wusste, ob er trotz aller Vorsätze irgendwann nach New York zurückkehren würde? Dass sich Willow Springs zunehmend wie eine richtige Heimat anfühlte? Dass er den Joe mochte, zu dem er sich hier langsam entwickelte? Den Joe, dem Rosensträucher in den Vorgärten auffielen, der sich allein von der frischen klaren Luft hier beschwipst fühlte? Den Joe, der seine Schutzbefohlenen nicht nur sicher, sondern auch glücklich sehen wollte? Und dass dieser Joe sich wie ein Irrer auf die Ankunft einer kleinen Katze namens Rebel freute, die in genau einem Monat bei ihm einziehen sollte? Oder dass er es nicht schaffte, in einem Kaff mit 3327 Einwohnern ganz zufällig der neu zugezogenen 3328. Einwohnerin über den Weg zu laufen? Und das schon seit fast zwei Wochen, es war zum Verrücktwerden! Zumal er sich immer noch absolut und komplett sicher war, es wäre am besten, er würde Liz DeWitt gar nicht begegnen, weder zufällig noch mit Absicht. Seufzend gestand er sich ein, wie wenig sich das, was ihn gerade tatsächlich umtrieb, für ein echtes Männergespräch eignete, ob nun über den Bildschirm oder von Angesicht zu Angesicht. Die Einsicht deprimierte ihn. Also konzentrierte er sich wieder auf Chuck, der einen deutlich ernsteren Tonfall angeschlagen hatte.

»Und Ma ist dir echt dankbar, weil du dran gedacht und eine Karte geschickt hast. Sie ... «

Joe unterbrach ihn. »Schon klar, Mann.« Er musste sich

räuspern. Es fiel ihm auch zwei Jahre später noch total schwer, über den Tod seines Cousins zu reden. »Sag Tante Ginny, das war selbstverständlich.«

»Sie hat einfach tierisch Angst, dass mein kleiner Bruder vergessen wird. Dass Julia vor zwei Monaten wieder geheiratet hat, setzt ihr schwer zu.«

»Julia hat jedes Glück dieser Welt verdient.« Im April war Joe einer der wenigen Gäste auf der sehr stillen Hochzeit von Martys Witwe gewesen. Erst hatte er – wie der Rest seiner Familie – nach einem Vorwand gesucht, um absagen zu können. Aber seltsamerweise war es sogar tröstlich gewesen, sie wieder glücklich zu sehen. »Das erste Jahr war wirklich heftig für sie.«

»Ja, Mann, weiß ich doch. Und sie ist wirklich großartig, was Marty Junior und Sophia angeht. Ma darf sie genauso oft sehen wie sonst auch.«

»Hattest du was anderes erwartet? Wohl kaum. Marty hatte nun mal Geschmack, Julia ist eine tolle Frau. Sie würde Tante Ginny niemals noch mehr wehtun.« Dann zog Joe eine Grimasse, damit Chuck und er nicht zu sentimental wurden. »Und ihr Neuer, dieser Connor, ist auch kein übler Kerl, selbst wenn er ein verdammter Ire ist.« Sie lachten.

»Apropos tolle Frauen«, gluckste Chuck, und seine haselnussfarbenen Augen blitzten, »meine bessere Hälfte lässt anfragen, wann du endlich Vernunft annimmst und nach Hause kommst? Sie meint, sie könne es einfach nicht mehr ertragen. Alle ihre Single-Freundinnen blasen Trübsal, weil der heißeste Junggeselle der Stadt sich ausgerechnet in Wisconsin rumtreibt.«

Joe zuckte zusammen. Es stimmte, er hatte es seiner Familie bei seiner Abreise mehr oder weniger fest versprochen, dass er zurückkehren würde. Und das würde er vermutlich auch tun. Irgendwann. Am besten, er dachte gar nicht genauer darüber nach. Und Chuck konnte man sowieso immer durch einen dummen Spruch ablenken, das war das Gute an seinem älteren Cousin. »Jaja, lass stecken. Soll sie sich doch von dir trennen, dann hat sie wieder einen heißen Kerl, den sie ihren Freundinnen zum Fraß vorwerfen kann.

»Das würde *nonna* mir nie verzeihen – nicht auszudenken, ein geschiedener Enkel!«

»Stimmt. Außerdem, wenn ich dran denke, wie liebeskrank du damals warst«, Joe machte eine effektvolle Pause, »weil Nicky dich zwei Monate hat zappeln lassen, bis du endlich ran durftest«, er ließ eine weitere Pause folgen, »dann kann ich dieses Opfer unmöglich von dir verlangen.«

»Werd nicht frech, Kleiner.« Chuck fuhr sich mit einer Hand über sein millimeterkurz geschnittenes Haar, wie er es immer tat, wenn er sich ertappt fühlte. Glücklicherweise wusste das nur seine Familie und nicht die Übeltäter im 5. Precinct. »Aber in einem hast du recht: Ich sollte jetzt wirklich ins Bett gehen und meine Frau glücklich machen. Viel sinnvoller, als mit dir Idiot zu quatschen.«

»Ich liebe dich auch, Chuck. Bis zum nächsten Mal.«

»Bis dann, bye.«

Joe blieb noch einen Moment sitzen, als die Verbindung beendet war. Für Chucks Verhältnisse war das Gespräch ungewohnt emotional gewesen. Das lag wahrscheinlich am heutigen

Datum. Egal, was Tante Ginny befürchtete, niemand aus der Familie Mariani würde Martys Todestag jemals vergessen – erst recht nicht Joe.

Marty und er waren so etwas wie Zwillinge gewesen. Ginny und Alma Mariani hatten in derselben Woche von ihrer jeweiligen Schwangerschaft erfahren, Marty war nur mit ein paar Stunden Vorsprung geboren worden. Ihre enge Freundschaft war also gewissermaßen vorherbestimmt, von der Wiege an waren sie quasi unzertrennlich gewesen. Wobei Joe immer gern zugegeben hatte, dass Marty der Klügere, der Verantwortungsbewusstere, der Stärkere, kurz der *Bessere* von ihnen beiden gewesen war. Mit Marty hätte er problemlos über enervierende Frauen, Pastoren mit Liebeskummer oder kleine Katzen reden können, ohne sich irgendwie unmännlich vorzukommen – Scheiß drauf, Marty hätte ihm vermutlich noch den größten Kratzbaum der gesamten westlichen Hemisphäre besorgt! Marty war sich seiner selbst immer sicher gewesen, komplett in sich ruhend, der Mittelpunkt der gesamten Familie Mariani. Sein Tod hatte eine riesige Lücke gerissen, eine Leere, die Joe heute noch oft beinahe körperlich wehtat. New York war nicht mehr dasselbe ohne Marty, konnte nie wieder dasselbe sein.

Er stieß hart die Luft aus, ungeduldig mit sich selbst. Wenn er hier blöde rumsaß und Däumchen drehte, würde das niemandem nützen, am allerwenigsten Marty. Er hatte zwar keine Ahnung, ob er an so was wie einen Himmel wirklich glauben sollte, aber falls es das gab, hatte sein Cousin dort bestimmt einen Ehrenplatz. Und er, Joe, sollte sich lieber mal um seine eigenen Belange kümmern.

Er warf einen Blick auf die Uhr. Chuck hatte sich wie üblich direkt nach der Spätschicht gemeldet, weil er »nur so mal Ruhe hatte vor den Gören« – sein und Nickys leidenschaftliches Eheleben hatte innerhalb kürzester Zeit drei Kinder produziert. Jetzt war es in New York ein Uhr nachts und in Willow Springs dementsprechend Mitternacht. Joe war spät dran für seine letzte Patrouille. Aber das machte nichts: Es war immer gut, nicht zu berechenbar zu sein.

Eine Viertelstunde später bog er von der Appleton Street in die Marathon Street ein. Nach dem schönen Wetter Ende Mai war es schon seit ein paar Tagen ziemlich ungemütlich, auch jetzt lag ein leichter Nieselregen in der Luft. Joe freute sich schon auf den Moment, wenn er seine Wohnungstür von innen schließen konnte. Ob er später einen Kräutertee kochen oder sogar zu drastischen Maßnahmen greifen und sich einen Brandy gönnen sollte? Wäre Francesca hier, würde sie ihm natürlich eine heiße Milch mit Honig und Muskatnuss machen. Die hatte sie immer als besondere Delikatesse zubereitet, wenn er bei ihr und *nonno* hatte übernachten dürfen. Er hatte ihr nie begreiflich machen können, dass er heiße Milch nur dann mochte, wenn sich darin auch eine angemessene Menge Kaffee befand. Beim Gedanken daran, wie gern sie auch heute noch davon erzählte, wie fassungslos sie und ihre Familie angesichts der Tatsache gewesen waren, dass Milch hier in den Staaten allgegenwärtig und kein Luxusgut war, musste er lächeln. *Nonna* berichtete immer wieder gern von ihrer Kindheit und der ersten Zeit in New York, damals in den Vierzigerjahren. Nach dem vom Krieg verwüsteten Italien waren ihr und ihren Eltern die USA wie das reinste Paradies vorgekommen, nur mit sehr merkwürdigen Gewohnheiten und Ansichten. Auch jetzt noch hatte sie jede Menge zu sagen zum allgemeinen Sittenverfall in ihrer neuen Heimat – wobei Joe sich bei jedem Besuch in Neapel gedacht hatte, dass es mit Sitte und Anstand im alten Europa längst nicht mehr nach Francescas Vorstellungen lief. Schließlich waren ihm selbst dort einige Italienerinnen persönlich bekannt, die ganz bestimmt nicht jungfräulich in die Ehe gingen.

Chuck hatte trotzdem völlig recht mit seiner Vermutung, dass sie eine Scheidung in der Familie unglaublich schockieren würde. Wie sie wohl reagieren würde, wenn einer ihrer Enkel mit einer Muslima oder – schlimmer noch – mit einer überzeugten Atheistin ankommen würde? Oder ihr Cousine Maria endlich gestehen würde, dass ihre »beste Freundin« vielleicht doch ein bisschen mehr war als das? Wobei Joe sich ziemlich sicher war, dass Francesca das schon wusste; sie sprach nur nie darüber und tat einfach so, als hätte sie nichts bemerkt, wenn Maria ihre Lucy auf diese ganz und gar eindeutige Weise ansah. Das war eben auch eine Methode, mit Sachen umzugehen, die nicht ins eigene Weltbild passen wollten, selbst wenn er sich nicht erst seit seiner Ankunft in Willow Springs manchmal dachte, dass das ziemlich um die Ecke gedacht war. Warum sich an Prinzipien festhalten, an die man nicht mehr so recht glaubte? War das Leben für so etwas nicht viel zu kurz?

Joe fuhr zusammen, als er aus den Augenwinkeln eine hektische Bewegung wahrnahm. Er schaute genauer hin: Wally Jones. Der hatte ihm heute Abend wirklich noch gefehlt! Wally war Willow Springs' Version von einem Drogendealer, allerdings vertickte er, soweit Joe wusste, lediglich die harmlosen Sachen: ein bisschen Gras, ein bisschen Speed, ein paar Pilze. Hausfrauentröster und Schülerträume eben, nichts wirklich Schlimmes. Tagsüber jobbte er im Laden seiner Eltern auf der Main Street und war wohl hauptsächlich damit beschäftigt, sämtliche Touristen der Gegend von der überragenden Qualität der Mehlwürmer dort zu überzeugen, vorausgesetzt, die hatten fürs Angeln ebenso viel übrig wie er; abends und nachts arbeitete er dagegen daran, sein mageres Einkommen mit etwas kontroverserer Handelsware aufzubessern. Wenn Joe ehrlich war, erschien ihm das sympathischer als die Gewissenlosigkeit mancher Hausärzte, die ohne weiter nachzudenken heftige Schmerzmittel verschrieben. Dass Wallys Handel strafbar war, während ein allzu bequemer Mediziner so gut wie nichts zu befürchten hatte, gehörte zu den Punkten, die ihn an seinem Job manchmal ziemlich nervten. Aber wenn er sich nicht an Recht und Ordnung hielt, wer sollte es dann tun?

Deswegen behielt Joe Wally ganz gern im Auge, zumal man seiner Erfahrung nach nie wusste, ob die harmlosen Sachen auch so harmlos blieben. Oft genug hatte er es in New York erlebt, dass ein Kleindealer gierig wurde – oder selbst die harten Drogen einwarf und dann auch seine Kunden damit beglückte, allein schon deswegen, um sich selbst den nächsten Kick zu finanzieren. Bei Wally hatte er seit einiger Zeit ein komisches Gefühl. Noch war er sich nicht ganz sicher, aber seiner Meinung nach wies einiges darauf hin, dass der Typ die wunderbare Welt des Crystal Meth für sich entdeckt hatte. Bei ihrer letzten Begegnung war er ganz schön aggressiv gewesen, und sein häufiges Kratzen hatte Joe schon beim Hingucken total nervös gemacht. Jetzt gerade befand Wally sich aber anscheinend im Verkaufsgespräch mit einem Kunden – seinen empörten Gesten nach zu urteilen, ging es um den Preis, den sein Gegenüber offenbar nicht zahlen wollte. Die schlanke Gestalt in Jeans und dunklem Hoodie mit hochgeschlagener Kapuze streckte beide Hände in einer energischen Geste der Abwehr aus. Unvermittelt wurde Wally laut, er ballte die Faust und schlug ohne zu zögern hart zu. Sein Kunde taumelte zurück, geriet ins Stolpern und konnte sich nur in letzter Sekunde vor einem Sturz retten. Doch durch die abrupte Bewegung glitt die Kapuze nach hinten, und hellblonde Locken blitzten auf.

Liz! Was machte die denn hier?! Kurz nach Mitternacht, mit einem Dealer?

Noch bevor Joe sich über die Bedeutung dieser Fragen klar werden konnte, sah er, wie Wally ein zweites Mal ausholte. Ohne nachzudenken, rannte er los.

Liz warf einen letzten Blick in den Raum und nickte zufrieden. Die Küche im *Lakeview* blitzte und blinkte wieder. Morgen früh, wenn die ersten hungrigen Frühstücksgäste eintreffen würden, wäre nichts mehr davon zu sehen, dass sie mehrere Stunden hier verbracht hatte, um ein paar Rezepte für die neue Mittags- und Abendkarte auszutüfteln. Besonders zufrieden war sie heute mit ihren Involtini gewesen, die statt mit Kalbfleisch mit Auberginen gemacht wurden und eine unglaublich leckere Füllung aus verschiedenen einheimischen Käsesorten hatten. Jetzt fehlten eigentlich nur noch die Desserts, aber um die würde sie sich in den kommenden Tagen kümmern.

Natürlich hatte sie jede Menge Speisen im Repertoire, doch sie wollte hier eine ganz andere Küche anbieten als die letzten Jahre im *Marybelle's*. In San Francisco, der Westküstenmetropole mit ihrem berühmten alternativen Lifestyle, hatte sie für ein äußerst anspruchsvolles Publikum kochen müssen, das stets nach neuen, bis ins Letzte durchdachten vegetarischen und veganen Gaumenfreuden gerufen hatte. Sie hatte die tagtägliche Herausforderung geliebt, immer das frischeste Gemüse – bedeutend einfacher, seitdem Marybelle sich tatsächlich eine eigene Farm gekauft hatte –, immer die raffinierteste Kräuterzusammenstellung, immer die am appetitlichsten angerichteten Teller zu bieten. Doch wenn sie ehrlich war, hatte sie das gleichzeitig zunehmend erschöpft. Dazu kamen dann noch Marybelles verrückte Ideen, die jeden Tag abgedrehter zu werden schienen – der Life Dust, von dem sie Ceecee erzählt hatte, war noch einer ihrer harmloseren Einfälle gewesen.

Erst allmählich wurde ihr klar, warum sie sich so vor dem nächsten Schritt gesträubt hatte, in San Franciso einen eigenen Laden aufzumachen. Zu oft hatte sie in den letzten Monaten das Gefühl gehabt, dass sie mehr und mehr fremdbestimmt und gehetzt war. Es war nicht mehr viel übrig geblieben von ihrem Idealismus, mit dem sie irgendwann beschlossen hatte, allen zu beweisen, dass die vegetarische Küche ihren Platz in den Gourmettempeln der Welt wahrlich verdient hatte. Und die unbändige Lust, mit der sie sich darauf gestürzt hatte, eine bodenständige Variante ihrer Lieblingsgerichte zu erarbeiten, an der auch Familien oder die Tillmans ihren Spaß hatten – also Leute, die einfach nur gut und dabei auch noch preiswert essen wollten –, ließ sie endgültig spüren, wie richtig ihr Entschluss gewesen war, nach Willow Springs zurückkehren.

Sie seufzte, während sie die Tür vom Café abschloss, weil sie an den anderen Grund denken musste, warum sie jetzt wieder hier war: Onkel Jack. In den nächsten Tagen würden die Ärzte ihn langsam aus dem künstlichen Koma zurückholen. Einerseits war Liz froh darüber, weil das hieß, dass Jack auf dem Wege der Besserung war, andererseits fürchtete sie sich davor, weil sie erst dann sehen würden, wie es ihm wirklich ging. Allein der Gedanke machte ihr Angst, egal, wie sehr sie sich auch gut zuredete.

Immerhin gab es einen kleinen Lichtblick, denn Tante Georgia schien langsam zu alter Form aufzulaufen: Jedenfalls hatte sie damit angefangen, Liz zu drängen, nicht mehr so oft mit ihr ins Bethesda Hospital zu fahren, sondern sich stattdessen stärker auf das *Lakeview* zu konzentrieren und die neue Karte lieber tagsüber zu entwickeln. »Diese ganze Kocherei am späten Abend kann für niemanden gut sein, Kind«, waren ihre genauen Worte gewesen. Aber Liz hatte abgelehnt, weil sie einfach das dringende Bedürfnis hatte, so viel wie möglich bei ihrem Onkel zu sein. Außerdem war der späte Abend seit jeher ihre liebste Zeit für kreative Experimente gewesen, und die vertraute Routine der Küchenarbeit und die Konzentration, die das Entwickeln neuer Rezepte erforderte, erwiesen sich wie erwartet als ungemein beruhigend. Liz hatte ihre Sorgen schon immer gerne weggekocht. Diesen Umstand einer Kochversagerin wie Georgia erklären zu wollen, war natürlich vergebliche Liebesmüh – ihre Tante bekam vermutlich schon Schnappatmung, wenn sie einen Herd auch nur anschalten musste.

Mist, was für ein unangenehmes Wetter! Energisch zog sie die Kapuze ihres Hoodies fest über den Kopf, während sie mit großen Schritten die Main Street entlangeilte. Wie freute sie sich auf ihr Bett – auch wenn sie sich darüber ärgerte, dass ihr bei dem Gedanken an Laken und weiche Kissen mal wieder Joe Mariani einfiel. In den letzten beiden Wochen war sie ihm bewusst aus dem Weg gegangen, hatte ihren Aufbruch vom *Lakeview* immer so getimed, dass sie sicher sein konnte, ihm nicht mehr auf seinem letzten Rundgang zu begegnen. Sie musste zugeben, dass ihr sein Pflichtbewusstsein gefiel. Chief O'Hara wäre niemals auf die Idee gekommen, ohne konkreten Anlass am Abend eine weitere letzte Patrouille einzuschieben, und zu Fuß ganz bestimmt nicht! Rob hatte recht, wenn er sagte, dass etliche Bürger von Willow Springs sich bei Joe in besseren Händen fühlen konnten.

Sie musste an den Tag auf Mrs. Tillmans Veranda denken, als sie bei Steph und Mrs. Tillman so aufgelaufen war – wirklich erstaunlich, wie schnell sich Mariani in Willow Springs bereits echte Loyalität erarbeitet hatte. Hübscher anzusehen als der alte Chief war er leider sowieso, und wenn sie erst an seine Stimme dachte, die sich auf irgendeine geheimnisvolle Weise an die Buchstaben zu schmiegen schien ... wie Ahornsirup, der langsam über Waffeln floss. Liz schüttelte den Kopf. Eine

Stimme, die sich an Buchstaben schmiegte? Woher kam jetzt dieser komplett bescheuerte Gedanke? Entweder stieg ihr der ganze Stress doch zu Kopf, oder es war wirklich eine weise Entscheidung gewesen, jede Begegnung mit ihm zu vermeiden. Joe Mariani war definitiv nicht gut für ihren Seelenfrieden. Und im Moment hatte sie wirklich anderes um die Ohren, als sich auf irgendeine Sexgeschichte einzulassen, schon gar nicht mit einem italienischen Macho.

Sie bog in die Marathon Street ein und konnte in nicht allzu großer Ferne das Haus von Tante und Onkel ausmachen. Ob sie noch eine Tasse heißen Kräutertee trinken sollte, bevor sie ins Bett ging? Sie gähnte. Nein, besser gleich hinlegen. Ein weiteres Mal beschleunigte sie ihre Schritte. In ihrer Eile hätte sie beinahe den nachlässig gekleideten Mann mit dem Hipsterbart übersehen, der sich auf einem niedrigen Gartenmäuerchen lümmelte. Sie rollte genervt mit den Augen, als sie ihn erkannte, nickte ihm kurz zu und wollte weitergehen. So wie seit Jahren.

Aber diesmal machte der Typ ihr einen Strich durch die Rechnung. »Hi, Lizzie, wieder zu Hause? Ich bin ja fast ein bisschen beleidigt, weil du mir nicht persönlich Bescheid gesagt hast.«

Erstaunt wegen seines selbstbewussten, ziemlich aggressiven Tonfalls wandte sie den Kopf, wurde sogar kurz langsamer. »Hallo, Wally.« Ohne auf seine Antwort zu warten, straffte sie dann jedoch die Schultern und nahm ihren Weg wieder auf.

»Nicht so schnell, Lizzie. Wo ich so lange auf dich gewartet habe, kannst du doch auch mit dem guten alten Wally reden, oder?« Sie spürte mehr, als dass sie hörte, wie er aufstand.

Widerwillig blieb sie stehen, drehte sich zu ihm um. Im Licht der Straßenlaterne konnte sie erkennen, wie er sie blöde angrinste. Sie holte tief Luft. »Lass uns doch eins gleich heute klarstellen. Wenn du glaubst, du hättest jetzt mehr Chancen als früher ... also, dann muss ich dir leider sagen, wie sehr du dich täuscht. Aber so was von. Und jetzt gute Nacht.«

Sie wusste selbst nicht, warum sie so extrem unfreundlich reagierte. Vielleicht lag es daran, dass es ein langer Tag gewesen war; sie war müde, erschöpft und hatte Angst um ihren Onkel. Und natürlich war Wally Jones schon während der Highschool eine unglaubliche Nervensäge gewesen. Er war ein Jahr jünger als sie, hatte aber mit 16 aus unerfindlichen Gründen beschlossen, dass Liz die Liebe seines Lebens war und das Schicksal sie beide füreinander bestimmt hatte. Hätte er diese Erkenntnis nur ihr mitgeteilt, wäre es vermutlich nicht so schlimm gewesen. Sie hätte schon einen Weg gefunden, ihm möglichst nett einen Korb zu geben. Ohnehin hatte sie nie verstanden, wie er überhaupt auf die abstruse Idee gekommen war – Wally war leidenschaftlicher Angler und Jäger und Vorsitzender des Jagdclubs an ihrer Schule. Er gab regelmäßig jeden Montag damit an, wie viel Beute er am Wochenende erlegt hatte. Eigentlich hätte ihm klar sein müssen, dass er allein schon aus diesem Grund bei einer so überzeugten Vegetarierin wie Liz nie hätte landen können.

Aber offenbar reizte Wally die Jagd aufs Unmögliche – und unglücklicherweise verfügte er dazu noch über eine Vorliebe fürs Dramatische. Ein ganzes Jahr war er ihr hartnäckig und möglichst öffentlichkeitswirksam hinterhergedackelt und hatte überall in Willow Springs kleine oder auch größere Liebesbotschaften verteilt. Mit Schaudern erinnerte sich Liz an das riesige Transparent, das er nach den Weihnachtsferien vom Dach der Greenwood High hatte baumeln lassen, mit einem überdimensionierten, knallroten Herz und der Aufschrift »Liz & Wally forever«. Wenigstens hatte er bei der Gelegenheit auf eine seiner wortreicheren Liebesbeteuerungen verzichtet, vermutlich war es zum ausführlichen Bepinseln des Stoffes einfach zu kalt gewesen.

Das Transparent hatte zum Glück das Ende seiner liebeskranken Verfolgung eingeläutet, denn die Direktorin hatte sich seine Eltern gewaltig zur Brust genommen, weil ihr Sprössling bei Schnee und Minusgraden auf dem Dach der Highschool rumgeklettert war. Liz war geradezu froh gewesen, als er darüber hinaus wenige Monate später eine neue Liebe gefunden hatte: Cannabis. Wally hatte sich zum begeisterten Kiffer entwickelt und war dementsprechend entspannt. Wenn sie ihn in den letzten Jahren irgendwo mit seinem albernen Bart gesehen hatte, hatte er friedlich gewinkt und gegrinst. Ansonsten wusste sie bloß, dass er nach der Highschool im Geschäft für Anglerbedarf seiner Eltern auf der Main Street angefangen hatte. Erst gestern hatte sie ein ziemlich großes Plakat im Schaufenster gesehen, das sie dank der ungelenken Buchstaben verdächtig an »Liz & Wally forever« erinnert hatte, selbst wenn dort nur die neuesten Sonderangebote für Haken, Anglerblei oder Mehlwürmer aufgeführt gewesen waren. Sie konnte sich nicht vorstellen, dass diese Art der Werbung tatsächlich durchschlagenden Erfolg hatte – zumal der unmittelbare Konkurrent ein noch größeres Plakat im Fenster gehabt hatte, bei dem alle Angebote der Jones' um exakt 20 Cents unterboten worden waren. Vielleicht hatte der zermürbende Kampf mit dem Nachbarladen Wallys entspannte Grundhaltung zum Teufel geschickt, vielleicht fand er das Wetter gerade ebenso unangenehm wie Liz. Jedenfalls klang heute Abend nicht nur seine Stimme reichlich feindselig, auch seine Körperhaltung wirkte fast bedrohlich. Vermutlich hatte sie deswegen das Gefühl gehabt, ihm gleich klar sagen zu müssen, was Sache war.

»Warum so gemein, Lizzie?«, schnarrte er nun. »Ich bin nicht mehr der kleine Junge von früher, heute kannst du nicht so mit mir umspringen.« Jetzt trat er dicht an sie heran, viel zu dicht, und fuchtelte vor ihrem Gesicht herum, machte ihr mit den unkontrollierten Bewegungen irgendwie Angst.

Abwehrend hob sie die Hände und sagte so ruhig wie möglich: »Lass mich einfach nur nach Hause gehen, Wally, okay?«

Ihre Worte hatten alles andere als den gewünschten Effekt. Denn jetzt wurde er richtig wütend, schrie »Du Miststück!« und schlug unvermittelt blitzschnell zu.

Damit hatte Liz überhaupt nicht gerechnet. Sie stolperte nach hinten, es war ein Wunder, dass sie sich in letzter Sekunde noch abfangen konnte. Sie spürte, wie ihr die Kapuze vom Kopf flog, schüttelte den Kopf, versuchte, den Schmerz zu verdrängen, der von der Stelle knapp unterhalb ihres Schlüsselbeins ausging, die Wally so hart getroffen hatte. Was sollte sie jetzt tun? Schlägereien lagen gänzlich außerhalb ihrer Erfahrung als Erwachsene, sie hatte sich das letzte Mal in der Grundschule geprügelt und dann auch nur mit Gabrielle Kershaw. Damals hatte sie gewonnen, aber sie glaubte nicht, dass sie Wally beeindrucken konnte, wenn sie ihm zuerst die Zunge rausstreckte, ihn dann mit Dreck bewarf und zu guter Letzt kräftig an den Haaren zog. Wie in Zeitlupe sah sie seine Faust wieder auf sich zukommen und wusste mit absoluter Sicherheit, dass sie diesmal nicht würde ausweichen können. Trotzdem machte sie einen Schritt nach rechts, weil sie sich nicht so einfach in ihr Schicksal fügen wollte. Das war unerwartet effizient: Seine Faust zischte haarscharf an ihrem linken Ohr vorbei. Aber dummerweise gelang es ihr diesmal nicht, sich auf der regennassen Straße auf den Füßen zu halten. Mit einem wenig damenhaften »Uff« landete sie hart auf ihrem Po.

Als sie sich benommen wieder aufrappeln wollte, sah sie aus dem Augenwinkel, wie Joe Mariani Wally mit einem einzigen Kinnhaken zu Boden brachte. Dann wurde ihr schwarz vor Augen.

Kapitel 8

»Liz? Liz! Verdammt noch mal, Liz, wach auf!«

Mühsam schlug sie die Augen auf. Und schaute direkt in Augen, die wie dunkles Karamell schimmerten. Nein, das konnte nicht sein. Die Straßenbeleuchtung war doch viel zu schummerig, um Joes Augenfarbe zu erkennen. Sie musste sich das einbilden. Oder ... Jetzt wurde es ihr klar: Das war ein Traum! Und im Traum durfte man alles, auch die Sachen, die man sich in der Realität so streng verbat.

Mit dem wohligen Gefühl traumtänzerischer Sicherheit hob sie die Hand, legte sie an Traum-Joes Wange und sagte: »Hm, ich liebe Karamell. Besonders, wenn es kurz davor steht, zu verbrennen.« Seine Haut fühlte sich warm unter ihren Fingern an, mit einem leichten Kratzen seiner Bartstoppeln. Was für ein seltsam lebhafter Traum – aber sooo angenehm! Sie seufzte wohlig.

»Ich liebe Karamell kurz vorm Verbrennen? Was ist denn das für ein Schwachsinn?«, schimpfte die Traumerscheinung dann jedoch unbeeindruckt. »Hast du einen Schlag auf den Kopf bekommen? Brauchst du einen Arzt?« Seine Stimme klang hart, fast brüchig. »Oder willst du etwa keinen, weil du total unter Drogen stehst?«

Unter Drogen? Sie setzte sich ruckartig auf. Das hier konnte kein Traum sein, dafür war es viel zu abstrus. Ihre Mutter Marlee mochte vielleicht manchmal einen Hang zu nicht ganz legalen Rauschmitteln haben, aber für Liz war das nie auch nur ansatzweise infrage gekommen – dafür behielt sie einfach viel zu gern einen klaren Kopf.

»Und du, Joe Mariani? Wirfst du immer allen Leuten vor, sie wären auf Droge, nur weil sie gerade niedergeschlagen worden sind?« In der Sekunde, wo sie das aussprach, war plötzlich alles wieder da. Wally und sein seltsames Verhalten. Wie er sie auf einmal angegriffen hatte. Wie Joe aus dem Nichts aufgetaucht war. Und dann – nichts. Oder doch, sehr viel, nämlich reichlich fiese Schmerzen. »Aua«, jammerte sie und hätte sich am liebsten wieder auf die Straße sinken lassen, wenn Joe sie nicht festgehalten hätte. Ihr schossen die Tränen in die Augen.

»Alles okay?«, fragte er, nur um auf ihr zittriges Stöhnen hinzuzusetzen: »Blöde Frage, du hast recht. Kannst du aufstehen?«

Liz musste erst einmal in Gedanken Inventur machen, um das zu entscheiden. Ihr Kopf schien zum Glück nichts abbekommen zu haben: Ihr war weder schwindelig, noch hatte sie dieses merkwürdige Druckgefühl, wenn einem irgendwo eine Beule wuchs. Der Rest von ihr hatte nicht so viel Glück gehabt. Der Brustkorb tat ihr weh, und auch ihr rechter Fuß schmerzte ganz schön, wenn auch zum Glück so, dass sie ihn trotzdem noch belasten konnte. Am allerschlimmsten war jedoch der Schmerz, der von ihrem Hintern ausging – sie musste ganz schön heftig auf ihrem Allerwertesten gelandet sein. Trotzdem krass, dass sie deswegen ohnmächtig geworden war. Oder war es einfach nur der Schreck gewesen? Zitternd holte sie ein paarmal tief Luft, bis ihre Beine sich nicht mehr wie Pudding anfühlten und sie aufstehen konnte. Sie war dankbar, dass sie in diesem Moment nicht allein war, dass Joe sie stützte.

»Danke«, sagte sie leise. »Ich bin froh, dass du da warst.«

»Keine Ursache«, erwiderte er, »ich bin auch froh, dass ich da war.« Er strich ihr die Haare aus dem Gesicht und tastete dann vorsichtig ihren Kopf ab. Wieder musste Liz tief Luft holen, denn nun wurden ihr aus einem ganz anderen Grund die Knie weich.

Joe hingegen schien die plötzliche Nähe nicht aus der Ruhe zu bringen, denn seine Bewegungen waren schnell, beinahe routiniert. »Alles okay«, meinte er, »zumindest oberflächlich. Du solltest aber trotzdem morgen zum Arzt gehen und das checken lassen.«

Seine Stimme war weich, hatte wieder diesen samtigen Klang, der ihr unwillkürlich einen Schauer über den Rücken jagte. Sie beschloss, ihm nicht zu sagen, dass ihr eher der Po wehtat als der Kopf. Denn dieses unschöne Detail war ihr eindeutig viel zu peinlich. Sie räusperte sich, als sie sich dabei ertappte, wie sie näher an ihn heranrückte. Es war wirklich dringend Zeit für eine Ablenkung, bevor sie noch der Versuchung nachgab, sich wie die verfolgte Unschuld in seine Arme sinken zu lassen.

»Und Wally?«, fragte sie deshalb.

Statt einer Antwort wies Joe mit dem Kopf hinter sich. Wally lag zusammengesunken und offenbar bewusstlos auf dem Bürgersteig, Joe hatte ihn kurzerhand mit Handschellen an ein schmiedeeisernes Gartentörchen gefesselt. »Der hält sich noch ein Weilchen, lange genug, denke ich, bis mein Deputy kommt. Ich bringe dich nach Hause, es ist ja nicht weit. Okay?« Es klang fast wie eine Bitte. Glaubte er ernsthaft, sie würde seine Hilfe ablehnen, dachte sie erstaunt. War sie in seiner Gegenwart wirklich so unberechenbar gewesen, so unvernünftig und launisch, dass er dachte, sie würde sein nettes, noch dazu völlig naheliegendes Angebot ausschlagen?

Plötzlich stellte Liz fest, dass ihr dieser Gedanke ausnehmend gut gefiel. Na ja, nicht unbedingt, dass er vielleicht dachte, sie wäre launisch, aber der Teil mit dem unberechenbar schon. Sie konnte sich nicht daran erinnern, wann sie das letzte Mal in irgendeiner Form richtig über die Stränge geschlagen hatte. Nicht, dass sie in San Francisco wie eine Nonne gelebt oder sich jedes bisschen Vergnügen verboten hätte – aber in den letzten Jahren hatte ihr Leben hauptsächlich aus Arbeit bestanden. Für andere Sachen hatte sie schlichtweg keine Zeit gehabt, sie auch nicht groß vermisst. Doch jetzt konnte sie wirklich ein bisschen harmlosen Spaß vertragen, bei all der Sorge um Onkel Jack. Sie beschloss spontan, dass das Ganze ausbaufähig war. Natürlich würde sie sich von ihm nach Hause bringen lassen, sie war ja nicht blöd. Dazu konnte sie noch versuchen, den ach so aufrechten Chief ein bisschen zu provozieren und aus der Reserve zu locken. Wer wusste schon, was dann passierte?

Deswegen tat sie das Erstbeste, was ihr gerade einfiel – nämlich doch die verfolgte Unschuld spielen. Sie schlang einen Arm um seine Taille, schaute ihn mit großen Augen an und sagte mit einem kleinen Seufzen: »Ohne dich würde ich es vermutlich nicht sehr weit schaffen, ich fühle mich ganz schwach. Danke dir.«

Was war jetzt das schon wieder?! Nicht, dass Joe etwas dagegen einzuwenden hatte, wenn sich ihm attraktive Frauen an den Hals warfen, aber dieses Verhalten von Liz kam jetzt doch ein bisschen unvermittelt. Erst gab sie den sterbenden Schwan, dann maulte sie ihn an, bedankte sich anschließend brav wie ein kleines Mädchen, um sich ihm danach in die Arme zu werfen. Bei dieser Frau kam er einfach nicht mit. Machte sie sich über ihn lustig?

Er warf einen raschen Blick in ihr Gesicht. Sie hatte die Augen geschlossen und wankte leicht, im diffusen Licht der Straßenbeleuchtung wirkte ihre helle Haut noch durchscheinender als sonst. Sie sah nicht so aus, als würde sie gerade versuchen, ihn reinzulegen. Hatte sie vielleicht doch mehr abbekommen, als er gedacht hatte? Ein echter Gentleman würde in dieser Situation vermutlich so tun, als hätte er nichts bemerkt, und sich gleichzeitig irgendwie dezent loseisen. Allerdings musste er feststellen, dass der Körperkontakt mit Liz DeWitt dazu angetan war, jeden Gentleman-Instinkt in ihm in die Flucht zu schlagen. Sie roch einfach so gut – irgendwie nach einem Hauch Zitrone ... und waren das etwa reife Tomaten? –, und ihre Haut fühlte sich wahnsinnig weich unter seinen Fingerspitzen an. Außerdem konnte er sie schlecht von sich stoßen, denn das wäre wohl erst recht nicht das Verhalten eines Gentlemans, oder?

Nein, am besten wäre es wahrscheinlich, er würde sie einfach schnell zu den Hansens bringen, sich noch einmal vergewissern, dass sie wirklich nicht ernsthaft verletzt war, und sich danach gemeinsam mit Deputy Kaminski um Wally kümmern.

Nicht auszudenken, wenn der in der Zwischenzeit aufwachen und Alarm schlagen würde: Das wäre dann die nächste peinliche Aktion, die auf Joes Konto ginge, seit Liz DeWitt in Willow Springs war.

Er holte tief Luft, und im selben Moment wurde ihm klar, dass sie beide bestimmt schon eine halbe Minute hier standen, ohne dass er irgendeinen Laut von sich gegeben oder sonst wie auf ihre Aufforderung reagiert hatte. Na toll, jetzt dachte sie bestimmt auch noch, er wäre gehirnamputiert. Er schaute sie wieder an, tatsächlich, sie lächelte jetzt leicht, aber nicht irgendwie amüsiert oder nachsichtig, sondern ... glücklich?

Ach, verflucht, jetzt war wirklich nicht der richtige Zeitpunkt, um sich darüber Gedanken zu machen. Er würde sie ohne Umstände zu Hause abliefern, sonst würden sie am Ende noch bis morgen früh hier rumstehen.

Fürsorglich legte er den Arm um sie. »Geht's?«, fragte er, weil er spürte, dass sie beim ersten Schritt zusammenzuckte, und zog sie etwas fester an seine Seite.

Sie klang ein bisschen atemlos. »Ja. Ich werde nur nicht so häufig auf offener Straße niedergeschlagen.«

Er lachte leise. »Das will ich hoffen. Aber so was passiert schon mal, wenn man sich nachts mit einem Drogendealer trifft.«

Ganz offensichtlich hatte er das Falsche gesagt; er spürte augenblicklich, wie sie sich versteifte und etwas von ihm abrückte.

»Wie bitte? Wally – ein Drogendealer? Er raucht ab und zu einen Joint, klar, aber das kann man wohl kaum als Dealen bezeichnen.«

»Also, würde er nur gelegentlich einen durchziehen, würde ich das auch nicht als ...«

Sie unterbrach ihn ungeduldig – wohin war nur so plötzlich die sanfte, anschmiegsame Frau verschwunden? »Und überhaupt, ich habe mich nicht mit Wally ›getroffen‹. Dass er mir aufgelauert hat, wäre wohl die passendere Umschreibung.« Ohne auf seine Reaktion zu warten, setzte sie mit ihrer rauen Stimme zum nächsten Hieb an: »Kann es sein, dass du manchmal zu vorschnellen Urteilen neigst?«

Jetzt reichte es ihm: Weiche Haut hin oder her, Gentleman-Instinkt hin oder her, so durfte niemand mit ihm reden. Schließlich wusste er nur allzu genau, dass gerade schnelle Reaktionen oft Leben retten konnten. Verdammt, er fragte sich immer noch, ob Marty damals nicht einfach ... Er verdrängte den Gedanken an seinen Cousin rasch und ging seinerseits entschlossen zum Gegenangriff über.

»Und neigst *du* manchmal zu naiver Gutgläubigkeit? Wally versorgt in Willow Springs jeden, der sich einen netten Abend machen will, mit Gras und Co. Kann ja sein, dass man das in Colorado oder bei euch in der Hippie-Hauptstadt Frisco als Dienst an der Öffentlichkeit sieht, trotz Drogenkrise und so.« Er zuckte mit den Schultern und ignorierte den unwilligen Laut, den sie von sich gab. »Aber hier in Wisconsin ist das immer noch anders. Und seit einiger Zeit habe ich Jones in Verdacht, dass er ins Geschäft mit härteren Sachen eingestiegen ist. Ich kann mir kaum vorstellen, dass du das auch so harmlos findest, oder? Heute Abend war er jedenfalls voll drauf, das musst du doch gemerkt haben. Ich tippe mal auf Crystal.«

»Nicht alle verfügen über deine fulminante Kenntnis in Sachen Drogen und ihre Wirkung, Joe Mariani.« Sie machte sich abrupt ganz von ihm los und blieb stehen. »Wir sind da.«

Ihr abweisender Tonfall, noch mehr aber ihre verkrampfte Haltung brachten ihn wieder zur Besinnung. »Ist deine Tante zu Hause? Mir wäre wirklich wohler, wenn sie dich in Empfang ...«

»Wage es ja nicht, jetzt auch noch meine Tante zu wecken!« Mit funkelnden Augen, ja geradezu wutschnaubend drehte sie sich zu ihm um. Sie sah absolut hinreißend aus.

Und dann tat Joe etwas, das nun wirklich nicht mehr eines Gentlemans würdig war und sämtliche weiblichen Mitglieder der Familie Mariani empören würde, sollten sie es jemals erfahren: Ohne ein weiteres Wort zog er Liz in seine Arme und küsste sie.

Kapitel 9

War er jetzt stolz auf sich?

Schon den ganzen Tag dachte Liz über diese Frage nach. Sie dachte darüber nach, als sie beim Zähneputzen den blauen Fleck unter ihrem Schlüsselbein begutachtete, der von Wallys erstem Schlag stammen musste, und probeweise ihre Pomuskeln anspannte, um die Folgen ihres Sturzes abzuschätzen. Kaum Schmerzen, nur ein leichtes Brennen, also überhaupt nicht so schlimm, wie sie zuerst gedacht hatte. Die Ohnmacht hatte sie wohl wirklich nur dem Schreck zu verdanken.

Sie dachte darüber nach, während sie mit ihrer Tante beim Frühstück saß und sie darüber sprachen, wann sie heute ins Krankenhaus fahren sollten.

Sie dachte darüber nach, als sie kurz nebenan bei Rob auf einen Kaffee in der Tierarztpraxis vorbeischaute und der ihr erzählte, dass Missy Steph um Ballettstunden gebeten hatte. Kaum wäre Liz wieder da, würde sie der Kleinen Flausen in den Kopf setzen, hatte er kommentiert, was sie energisch abstritt. Missy wusste nichts von der Schwäche ihrer Patentante fürs Ballett, da war sich Liz sicher. Zumal sie selbst zwei linke Füße hatte und nicht im Traum daran denken würde zu tanzen. Da musste sie sich ganz klar aufs Zuschauen beschränken.

Sie dachte darüber nach, als sie auf dem Weg zum *Lakeview* Mrs. T. traf und die ihr erzählte, dass der Nichtsnutz Wally Jones verhaftet worden wäre, weil er das Gartentor ihrer Nachbarn mutwillig zerstört hätte – »habt ihr den Lärm gehört, Liz? Die Burnetts wohnen ja nur ein paar Schritte weiter« –, aber rechtzeitig von Chief Mariani – »so ein tüchtiger Mann und nett und hübsch noch dazu« – gestellt worden wäre.

Sie dachte darüber nach, während sie mit Ceecee darüber sprach, ob sie am nächsten Tag nicht als Versuchslauf ihre vegetarischen Involtini als *Daily Special* anbieten sollten, und sie den Lieferanten anrief, damit er die benötigten Zutaten noch auf die Liste setzte.

Selbst als sie mit Tante Georgia im Krankenhaus war und sie mit dem Ärzteteam über das Ende von Jacks künstlichem Koma sprachen, dachte sie darüber nach.

Sie verstand selbst nicht, warum sie die Frage, ob Joe Mariani nach der gestrigen Nacht stolz auf sich war, als so wichtig empfand. Vielleicht, weil sie dann nicht über den Kuss nachdenken musste. Denn OMG, dieser Kuss! Dieser Kuss!

Okay, ihr war natürlich klar gewesen, dass es so hatte kommen müssen. Eigentlich schon bei ihrer ersten Begegnung vor der Kühlkammer des *Lakeview*, auch wenn sie es sich da noch nicht ganz hatte eingestehen wollen. Aber natürlich hatte sie – trotz des Sturzes und der Episode mit Wally – gewusst, was sie tat, als sie ihn gestern Abend aufgefordert hatte, sie nach Hause zu bringen. Sie hatte seine Nähe gesucht, im vollen Bewusstsein, wie sehr es zwischen ihnen beiden knisterte. Das Gefühl seiner harten Muskeln unter ihren Fingerspitzen, als sie ihm den Arm um die Taille gelegt hatte, hatte sie kurz nach Luft schnappen lassen, weil heißes Begehren durch ihren gesamten Körper gerast war. Und er hatte es auch gespürt, da war sie sich sicher: Sein Zögern war beredt genug gewesen. Hatte er sie da schon küssen wollen?

Sie hatte keine Ahnung, sie wusste nur, dass das Wortgefecht über Wally ihr Blut noch mehr erhitzt, ihre Gefühle unaufhaltsam hatte Achterbahn fahren lassen. Als sie vor dem Haus der Hansens gestanden hatten und er auf einmal den altmodischen Beschützer hatte heraushängen lassen – und das auch noch nach seinem dämlichen Vortrag über ihre angebliche Naivität –, da war sie hin- und hergerissen gewesen zwischen dem Wunsch, ihn zu ohrfeigen oder ihn zu küssen. Sie war sich immer noch nicht sicher, was sie davon halten sollte, dass er ihr die Entscheidung abgenommen hatte.

Jetzt war es kurz vor acht. Sie war früh dran für ihre abendliche Kochsession. Die Sonne würde erst in einer knappen Stunde untergehen, und im Gegensatz zu den letzten Tagen war es noch hell genug, dass Liz auch ohne die Außenbeleuchtung anzuschalten die Tür zum *Lakeview* aufschließen konnte. Sie klemmte sich den Karton mit ihren Zutaten unter den linken Arm, während sie mit der rechten Hand in der Tasche ihrer Sommerjacke kramte. Geschafft! Mit einem zufriedenen Grinsen zog sie den Schlüsselbund heraus und öffnete die Hintertür zum Café.

Als sie in die Küche trat, wo sie heute verschiedene Dessertvarianten ausprobieren wollte, und ihre Sachen auf das glänzende Edelstahl der Arbeitsfläche gleiten ließ, gab sie sich geschlagen. Es war ihr schlichtweg egal, ob Joe stolz auf sich war, sich schämte oder sich wie ein toller Kerl vorkam. Denn das eigentlich Beunruhigende an der Sache war doch dieser verdammte, wahnsinnig aufregende Kuss! Sie konnte sich genau an den Moment erinnern, als ihre Lippen sich getroffen hatten, als die Wut sich schlagartig in etwas anderes, Atemloseres verwandelt hatte. Joe Mariani hatte nicht nur Augen wie Karamell, er schmeckte auch so. Oder nein, dachte Liz, er schmeckte so, wie ein hochwertiger Demerara-Zucker roch: süß, aber mit dieser fast schon überwältigend bitteren Note von Lakritz und Malz und in der Tiefe – sie ließ leicht die Zunge gegen ihren Gaumen schnellen, während sie die Augen halb zukniff – fruchtig-blumig wie ein Hauch von Rosinen und Vanille. Sie hatte das Gefühl gehabt, sie müsse in diese köstliche Dunkelheit hineinkriechen, darin baden und nie wieder auftauchen. Und ihr einziger Halt war Joe gewesen.

Seine Lippen hatten sich überraschend weich unter ihren angefühlt, doch seine Küsse waren ebenso hungrig und fordernd gewesen wie ihre. Sie hatte gekeucht, als seine Zunge in ihren Mund geglitten war und sie das Wispern seiner Zähne gespürt hatte. Seine Antwort war ein zufriedenes Knurren gewesen. Als sie die Hände gehoben hatte, um sie in seinen Haaren zu vergraben, hatte sie mit dem Daumen seine vom Regen feuchte Haut berührt. Bis zu diesem Zeitpunkt hatte sie Beschreibungen wie »es traf mich wie ein elektrischer Schlag« immer für ziemlich bescheuerte Übertreibungen gehalten. Aber sie hatte unwillkürlich für den Bruchteil einer Sekunde die Augen geöffnet, und es hätte sie kein bisschen überrascht, Funken sprühen zu sehen.

Zur Besinnung gekommen war sie erst, nachdem Joe seine Hände über ihren Rücken hatte wandern lassen und sie enger an sich gezogen hatte. Gerade hatte sie noch beiläufig zur Kenntnis genommen, dass er genauso erregt war wie sie, da war er bei ihrem Po angelangt. Der Schmerz, der urplötzlich von ihrem Hintern ausgegangen war, hatte sie erst tief Luft holen – und sich dann schlagartig der Situation bewusst werden lassen: wie sie auf der Straße vor dem Haus von Tante Georgia und Onkel Jack rumknutschte wie ein Teenager ... und das auch noch mit einem Kerl, der sich bei jeder sich bietenden Gelegenheit aufführte wie ein vorsintflutlicher Macho. Sie war so überfordert gewesen, dass ihr nur noch eins sinnvoll erschienen war. Flucht. Sofort und ohne ein weiteres Wort. Nicht gerade eine ihrer souveränsten Reaktionen, das musste Liz zugeben. Es war ja schließlich nicht so, als hätte sie noch nie einen Mann geküsst. Nach Todd Evans hatte es da noch eine ganze Reihe von Kandidaten gegeben, mit denen sie später wesentlich mehr getan hatte. Allerdings hatte sie es noch nie erlebt, dass ein erster Kuss so ... so ... so ... Ach, sie wusste auch nicht, wie sie es genau nennen sollte, vermutlich war das auch gar nicht so entscheidend. Viel schlimmer war doch, dass sie das dumpfe Gefühl hatte, dass sie nicht ausgerechnet die Küsse von Joe Mariani so erschütternd und weltbewegend finden sollte. Natürlich, sie musste sich nichts vormachen: Er war mordsmäßig sexy. Und klar, zum guten Sex gehörten nicht unbedingt Seelenverwandtschaft oder auch nur tiefergehende Gefühle.

Trotzdem, sie hatte ihre Prinzipien. Und eins davon war, sich nicht auf Idioten und Sexisten einzulassen, auch nicht für eine

Nacht. Dummerweise aber wurde sie den Verdacht nicht los, dass Joe Mariani mit seinen Ansichten über Frauen irgendwo im letzten Jahrhundert stehen geblieben war – und zwar nicht in der zweiten Hälfte. Dass er dabei auch noch insoweit recht hatte, als dass sie in die Sache mit Wally völlig naiv reingeschlittert war und sich kein einziges Mal gefragt hatte, ob der immer noch der harmlose Kiffer von früher war oder vielleicht mittlerweile härtere Sachen im Programm hatte, machte das Ganze nicht besser. Höchstens noch peinlicher.

Kopfschüttelnd nahm Liz die Erdbeeren aus dem Karton mit den Zutaten. Gestern Abend hatte sie sich zwar gesagt, dass sie ein bisschen Spaß gut gebrauchen könnte und ein Flirt mit dem Chief genau das Richtige dafür wäre, aber das war wirklich ein bisschen voreilig gewesen. Dieses Gefühlswirrwarr jetzt gerade war ihr jedenfalls echt zu anstrengend.

Es wurde Zeit, sich wieder den wirklich relevanten Dingen in ihrem Leben zuzuwenden. Wie zum Beispiel, sich in Willow Springs eine Zukunft aufzubauen. Und zu der gehörte Joe Mariani ganz bestimmt nicht.

Joe hatte einen furchtbaren Tag hinter sich – einen der schlimmsten überhaupt, seitdem er in Willow Springs angefangen hatte. Zunächst einmal hatte er Kaminski ins Gebet nehmen müssen, weil der viel zu lange gebraucht hatte, bis er in der Marathon Street eingetroffen war. Leider war sein Deputy jung und unerfahren und nahm sich jeden Tadel unnötig zu Herzen. Dementsprechend hatte er den halben Tag demonstrativ vor sich hin gelitten, so dass die Kollegen Joe ebenso lange mit vorwurfsvollen Blicken bedacht hatten. Aber was sollte man machen? Klare Ansagen gehörten nun einmal dazu, besonders wenn man ein guter Polizist werden wollte. Damit musste jeder und jede von ihnen früher oder später umgehen lernen. Joe war sich ehrlich gesagt nicht sicher, ob Kaminski wirklich zum Cop geschaffen war, ihm fehlte seiner Ansicht nach einfach zu oft der Arsch in der Hose. Und als Blitzmerker konnte man ihn auch nicht unbedingt bezeichnen. Hoffentlich wurde das nicht bald zu einem größeren Problem.

Nach dem Gespräch mit Kaminski hatte er den Burnetts stundenlang erklären können, wie es dazu gekommen war, dass Wally Jones ihr Gartentor so ramponiert hatte. Joe hatte all seine Amtswürde aufgeboten, um dem älteren Ehepaar verständlich zu machen, wie er sich zuerst um das bedauernswerte Opfer von Wallys plötzlicher Gewaltbereitschaft hatte kümmern müssen, bevor er und sein Deputy den Übeltäter zur Verwahrung ins Greenwood County Jail hatten transportieren können. Leider hatte Jones während dieser unbeobachteten Phase seine Wut an dem teuren schmiedeeisernen Tor ausgelassen, das die Burnetts wohl extra nach einem historischen Vorbild aus Frankreich hatten fertigen lassen. Joe musste widerwillig zugeben, dass Jones ganze Arbeit geleistet hatte. Das Tor war völlig demoliert.

Bei solchen Gelegenheiten, wenn er aufgeregte Bürger und Bürgerinnen beruhigen musste und dabei maximale Kompetenz ausstrahlen wollte, griff er gerne auf eine Ikone des

Hollywood-Kinos zurück. Dementsprechend hatte Joe seine beste Rock-Hudson-Imitation abgeliefert: charmant, ehrenhaft, solide, aber doch mit diesem kleinen verschmitzten Hauch eines Mannes von Welt. Er stellte immer wieder fest, wie gut das bei alten Damen, aber auch bei älteren Männern ankam – Rocks Appeal war eben universell.

Heute Vormittag aber war er sich ziemlich albern vorgekommen, als er den Burnetts mit gedehnter Stimme und sorgsam kontrollierter Körpersprache versichert hatte, dass nein, er glaube nicht, Wally Jones hätte ihnen persönlich aufgelauert. Und ganz recht, ganz recht, er wisse auch nicht, wie so ein dünnes Hemd wie Jones es geschafft hatte, das Eisen dermaßen zu verbiegen, und ja, er rechne damit, dass Wally zunächst einmal in Verwahrung bleiben würde. Außerdem würde er selbstverständlich dafür sorgen, dass die Burnetts ihren Schaden ersetzt bekämen, und wenn er persönlich zum Werkzeug greifen müsste.

Es war eine Erleichterung gewesen, dem Haus mit seinen überladenen Möbeln zu entkommen und sich der Verkehrserziehung der Grundschulkids zu widmen. Wenigstens konnte er sich mit den Kindern ein bisschen körperlich austoben – und Rock Hudson kannte hier auch niemand.

Allerdings war er gerade noch so der enthusiastischen Lehrerin entkommen, die ihn eingeladen hatte, mit ihr im *Lakeview Café* als kleines Dankeschön zu Mittag zu essen. Er hatte unter einem Vorwand abgelehnt, sich stattdessen seine Sporttasche geschnappt und war mal wieder die zwanzig Meilen ins nächste Gym gefahren. Nach mehreren Runden schweißtreibenden Krafttrainings und einer hastigen Dusche war er ins Diner nebenan gegangen. Während er dort trübsinnig in den Bacon-Cheeseburger gebissen hatte, den er sonst so köstlich fand, der aber heute nur wie Sägemehl geschmeckt hatte, hatte er darüber nachgedacht, was er im *Lakeview* alles Leckeres hätte haben können.

Dieser Gedanke drohte jedoch eine gefährliche Kettenreaktion auszulösen, und so hatte Joe eilig bezahlt und war für den Nachmittag in sein Dienstzimmer zurückgekehrt, um sich dort dem Papierkram zu widmen. Neben den Unterlagen, die er für Wallys Verhaftung ausfertigen musste, stand noch der Dienstplan für sein Team an – eine Aufgabe, die ihm selbst zu besten Zeiten keinerlei Begeisterung entlocken konnte. Als er dann auch noch feststellen musste, dass er prompt die komplizierten Urlaubspläne seiner neun Mitarbeiterinnen und Mitarbeiter durcheinandergebracht hatte – warum zur Hölle fuhren sie nicht alle gleichzeitig weg? Oder wenigstens am Stück? – und er noch einmal von vorn anfangen konnte, war seine Laune endgültig auf dem Tiefpunkt angelangt.

Zeit für Notfallmaßnahmen: Er hatte für sich selbst ein langes Wochenende in New York in den Dienstplan eingepflegt, Kaminski zur Strafe befohlen, heute für ihn die abendliche Patrouille zu erledigen, und war auf dem Weg vom Revier nach Hause noch schnell bei den Tillmans vorbeigegangen. Die kleine Rebel erkannte ihn mittlerweile und hatte ihm sogar großzügig zweieinhalb Streicheleinheiten gewährt, bevor sie sich wieder in ihre Geschwisterschar gestürzt und die ordentlich aufgemischt hatte.

Das Beste war allerdings gewesen, dass Mr. T. zu ihm gekommen war, ihm ohne ein Wort einen Becher Kaffee aus der Küche mitgebracht und sich mit seinem eigenen Becher neben ihn gesetzt hatte. Im einträchtigen Schweigen hatten sie den sorgsam gepflegten Garten bewundert und langsam den Kaffee getrunken, und Joe hatte zum ersten Mal an diesem Tag das Gefühl gehabt, ein bisschen zur Besinnung zu kommen. In Gegenwart des alten Mannes waren Worte nicht notwendig – eine ungewohnte Erfahrung für Joe. Bei ihm in der Familie redete jeder gerne und viel, egal, ob Mann oder Frau, jung oder alt. Geschwiegen wurde höchstens, wenn jemand tödlich beleidigt war. Er hatte nicht gewusst, dass Schweigen auch so wohltuend sein konnte.

Ein wenig getröstet war er schließlich nach Hause aufgebrochen, wo er sich nun verbissen in die Hausarbeit gestürzt hatte.

Während er die Arbeitsplatte in der Küche schrubbte, wurde ihm klar, dass für heute Abend nur sein Lieblingsessen infrage kam, und das war eindeutig Pasta Bolognese nach dem Geheimrezept seiner Mutter Alma. Sie nannte die Sauce natürlich stilecht *ragù bolognese* und ließ jedes Mal einfließen, dass sie das Rezept dafür von ihrer Freundin Aurora bekommen hatte, deren Eltern tatsächlich aus der Gegend von Bologna stammten. Joe hatte nach dieser elaborierten Erklärung immer das Gefühl, dass seine Mutter das Rezept keineswegs aus Italien mitgebracht, sondern es heimlich bei Martha Stewart abgeschrieben hatte, zumal er noch nie bei anderer Gelegenheit etwas von der sagenumwobenen Aurora gehört hatte.

Aber ihm war es wirklich schnurzpiepegal, ob das Ganze nun

original war oder nicht: Wenn etwas so genial schmeckte, wen scherte es dann, ob Alma das Rezept von *Gino's Pizzeria* zwei Straßen weiter oder von der Gattin des Bologneser Bürgermeisters persönlich hatte? Er warf einen Blick auf die Uhr. Hatte er noch genug Zeit? Kurz nach sechs. Okay, wenn er sich beeilte und die Kochzeit vielleicht ausnahmsweise etwas abkürzte ... Er würde es einfach niemandem in der Familie erzählen.

Fast drei Stunden später schob Joe den Teller von sich. Nicht so gut wie zu Hause bei *la mamma* natürlich, aber er hatte schon schlechtere Pasta gegessen. Während er nach seinem Glas Chianti griff, dachte er über den heutigen Tag nach. Er musste sich eingestehen, dass seine hektische Betriebsamkeit nicht dafür gesorgt hatte, dass er sich besser fühlte.

Was vermutlich an der Ursache für sein schlechtes Gefühl lag: Sie war einfach weggelaufen! Damit kam er überhaupt nicht klar, selbst wenn er es im Grunde sogar ziemlich gut verstehen konnte. Sich mir nichts, dir nichts auf eine Frau zu stürzen, die keine halbe Stunde vorher niedergeschlagen worden war – wirklich, er war alles andere als stolz auf sich. Natürlich hätte er zur Entschuldigung anführen können, dass sie beide erwachsen waren und Liz es vielleicht auch einen Hauch drauf angelegt hatte ... Welcher Mann könnte ihr schon widerstehen, wenn sie sich erst einmal so warm an ihn schmiegte? Aber das sollte wirklich keine Rolle spielen. Er war schließlich kein hormongesteuerter Teenie mehr, der nicht wusste, wie und wann man sich zu beherrschen hatte. Nein, er hatte einfach blindlings zugegriffen, obwohl sie ihm vorher noch deutlich zu verstehen gegeben hatte, wie sauer sie auf ihn war.

Aber genau das war das Problem bei ihm und Liz: Sie ging ihm total unter die Haut, brachte ihn dazu, Dinge zu tun, die er normalerweise weit von sich weisen würde, ließ ihn einfach die Kontrolle verlieren. Nach diesem Kuss gestern Abend war es Zeit, sich das ehrlich einzugestehen.

Joe nahm einen Schluck von seinem Wein und ließ ihn langsam über die Zunge laufen. *Dio mio*, was für ein Kuss! Er war nicht eitel, was seine Anziehungskraft auf das andere Geschlecht anging, aber bis auf die Zeit in Willow Springs war er seit seinem 15. Lebensjahr nie lange ohne Frau gewesen. Deswegen konnte er ziemlich entspannt von sich behaupten, einiges an Erfahrung zu haben. Er konnte sich allerdings nicht erinnern, schon einmal so viel Leidenschaft und, ja nackte Gier bei einem bloßen Kuss gespürt zu haben. Liz' frisch-würziger Geruch, ihr leises Stöhnen und die elektrisierende Art, wie sie die Hände über seine Haut hatte gleiten lassen – all das hatte seine Sinne benebelt, sein Begehren noch mehr angefacht, ihn in Flammen stehen lassen. Und ganz kurz war sie mehr als eine willige Partnerin gewesen, hatte seine Küsse mit demselben Hunger, derselben Hingabe erwidert. Dass sie trotzdem so plötzlich verschwunden war ... Vermutlich war ihr erst später bewusst geworden, was für einen Schwachsinn er von sich gegeben hatte. Sein Gerede war wirklich alles andere als klug oder vernünftig gewesen. Ihr Naivität vorzuwerfen, nur weil sie keine Ahnung von Drogengeschäften hatte, und sie dann noch ohne Weiteres durch einen Kuss zum Schweigen zu bringen ... *Also ehrlich, Alter*, dachte Joe, *da hast du wirklich Mist gebaut.*

Er stand auf. Nun wusste er, was er zu tun hatte.

Kapitel 10

Liz verteilte die warme, dunkel glänzende Glasur auf dem Schokoladenkuchen. Genießerisch sog sie den aromatischen Duft ein. Hmmm, das war einfach der leckerste Schokokuchen der Welt, ganz unabhängig davon, dass er auch komplett vegan war. Im Winter aromatisierte sie ihn gerne mit geriebener Orangenschale, heute aber hatte sie tatsächlich echte Vanille als zusätzlichen Kick verwendet. Sobald er halbwegs abgekühlt war, würde sie sich ein großzügiges Stück gönnen, dachte sie lächelnd.

Anschließend machte sie sich eine kurze Notiz, wie lange der Schokokuchen gebacken hatte. Der kleine Höhenunterschied spielte zwar keine Rolle – im Gegensatz etwa zu Aspen in den Rockies, wo sie während ihres letzten Pflichtpraktikums am eigenen Leib erfahren hatte, warum so viele Lehrende vom Culinary Institute Schauergeschichten über verdorbene Gerichte erzählten, bis sie sich endlich an die Höhe gewöhnt hatten –, aber jeder Ofen konnte nun einmal so seine Eigenarten haben. Eine genaue Dokumentation war deshalb Pflicht.

Nachdem das erledigt war, putze sie die Erdbeeren. Sie war ganz versunken in ihre Arbeit und schrak richtiggehend zusammen, als sie jemanden an der Tür rütteln hörte. Nach einer

Schrecksekunde zuckte sie allerdings mit den Achseln. Vermutlich Rob, der sie mal wieder von ihren Sorgen ablenken und keine Ablehnung per Handy riskieren wollte. Während sie nach vorn ging, suchte sie in Gedanken schon nach einer Ausrede, so richtig Lust auf Gesellschaft hatte sie heute Abend nämlich nicht.

Doch es war nicht ihr bester Kumpel, der vor der Tür wartete. Es war Joe.

Sollte sie einfach so tun, als wäre sie nicht da? Unschlüssig hielt sie inne. Aber das war ja albern, er hatte sie bestimmt längst gesehen. Wenn sie nicht komplett unhöflich erscheinen wollte, musste sie ihm öffnen. Sie würde einfach gute Miene zum bösen Spiel machen und cool bleiben müssen. So schwer war das ja nun nicht. Schließlich war er nur ein Mann. Auch wenn er zufällig ziemlich phantastisch küssen konnte.

Betont langsam ging sie zur Tür. Sein Gesicht lag im Schatten, daher konnte sie nicht erahnen, was er dachte. Sie versuchte, aus seiner Körperhaltung schlau zu werden. Doch abgesehen von der Tatsache, dass ihr wieder einmal auffiel, wie attraktiv er nicht nur in einer Uniform aussah, sondern auch in Jeans und Shirt, konnte sie nichts weiter erkennen.

Sie öffnete die Tür. »Woher weißt du, wo ich bin?«, fragte sie statt einer Begrüßung. Sie hörte selbst, wie aufgebracht sie klang. Fing ja gut an mit dem Coolbleiben.

»Hallo, Liz«, sagte er gedehnt. »Darf ich reinkommen?«

Sie trat zur Seite und wies mit der Hand Richtung Küche. »Bitte, du kennst den Weg.«

Er ging an ihr vorbei in den Gastraum, ein Hauch von seinem

Duft kitzelte ihre Nase. Während sie ihm folgte, blieb ihr Blick automatisch an seinen langen Beinen hängen. Sie wusste, es war seltsam, aber für Männer mit schönen Beinen hatte sie schon immer eine Schwäche gehabt. Gerade noch rechtzeitig gelang es ihr, ein Seufzen zu unterdrücken. Also bitte!

»Deine Tante hat mir erzählt, wo ich dich finde.«

Sie musterte Joe mit hochgezogenen Augenbrauen. »Du warst mitten in der Nacht bei meiner Tante, um nach mir zu fragen? Was hast du ihr denn erzählt?«

»Gerade mal halb zehn würde ich jetzt nicht als mitten in der Nacht bezeichnen.« Er grinste sie an, vermutlich um seinen Worten den Stachel zu nehmen. Mittlerweile waren sie in der Küche angekommen. Liz zog einen der Küchenhocker unter der Arbeitsfläche hervor und lud ihn mit einer Handbewegung ein, Platz zu nehmen. »Danke.«

Sie setzte sich ihm gegenüber und schaute ihn fragend an.

»Keine Sorge, ich habe ihr nur gesagt, dass wir noch Zeugen für Wally Jones' Randale bei den Burnetts bräuchten. Sie meinte, sie selbst hätte leider nichts gesehen oder gehört, aber du wärst immer noch spät im *Lakeview* und hättest vielleicht auf dem Weg etwas mitbekommen. Ich solle dich doch einfach fragen.«

Gar keine dumme Ausrede, das musste Liz zugeben. Schließlich wussten sie beide, dass Georgia zu dem Zeitpunkt zu Hause gewesen war und nichts gehört haben konnte. Wally hatte das Gartentor nämlich erst aus den Angeln gehoben, nachdem Joe und sie sich getrennt hatten. Liz konnte sich dunkel daran erinnern, dass sie ein seltsames, aber nicht allzu lautes Scheppern in einiger Entfernung vernommen hatte, während sie die Haustür aufgeschlossen hatte. Sie hatte sich allerdings keine besonderen Gedanken darüber gemacht, schließlich war sie gerade ziemlich mit etwas anderem beschäftigt gewesen. Erst nach Mrs. T.s Schilderungen heute Vormittag hatte sie sich dann zusammengereimt, um was es sich bei dem Geräusch gehandelt haben musste.

»Ich wollte dich sehen, um mich bei dir zu entschuldigen.« Wieder ein abbittendes Lächeln. Es stand ihm unerwartet gut, und ihr Herz machte einen kleinen unfreiwilligen Hüpfer.

Um sich abzulenken, stand sie hastig auf. »Möchtest du vielleicht ein Stück Kuchen? Kaffee ist leider nicht drin, weil ich die Maschine dafür anwerfen müsste, aber eine Tasse Tee könnte ich dir anbieten.«

»Kuchen klingt toll, und zu einem Tee sage ich nicht Nein.«

Täuschte sie sich, oder klang seine Stimme erleichtert? Und wenn sie recht hatte, war er dann vielleicht genauso verlegen wie sie selbst? Wäre das gut oder schlecht? Aber wofür wollte er sich eigentlich entschuldigen? Für den Kuss? Das wäre ja wohl eine ziemliche Demütigung, dachte sie, während sie das Geschirr auf der Arbeitsplatte bereitstellte. »Teebeutel sind hoffentlich okay? Manche Leute haben ja was dagegen, weil sie behaupten, es würde so viel Aroma verloren gehen. Aber hier im *Lakeview* haben wir einzeln versiegelte Beutel, und außerdem glaube ich sowieso, dass die in den letzten Jahren gewaltige Fortschritte gemacht haben.«

Mein Gott, jetzt fing sie auch noch an zu plappern! Entschieden klappte sie den Mund zu und holte stattdessen tief Luft.

Das beruhigte sie genug, um den Kuchen gewohnt appetitlich anzurichten.

»Mach dir keine Umstände, Liz. Ich nehme, was da ist. So lecker, wie es hier riecht ...« Er ließ den Satz unvollendet, und auch sie sagte nichts mehr, bis sie den Tee und zwei Teller mit Schokoladenkuchen, Vanilleeis und ein paar von den Erdbeeren vor ihn hinstellte.

»Bitte.« Ohne Umstände widmete Liz sich ihrem Teller, versuchte, gleichzeitig Kuchen, Eis und Erdbeerstückchen auf einmal auf den Löffel zu bugsieren. Erwartungsvoll steckte sie sich den voll beladenen Löffel in den Mund, genoss den Dreiklang aus herb-warmer Schokolade, cremig-kühlem Eis und süß-aromatischen Beeren. Phantastisch.

Sie hob den Blick und sah direkt in Joes Augen, die mindestens ebenso freudig-verklärt wirkten, wie Liz sich gerade fühlte. Verschwörerisch lächelte er sie an, gab ein tiefes »Hm-hm« von sich, das sie beinahe wieder nach Luft hätte schnappen lassen. Zum Glück erinnerte sie sich gerade noch rechtzeitig daran, dass sie den Mund voller Kuchen hatte.

Ohne ein weiteres Wort aß Joe weiter. Liz tat es ihm nach, und in einträchtigem Schweigen begannen sie, ihre Teller zu leeren. Ein bisschen wunderte sie sich darüber, wie wohl sie sich plötzlich in seiner Gesellschaft fühlte: Aber bestimmt lag das weniger an ihm als am Kuchen, denn Schokolade regte ja bekanntlich die Serotonin-Produktion an. Das erklärte auch das kleine zufriedene Lächeln, das sich ohne ihr Zutun auf ihre Lippen geschlichen hatte.

Trotzdem, sie musste jetzt einfach wissen, wofür er sich entschuldigen wollte. Dafür, dass er zufällig dabei gewesen war, als sie sich zum Affen gemacht hatte? Sie räusperte sich, holte tief Luft und nahm allen Mut zusammen.

»Was wolltest du mir sagen, Joe?«

Jetzt gab es wirklich kein Entkommen mehr. Er hielt inne. Nahm einen Schluck Tee, um noch etwas Zeit zu schinden. Unter normalen Umständen hatte er nie Probleme damit, sich zu entschuldigen. Er war selbst kein nachtragender Mensch und davon überzeugt, dass man Konflikte am besten so früh wie möglich ansprach, wollte man sich und den Beteiligten unnötige Grübeleien ersparen. Die Deeskalationsseminare, die er auf der Polizeiakademie belegt hatte, waren nur eine zusätzliche Bestätigung dieses Prinzips gewesen. Allerdings hatte er in diesem Fall das Gefühl, dass einiges davon abhing, was er in den nächsten Minuten sagen würde. Warum das so war, wusste er selbst nicht genau.

Entschlossen stellte er den Becher mit Tee hin und sah sie an. »Ich habe mich gestern Abend wirklich wie der letzte Idiot verhalten, Liz. Manchmal vergesse ich, dass es Leute gibt, die nicht inmitten von Cops aufgewachsen sind. Die nicht permanent damit rechnen, dass ihnen von jeder Seite Gefahr droht, und die immer darauf gefasst sein müssen, andere Menschen vor dieser Bedrohung zu schützen.« Joe schluckte, überrascht von sich selbst. Natürlich war ihm klar, dass ihm die New Yorker Cop-Mentalität zur zweiten Natur geworden war. Allerdings hörte es sich merkwürdig an, wenn er das hier, im friedlichen Willow Springs, so offen und laut aussprach. War das immer noch er?

Während er darüber nachdachte, beobachtete er gleichzeitig Liz' Gesicht und wartete auf ihre Reaktion. Sie ließ sich Zeit.

»So zu leben muss schwer für dich sein.«

Sie klang nicht so, als würde sie auf Distanz gehen. Andererseits hatte sie auch nicht den teilnahmsvollen, betont mitleidigen Tonfall drauf wie manche Frauen, kurz bevor sie dann mit ihm über die »Probleme durch seinen brutalen Job« reden wollten.

Er zuckte mit den Schultern und nahm wieder einen Schluck Tee.

»Sind wirklich alle in deiner Familie Cops?«

Okay, das hörte sich jetzt einfach neugierig an. Joe störte es nicht. Vermutlich beschränkte sich ihre Kenntnis übers NYPD auf das, was sie im Fernsehen so sah. Die Jungs und Mädels bei der internen Film-/TV-Beratungseinheit machten zwar einen verdammt guten Job, aber im Zweifelsfall wollten es die Leute beim Film natürlich immer dramatischer haben als im realen Leben. Oder harmloser, je nachdem. Mit der Wahrheit nahmen es die Produktionsfirmen jedenfalls nie ganz genau. Joe leistete deshalb gerne Aufklärungsarbeit, wenn es um »New Yorker Cop-Dynastien« ging, wie es immer in einer Netflix-Serie bezeichnet worden war, die besonders dick aufgetragen hatte.

»Nicht alle, nein. Aber ganz schön viele. Mein Großvater wollte seiner neuen Heimat unbedingt etwas zurückgeben, weil er so dankbar war, wie man ihn und seine Familie in New York aufgenommen hatte. Am besten ging das bei der Polizei, fand er. Er hat sich bis zum Captain im 5. Precinct hochgearbeitet.« Dieses Detail erfüllte Joe ebenso wie seine gesamte Familie immer noch mit Stolz. Für seinen *nonno* hatte sich der amerikanische Traum in einer Weise erfüllt, die Gianni sich nie hätte vorstellen können. In Neapel wäre das nicht möglich gewesen – erst recht nicht im Dienste der Gerechtigkeit, wie *nonno* gerne in feierlichen Momenten zu sagen pflegte.

»Tja, und heute sind meine beiden Brüder, zwei Onkel und drei meiner Cousins beim NYPD. Nicht zu vergessen meine jüngere Cousine Donna. Die Kleine wird richtig Karriere machen, das sage ich dir. Mar...«, er stockte einen Moment und korrigierte sich dann, »*wir* sind alle irre stolz auf sie.« Er lachte, vielleicht weil er selbst so überrascht war, dass er ihr gegenüber beinahe Marty erwähnt hätte, einfach so. Ohne Drama, ohne weiter drüber nachzudenken, nur deswegen, weil Marty ein so wichtiger Teil seines Lebens war und es ihm in diesem Moment völlig normal erschienen war, mit ihr darüber zu reden. Um seine Verlegenheit zu überspielen, wandte er sich wieder seinem Teller zu und aß noch etwas Eis und Kuchen. »Superlecker, Liz, echt.«

Sie nahm einen Schluck Tee und beobachtete ihn nachdenklich über den Tassenrand hinweg. Er konnte ihren Blick fast körperlich spüren. »Und du? Hast du dich unter Druck gefühlt, auch beim NYPD einzusteigen?«

Er musste wieder lachen, diesmal, weil die Frage so absurd war. »Überhaupt nicht! Meine Eltern sind Lehrer, und mein Dad hat mir und meinen Brüdern komplett freie Hand gelassen. Meine Mom hätte es lieber gesehen, wenn wir Recht und Ordnung als Anwälte verteidigen würden, aber ich glaube, ihr war sehr früh klar, dass uns *nonno* quasi schon in der Wiege mit seinen Storys vom Revier verdorben hatte.« Abrupt wurde er ernst. »Aber es sind nicht alles nur Geschichten. Manche Sachen sind leider blutiger Ernst. Und dann ist es gut, wenn man seine Familie hat.«

»Vermisst du sie?«

»Meistens. Manchmal. Fast nie.« Er grinste, denn genau das fühlte er, oft alles auf einmal. Aber er hatte jetzt wirklich keine Lust, in eine ernsthafte Diskussion darüber einzusteigen, wie schön – und wie unglaublich lästig – eine so große, oft eng zusammengluckende Familie wie seine sein konnte. Für derlei Feinheiten war es eindeutig zu spät am Abend. Und er wusste ja selbst nicht, was diese widerstreitenden Emotionen für seine Zukunft bedeuteten. Ob er sich in Willow Springs etwas aufbauen sollte oder doch über kurz oder lang in seine alte Heimat zurückkehren wollte. Na ja, wenn er ehrlich war, dachte er über dieses Thema zu *keiner* Uhrzeit besonders gerne nach.

Genug der Gefühlsduselei für heute, beschloss er. Und er wusste, wie er das Gespräch wieder sehr effektiv auf Liz bringen konnte. »Jedenfalls tut es mir ausgesprochen leid, weil ich so selbstgerecht dahergeredet habe. Für dich ist Wally natürlich in erster Linie nicht ein Drogendealer, sondern der Mann, dessen unsterbliche Liebe du wieder und wieder äußerst kalt und herzlos zurückgewiesen hast.«

Liz stöhnte prompt. »Mist, diese peinliche Geschichte. Wer hat das ausgeplaudert? Steph? Ich bringe sie um!«

»Steph ist völlig unschuldig, aber deine Morddrohung nehme ich natürlich zur Kenntnis. Für den Fall, dass ich noch mehr aus deiner Highschool-Zeit wissen möchte.« Sein Grinsen vertiefte sich, während sie ein gespielt empörtes Gesicht machte. »Nein, in dieser Angelegenheit hat Wally selbst geredet, als ich ihn höchstpersönlich in die Arrestzelle verfrachtet habe. Du hast also Glück, es fällt damit ja fast unters Dienstgeheimnis.« Mit drei Fingern machte er eine rasche Mein-Mund-ist-versiegelt-Geste, und als er die Hand wieder sinken ließ, sah Liz ihn ganz merkwürdig an, ja sie starrte ihn geradezu an. Unter ihrem intensiven Blick wurde ihm warm.

Auf einmal veränderte sich die Atmosphäre, wurde angespannt, das plötzliche Schweigen schien ihm in den Ohren zu dröhnen. Die atemlose Spannung von gestern Abend war wieder da – noch mächtiger, noch unwiderstehlicher als zuvor. Langsam, ganz langsam wanderte ihr Blick zu seinem Mund, und Joe musste sich zwingen, nicht hin- und herzurutschen, um dem schlagartig engen Sitz seiner Jeans ein bisschen abzuhelfen. Er hatte keine Ahnung, was ihren Stimmungsumschwung ausgelöst hatte, aber er stellte fest, dass ihn das diesmal weder erstaunte noch beunruhigte. Im Gegenteil. Eigentlich hatte er genau darauf gewartet, seitdem er zum ersten Mal ihre raue Stimme gehört, ihr unglaubliches Gesicht erblickt hatte.

Liz holte tief Luft und schloss kurz die Augen. Dann sah sie ihn direkt an und sagte etwas, was ihn ganz schön überraschte.

»Du hast da was.«

Kapitel 11

Wie zur Hölle war das jetzt passiert?! Eben noch hatten sie sich locker unterhalten, er hatte einen blöden Witz über Superhirn Wally gemacht, und dann löste ein einfacher Schokoladenfleck plötzlich einen derartigen Hunger, nein, eine unglaubliche Gier nach seiner Berührung in ihr aus. Sie konnte den Blick nicht von dem kleinen dunklen Fleck wenden, der sich so harmlos und gleichzeitig so provokant neben seinen Lippen abzeichnete. Fast in seinem Mundwinkel. Offenbar hatte er ein bisschen Glasur am Finger gehabt, als er ihr eben mit dieser albernen Geste Verschwiegenheit in Sachen Wally geschworen hatte.

»Wo?«, stellte er die naheliegende Frage, und seine Stimme klang tatsächlich ein bisschen heiser.

Unwillkürlich leckte sie sich über die Lippen. Seine Karamellaugen brannten, drohten sie zu verbrennen. Dabei hatte er sie noch nicht einmal angefasst!

Sie legte die Hand an die linke Wange und klopfte sich leicht mit dem Mittelfinger auf den Mundwinkel. »Hier«, brachte sie mühsam heraus.

Er rieb mit zwei Fingern über die Stelle, auf die sie gedeutet hatte, schaffte es aber nur, den Fleck weiter zu verwischen.

»Nein«, sagte sie, »du machst es bloß noch schlimmer.« Sie streckte die Hand aus, legte sie ihm an die Wange und wischte mit dem Daumen über die Schokolade.

Er schlug die Augen nieder und ließ ihre sanfte Berührung regungslos zu. Seine Bartstoppeln kitzelten ihre Haut, unter ihren Fingern spürte sie seine Wärme, seine Nähe.

Er hob die Hand, legte sie ohne ein Wort auf ihre. Sie hielt inne. Immer noch schweigend machte er die Augen wieder auf, schaute ihr unverwandt ins Gesicht. Sie sah, wie er schluckte. Einen Herzschlag später zog er ihre Hand von seiner Wange, leckte langsam und genüsslich die Schokolade von ihrem Daumen und zeichnete dann – ohne sie auch nur eine Sekunde aus den Augen zu lassen – mit Lippen und Zunge sacht die blauen Adern unter der empfindsamen Haut ihres Handgelenks nach.

Sie sog scharf die Luft ein. »Das«, raunte sie, »ist eine verdammt schlechte Idee.« Ihre Stimme klang jetzt noch rauer als seine. »Ich habe im Moment den Kopf voll mit Onkel Jack und Tante Georgia, der Geschäftsgründung und überhaupt ... Wirklich, ich habe gar keine Zeit für irgendeinen Mann.«

»Irgendeinen Mann?«, fragte er streng. Spielerisch biss er ihr in den Daumenballen, die Berührung brachte ihr weibliches Zentrum erwartungsvoll zum Pochen. »Irgendeinen Mann?«, wiederholte er gedehnt. Wie ein Held aus einem alten Hollywood-Film, dachte sie.

Sie entzog ihm die Hand und stellte mit Genugtuung fest, dass er etwas besorgt aussah. Offenbar war er sich nicht sicher, ob er vielleicht zu weit gegangen war. Gut, dachte Liz. Sie streckte die Hand nach seinem Teller aus, tippte den Daumen in die Glasur und ließ diesen anschließend langsam über ihre Unterlippe und ihr Kinn gleiten. Joes Augen folgten ihrer Hand, als sie die cremige Schokolade auf ihrer erhitzten Haut verteilte. Sein unverwandter Blick ließ ihr heiß und kalt werden.

Dann stand sie auf, trat um den Tisch herum und beugte sich zu ihm, so dicht, bis sie seinen Atem auf ihrer Haut zu spüren glaubte. Sie leckte sich mit der Zunge über die Lippen, bevor sie hervorbrachte: »Ich hab da was.«

Joe stand so ruckartig auf, dass der Hocker nach hinten kippte. Dennoch waren seine Hände erstaunlich zärtlich, als er sie um ihr Gesicht legte. »Was machen wir denn da?«, kommentierte er, und wieder kam sie sich vor wie in einer Hollywood-Schnulze. Er beugte sich zu ihr, küsste sie leicht auf die Wange. Sie schloss die Augen, wartete sehnsüchtig auf seine nächste Berührung, spürte seine Zunge neckend über ihr Kinn gleiten, ohne ihren Lippen auch nur nahe zu kommen. *Mieser Kerl*, dachte Liz empört. Als wüsste er nicht genau, was das mit ihr anstellte!

Quälend langsam streichelte er ihren Hals, bevor er Lippen und Zähne folgen ließ. Das Pochen in ihrem Unterleib wurde stärker, die Knie drohten ihr wegzusacken.

»Also?«, fragte er rau.

Sie seufzte erregt, zog seinen Kopf zu sich heran und küsste ihn voll auf den Mund, ließ die Zunge hungrig gegen seine Lippen schnellen. Einen kurzen Moment lang schmiegte sie sich an ihn, spürte seinen muskulösen Körper an ihrem eigenen, so viel weicheren. Dann unterbrach sie den Kuss. »Was schlägst du denn vor? Einen One-Night-Stand?«

Er beugte sich zu ihr, küsste sie noch einmal hauchzart auf den Mundwinkel. Dann schüttelte er den Kopf. »Ich kann mir nicht vorstellen, dass für uns eine einzige Nacht reicht. Für mich jedenfalls nicht. Ich kann mich in deiner Gegenwart kaum beherrschen, und ich glaube, dir geht es auch so.« Wie zum Beweis ließ er seine Hand auf ihren Po gleiten, drückte sie an sich, ließ sie seine harte Erektion spüren.

Sie schnappte nach Luft.

»In einem Fall wie unserem bietet sich doch wohl eher eine Affäre an, oder?« Er lächelte, als sie zustimmend seufzte. »Eine Bedingung habe ich allerdings.«

Liz wühlte die Finger in sein Haar, zog ihn zu sich und küsste ihn, ließ ihn all ihre Leidenschaft, ihre Lust, ihre Ungeduld spüren. Mit demselben Hunger kam er ihr entgegen, eroberte ihren Mund, heizte das Feuer in ihr zusätzlich an. Taumelnd suchten sie gemeinsam den Weg zum Tresen, ohne den Kuss auch nur einmal zu unterbrechen. Er hob sie hoch und setzte sie auf das blank polierte Metall, das sich köstlich kühl durch die Jeans anfühlte, und zog sie wieder an sich. Sie wich zurück. Zuerst wollte sie wissen, was er eben gemeint hatte.

»Bedingung? Welche Bedingung meinst du?«

Er musste einen Augenblick überlegen, was sie mit wildem Triumph erfüllte. Offenbar brachte sie ihn wirklich genauso um den Verstand wie er sie. Dann lächelte er verschwörerisch und sagte: »Diskretion. Ich möchte nicht, dass es heißt, der Chief of Police würde mit der halben Gemeinde rummachen.«

Sie grinste, hob die Hände und begann, langsam sein Hemd aufzuknöpfen. Knopf für Knopf für Knopf. »Rummachen, soso ... Was für eine verschämt teeniehafte Umschreibung, Chief. Mit wie vielen Frauen hattest du denn schon Sex in Willow Springs?«

Seine Offenheit gefiel ihr. Er würde nicht plötzlich sentimental werden, das spürte sie, nicht aus heiterem Himmel Besitzansprüche stellen. Seine Bitte um Diskretion bewies es: Das Angebot einer unverbindlichen Affäre war echt – und welche Frau konnte zu ein paar Nächten voller Leidenschaft mit diesem wahnsinnig sexy und vielleicht doch gar nicht so unvernünftigen Kerl schon Nein sagen? Sie jedenfalls nicht. Und warum sollte sie auch?

Er nahm Haltung an. »Ma'am, Sie wären meine erste Frau hier. Sie nehmen mir quasi meine Willow-Springs-Jungfernschaft.«

Statt eines Kommentars beugte sie sich vor und ließ Lippen und Zunge über seinen nun nackten Oberkörper gleiten. Als sie bei einem seiner Nippel angekommen war, begann sie zu saugen. Stöhnend warf er den Kopf zurück, gab sich ihr ganz hin. Auch das gefiel ihr, seine Küsse hatten nicht zu viel versprochen. Er wusste, wann man die Kontrolle behalten und wann man sie aufgeben musste. Als ahne er, was sie gerade dachte, griff er in ihre Haare und zog sie zu sich hoch, küsste sie wild und fordernd. »Es ist mir eine Ehre, Chief«, murmelte sie trotzdem zwischen zwei Küssen. Sie spürte sein amüsiertes Grinsen mehr, als dass sie es sah. Ebenso amüsiert streckte sie die Hände nach seinem Gürtel aus, zog ihn damit ruckartig noch näher zu sich heran. Er hob den Kopf, seine Karamellaugen waren verhangen vor Leidenschaft.

»Aber falls es dich tröstet, ich hatte auch noch nie Sex in einer Profiküche. Du nimmst mir also die Küchenjungfernschaft.« Sie ließ die Hand über die Vorderseite seiner Jeans gleiten, lächelte, als sie sah, wie er sich auf die Lippen biss.

»Tatsächlich?« Er zog ihr das Shirt über den Kopf, musterte voller Anerkennung ihren dunkelblauen Lieblings-Spitzen-BH, den sie heute Morgen angezogen hatte, ohne zu ahnen, wer – oder dass ihn heute Abend jemand in Augenschein nehmen würde.

Joe küsste die zarte Rundung über dem Stoff und murmelte gegen ihre Haut: »Es ist mir eine Ehre, Ma'am.«

Mit einem Lächeln schloss sie die Augen, konzentrierte sich ganz auf das erregende Gefühl seiner Lippen auf ihren Brüsten. Sein Atem kitzelte ihre Haut. Ihre Brustwarzen verhärteten sich, begannen in sehnsüchtiger Erwartung seiner Berührung zu kribbeln. Doch wieder spannte er sie auf die Folter, ließ sich viel Zeit, sie zu streicheln und zu küssen. Begierde träufelte ihr wie warmer Honig ins Blut, ließ ihre Haut warm und rosig werden, vertrieb jeden vernünftigen Gedanken aus ihrem Hirn. Als er endlich, endlich mit geschickten Fingern ihren BH öffnete, keuchte sie auf. Mit angehaltenem Atem wartete sie darauf, was jetzt passieren, was er nun tun würde.

Und dann, ganz plötzlich, trat er einen Schritt zurück. Unwillig und erstaunt öffnete sie die Augen – und hätte beinahe gelacht, weil Joe sie mit einem hinreißenden, geradezu verzweifelten Gesichtsausdruck ansah. Seine tragische Miene ließ sie den Grund für seine unvermittelte Zurückhaltung ahnen.

»Die Kondome«, sagte sie.

»Die Kondome«, bestätigte er. »Ich habe keine dabei. Konnte ja nicht ahnen, was der Abend so bringen würde.« Er küsste sie kurz und hart auf den Mund. »Natürlich könnte ich schnell zum Minimart fahren und welche kaufen.«

»Das wäre in der Tat *sehr* diskret, Chief. Dann könntest du auch gleich morgen einen Aushang machen.« Er stöhnte, und sie erbarmte sich seiner. »Aber du hast Glück, dass dich ausgerechnet eine frühere Girl Scout flachlegen will. Allzeit bereit, sage ich nur.«

Sie grinste ihn frech an, schob ihn beiseite und ging zu ihrer Handtasche. Denn sie hatte wirklich immer Kondome dabei: Das war die einzige Regel, die Marlee ihr jemals auferlegt hatte. Auf ihre Frage, warum sie das versprechen sollte, hatte sie nur die ungewöhnlich lakonische Antwort erhalten: »Weil ich meine Tochter sicher sehen will.« Liz hatte Marlee nicht weiter gefragt, sich aber ab da immer an ihr Versprechen gehalten. Nun ja, ganz egal, was der Anlass für ihre Angewohnheit war, nie ohne Verhütung aus dem Haus zu gehen – heute Abend war nicht das erste Mal, dass sie ihrer Mutter sehr dankbar dafür war. Und Joe, beschloss sie, musste ja nichts von den Hintergründen wissen, oder dass die aktuelle Packung schon ganz schön lange auf ihren Einsatz wartete.

»Taadaaa.« Mit den Trojans in der Hand drehte sie sich zu ihm um.

Joe sah sie an, lächelte, ließ den Blick über sie gleiten: Aus seinen Augen sprach nichts als Leidenschaft. Er kam auf sie zu, riss sie an sich, und sein fordernder Kuss ließ sie in Sekundenschnelle erneut in Flammen stehen. Das Ziehen und Pochen in ihrem Inneren wurde schier unerträglich, so sehr sehnte sie sich danach, ihn endlich ganz in sich aufzunehmen. Ungeduldig ließ sie ihn all ihren Hunger spüren, bewegte provozierend die Hüften und krallte die Finger in seine Beine. Er murmelte irgendetwas, das sie nicht verstand, aber sie wusste auch so, wie erregt er war.

Mühelos hob er sie hoch und setzte sie wieder auf den Küchentresen. Sie öffnete seinen Gürtel, knöpfte seine Jeans auf und befreite ihn dann von seinem Slip. Hm, sie hatte es doch geahnt – was für ein Prachtstück! Liz gab ein halb anerkennendes, halb aufforderndes Schnalzen von sich, und Joe lachte.

»Ganz zu Ihren Diensten, Ma'am.«

»Ach, ich liebe Männer, die gut mit Autorität klarkommen«, erwiderte sie, nahm seinen steifen Schwanz in die Hand und spürte ihn unter ihren liebkosenden Fingern pulsieren und noch härter werden.

»Ach ja?«, knurrte er. Grinsend beugte er sich vor, leckte über ihre Brustwarze und blies anschließend darauf. Der kühle Luftzug schickte einen Hitzeblitz direkt zu ihrer weiblichsten Stelle. »Joe«, keuchte sie jäh. Sie konnte selbst fühlen, wie feucht, wie bereit sie für ihn war.

Weitere Worte waren nicht mehr nötig. So schnell wie möglich zogen und zerrten sie sich gegenseitig die letzten störenden Kleidungsstücke vom Leib. Und einen Herzschlag später hatte Joe sich ein Kondom übergestreift und kam zu ihr. Als sie ihn an ihrem Eingang fühlte, hielt er inne und flüsterte rau: »Liz«, als wolle er sie ein letztes Mal um Erlaubnis bitten. Sie beugte sich vor, küsste ihn leidenschaftlich und tief. Willig schlang sie die Beine um ihn, kam ihm entgegen und nahm ihn mit einem Keuchen ganz in sich auf.

Rasch fanden sie in einen gemeinsamen, fiebrigen Rhythmus. Sie schloss fest ihre inneren Muskeln um ihn, wollte ihn tief und immer tiefer in sich spüren. Und Joe stand ihr in nichts nach, war genauso gierig und entschlossen wie sie.

Während sie seinen herb-süßen Geruch in sich aufnahm, von edlem Demerara-Zucker, von Lakritze, von *Mann*, und sich ihre wollüstigen Seufzer mit seinem gutturalen Stöhnen mischten, wurden ihre Bewegungen schneller, zielgerichteter. Das Blut rauschte ihr in den Ohren, und sie wusste, dass es nicht mehr lange dauern würde, bis sie den Gipfel erreichte. Dafür war das hier zu intensiv, zu … zu viel. Und dann, endlich, schon wurde sie von einem gewaltigen Höhepunkt überrollt, der sie am ganzen Körper erzittern ließ. Sie klammerte sich an ihn und barg ihr Gesicht an seiner Schulter, um ihre Schreie zu ersticken. Durch den Nebel der Lust merkte sie, wie er ihr wenig später folgte, und allein das brachte sie zu einem weiteren Orgasmus, der dem ersten in seiner Macht in nichts nachstand.

Eng umschlungen verharrten sie, warteten instinktiv ab, bis sie sich beide wieder etwas unter Kontrolle hatten. Schließlich holte Liz tief Luft und schaute auf. Sie blickte direkt in ein paar braune Augen, die nun wie alter Rum warm im Gegenlicht schimmerten. Joe lächelte sie an, auf diese amüsierte Art und Weise, die sie langsam schon kannte.

»Also das«, der samtige Klang seiner Stimme ließ sie erneut wohlig erschauern, »kannst du eindeutig noch besser als Schokoladenkuchen backen.«

Kapitel 12

Mit einem zufriedenen Seufzen ging Joe am nächsten Mittag die Main Street entlang. Er fühlte sich, als könne er Bäume ausreißen. Einfach irre – wie hatte er nur vergessen können, wie großartig man sich nach ausgiebigem Sex mit einer tollen Frau wie Liz fühlte?

Gestern Nacht hatte Joe sie noch nach Hause gebracht, nachdem sie in einträchtigem Schweigen alle Spuren ihrer Leidenschaft beseitigt und sämtliche Lebensmittel sicher verstaut hatten. Bei ihrer Tante angekommen, hatten sie wie die Teenager noch stundenlang in der altmodischen Hollywood-Schaukel gesessen und geredet, immer darauf bedacht, nicht zu laut zu sprechen, damit niemand sie hörte. Er wusste jetzt, warum Gabrielle Kershaw so gemeine Geschichten über Rob Sawyer erzählte. Oder dass nicht nur er, sondern fast jeder in Willow Springs sich seit Jahren fragte, wann der Pfarrer sich endlich ein Herz fassen und Mrs. Irving seine Gefühle gestehen würde. Irgendwann waren sie sogar darauf zu sprechen gekommen, wie er seine Küchenjungfernschaft verloren hatte.

Mit Anfang zwanzig hatte er in seiner knapp bemessenen Freizeit in der Pizzeria seines Nachbarn gejobbt, weil die Zeit an der Polizeiakademie vom NYPD so wahnsinnig schlecht bezahlt war. Die deutlich ältere Servicechefin hatte ihn dort eines Abends vernascht. Von Perla hatte er viel gelernt, was Sex und Liebe anging, und sie hatte ihm ganz nebenbei einen Heidenrespekt vor der emotionalen Kompetenz der Frauen eingeflößt. Kurz nach dem Ende seines Aushilfsjobs hatte sie geheiratet. Ihr Ehemann sah immer sehr, sehr zufrieden mit seinem Los im Leben aus. Und »das«, so hatte er es gegenüber Liz formuliert, »habe ich immer gut verstanden. Perla war einfach unglaublich im Bett.«

Während er das noch sagte, war ihm schlagartig bewusst geworden, auf was für gefährliches Terrain er sich da begab. Schließlich kam es gar nicht gut, wenn man sich gegenüber einer neuen Geliebten irgendwie lobend über die erotischen Qualitäten einer anderen Frau äußerte – selbst wenn die Geschichte schon ewig lange her war.

Liz hatte allerdings nur gelacht, die Hand provozierend langsam über seinen Oberschenkel gleiten lassen und geantwortet: »Warte, bis du mich in einem Bett erlebst.«

»Ist das ein Versprechen?«, hatte er wissen wollen.

»Vielleicht.«

Er hatte sich zu ihr gedreht und sie geküsst, aus der sanften Berührung war schnell ein leidenschaftlicher Kuss geworden, der sie beide wieder aufs Neue entflammt hatte. Gerade hatte er überlegt, ob sie wohl noch Zeit für mehr als Küsse hatten, da hatte sich Liz schwer atmend von ihm gelöst.

»Also gut, versprochen, du hast mich überzeugt. Aber nicht heute. Ich brauche noch ein bisschen Schlaf, es kommt ein anstrengender Tag auf mich zu. Außerdem wird es bald hell, und ein gewisser öffentlicher Amtsträger hat mir doch tatsächlich eine absolut diskrete Affäre zugesagt. Wenn du nicht innerhalb der nächsten fünf Minuten verschwindest, könnte es knapp werden.«

Sie hatte gen Himmel genickt, und Joe hatte zu seinem Schrecken feststellen müssen, dass sie recht hatte: Wenn er sich nicht beeilte, käme er nie vor Sonnenaufgang nach Hause. Und in seinem Jahr in Willow Springs hatte er gelernt, dass es eine Menge Leute gab, die quasi mit dem ersten Hahnenschrei aus dem Bett sprangen.

Also hatte er sich ebenso widerstrebend wie eilig von Liz verabschiedet und war gerade noch rechtzeitig nach Hause gekommen.

Er lächelte. Trotz der fast durchgemachten Nacht war er kein bisschen müde – und das, obwohl er den heutigen Vormittag tatsächlich mit der Lektüre einer neuen Verordnung zur Behandlung von Untersuchungsgefangenen zugebracht hatte, vor der er sich seit Wochen gedrückt hatte. Er schüttelte den Kopf. Die Verordnung war ihm trotz der üblichen Verklausulierungen total einleuchtend erschienen, ja er hatte den Eindruck, dass sie ihm seine zukünftige Arbeit ganz schön erleichtern könnte.

Es geschahen wirklich noch Zeichen und Wunder! Oder er hatte Sex doch viel nötiger gebraucht, als er sich hatte eingestehen wollen.

Beschwingt stieß Joe die Tür zum *Lakeview* auf. Okay, es war vielleicht kein guter Schachzug, am Tag danach hier aufzukreuzen. Konnte ein bisschen, na ja, bedürftig wirken. Aber er wischte den Gedanken beiseite. Denn er war sich ziemlich sicher, dass Liz gerade im Krankenhaus war. Heute Nacht hatte sie jedenfalls erwähnt, wie entscheidend die Ärzte den Zustand ihres Onkels zurzeit fanden. Aber selbst wenn sie doch hier war ... so ein bisschen Geflirte, wenn niemand ahnte, dass man gerade eine gemeinsame Nacht hinter sich hatte, war nach Joes Erfahrung so ziemlich das Aufregendste, was man erleben konnte. Also, das *fast* Aufregendste. Er grinste.

»Hi, Maggie«, begrüßte er die Servicekraft, »ist der Blog für heute schon online? Hab bei Twitter noch gar nichts dazu gesehen.«

Maggie träumte davon, exotische Länder zu erkunden und Reiseschriftstellerin zu werden, begnügte sich aber vorerst mit Schilderungen aus dem Northern Highland von Wisconsin. Joe hielt sie für ein riesiges Talent, was das Schreiben anging, musste aber trotzdem zugeben, dass er ihr insgeheim nicht den ganz großen Durchbruch wünschte. Denn wer sollte sonst so wunderbar farbig und eindringlich über diesen ganz besonderen Ort schreiben? Und das *Lakeview* würde ihr genauso fehlen, wie ihnen allen Maggie fehlen würde, davon war Joe fest überzeugt.

»Wird erst später was, Chief. Ceecee musste zum Tierarzt, sie will aber gleich wieder reinkommen. Ich bin eingesprungen und hatte deswegen noch gar keine Zeit.«

»Ach du meine Güte. Steht es mit Mathilda denn so schlimm?«, fragte Joe. Wie jeder Stammgast im *Lakeview* wusste er, wie sehr Ceecee an der Border-Terrier-Hündin hing.

»Wenn Sie mich fragen, geht es Mathilda gerade deutlich besser als ihrer Herrin. Kein Wunder, bei der exzellenten medizinischen Versorgung.« Maggie grinste und seufzte. »Eine Generaluntersuchung von Rob Sawyer alle zwei Monate würde ich mir auch ziemlich gern gefallen lassen.« Sie lachte, als Joe ein gespieltes schockiertes Gesicht machte. »Was? Ich bin nur verheiratet, nicht blind.«

Joe winkte ab. »Über die Geheimnisse des weiblichen Herzens diskutiere ich besser nicht. Bringen Sie mir einfach das Übliche, Maggie.«

»Also das heutige Special und einen Krug Wasser? Und später dann einen Caffè Latte? Oder wollen Sie lieber einen Flat White? Haben wir neu auf der Karte.«

Joe hatte sich gerade auf seinen Stammplatz setzen wollen, von dem aus er einen exzellenten Blick über das Café hatte, aber auch noch sehen konnte, was draußen vor sich ging. Energisch schüttelte er den Kopf. »Einen Flat White? So ein entmannter Cappuccino ohne ordentliche Haube, aber dafür mit einem albernen Blümchen aus Kaffee auf dem Schaum? Und das Ganze auch noch zum ordentlich überhöhten Preis? Nein, danke.« Jetzt setzte er sich dann doch.

»Übertreiben Sie nicht ein bisschen, Chief?«, bemerkte Maggie milde. »Ich finde das Zeug ziemlich klasse, und so wie es aussieht, bin ich nicht die Einzige.« Auf sein Schnauben hin verschwand sie mit einem breiten Grinsen in Richtung Küche.

»Keine Sorge, für unsere altmodischen Gäste gibt es natürlich weiterhin männlichen Milchkaffee«, rief sie über ihre Schulter zurück. Leises Gelächter folgte ihr.

Joe runzelte die Stirn. Täuschte er sich, oder hatte Maggie gerade einen ziemlich respektlosen Witz auf seine Kosten gemacht? Er warf einen Kontrollblick in die Runde, doch alle anderen Gäste vermieden es, ihn anzusehen. Egal, er würde sich nicht beirren lassen. Flat White! In Willow Springs! Diese albernen Experimente sollten sie weiterhin in den New Yorker Coffeeshops machen, wenn sie es denn nicht lassen konnten, aber bitte schön doch nicht ausgerechnet hier. Irgendwo konnte er es ja verstehen, dass man in einer so rastlosen Metropole wie New York Tag für Tag auf der Höhe der Zeit sein musste, um seine ebenso rastlosen Gäste bei Laune zu halten, doch im tiefsten Wisconsin sollte man es wirklich nicht nötig haben, jedes bescheuerte Zeitgeist-Phänomen mitzunehmen, oder? Hier hatte man doch wohl die Zeit, um über wahre Qualität zu entscheiden und dementsprechend zu handeln, dachte er rebellisch. Fehlte nur noch, dass im *Lakeview* demnächst so dämliche Sachen wie Nussmilch – Joe zog eine Grimasse und korrigierte sich in Gedanken – nein, Nussmylch serviert wurde. Diesen Begriff hatte ihm eine Anhängerin dieser angeblich so gesunden und modernen Ernährung bei ihrem ersten und einzigen Date mal ausgiebig erläutert.

Beinahe hätte er sich geschüttelt, konnte sich aber gerade noch zurückhalten. Sein Geplänkel mit Maggie hatte schon für genug Aufmerksamkeit gesorgt, mehr Gesprächsstoff sollte er nicht liefern. Außerdem, er wollte sich seine gute Laune heute auf keinen Fall verderben lassen. Also dachte er lieber wieder daran, wie Liz ausgesehen hatte, als sie sich mit dem Päckchen Kondome in der Hand zu ihm umgedreht hatte. Sie hatte sich überhaupt nicht daran gestört, mit entblößten Brüsten vor ihm zu stehen. Oder dass sie es gewesen war, die für ihre Sicherheit hatte sorgen müssen. Mochte sein, dass er wirklich so altmodisch war, wie Maggie eben behauptet hatte, doch er hielt es nun einmal für Männersache, die Kondome parat zu haben. Aber Liz hatte ihn schlicht und einfach ...

Mit einem leisen Plopp wurde ein Krug Eiswasser vor ihm abgestellt. Die ewig effiziente Maggie war leider viel zu schnell wieder da. In der anderen Hand hatte sie einen Teller, von dem ein herrlich aromatischer Duft von überbackenem Käse und frischen Kräutern aufstieg. »Hier bitte, Chief, das Tagesgericht, Involtini alla siciliana.«

Joe schnupperte genießerisch und begutachtete gleichzeitig die perfekt gebräunte Schicht aus Käse und Semmelbrösel auf den Involtini. Wie lange hatte er die zarten Röllchen aus Kalbfleisch mit der umwerfend leckeren Füllung aus Schinken, Käse und Pinienkernen nicht mehr gegessen? Zu lange, ganz eindeutig. Ihm lief das Wasser im Mund zusammen. Erwartungsfreudig griff er nach dem Besteck. Die Involtini sahen fast genauso gut aus wie bei ...

»Vegetarisch heute, mit Auberginen, Rosinen und dem leckeren Käse von meiner Nachbarin Jessie«, unterbrach Maggies Stimme seine Gedanken. »Ich hab schon zwei Portionen verputzt.«

Vegetarisch? Involtini alla siciliana? Wer zur Hölle hatte dieses Verbrechen begangen?! Vermutlich derselbe gehirnamputierte Kerl, der es für nötig gehalten hatte, Flat White auf die Karte zu setzen und so mit einem Schlag die italienische Kaffeekultur zu massakrieren. Er hätte wirklich nicht geglaubt, dass das *Lakeview* sich auf diese Lifestyle-Unarten einlassen würde.

Joe holte tief Luft und legte das Besteck mit großer Sorgfalt wieder auf den Tisch. Dann brachte er mit mühsam beherrschter Stimme hervor: »Maggie, meine Liebe, kann ich mal bitte den Koch sprechen?«

»Und du bist dir wirklich sicher?«

»Absolut. Onkel Jack hat sie erkannt. Ich glaube, am liebsten hätte er Georgia sogar zugezwinkert.« Zur Bekräftigung nickte Liz und lächelte Steph an. Zusammen mit deren Mann Aaron und Rob saßen sie im *Angels*, »zum Familienabend«, wie Steph gesagt hatte. Stephs und Aarons Kinder Missy und Owen befanden sich aktuell allerdings in der Obhut von ihrem Großvater Richard, der sich netterweise zum Babysitten bereit erklärt hatte. »Du kannst dir gar nicht vorstellen, wie erleichtert Georgia und ich sind.«

»O doch«, mischte Aaron sich nun ins Gespräch ein. Seine dunkelbraunen Augen blickten sie warm an. »Du weißt doch genau, dass halb Willow Springs auf gute Nachrichten von Jack wartet. Wir rennen nur deswegen nicht in Scharen ins Krankenhaus, weil wir Georgia nicht unnötig stressen wollen.«

»Genau«, bestätigte Steph. »Und jetzt wollen wir dafür alles bis ins letzte Detail wissen. Langsam bitte, ich habe Mrs. Tillman nämlich versprechen müssen, morgen Bericht zu erstatten.«

Liz erzählte, wie ihre Tante Georgia gestern Mittag im Café angerufen hatte, um ihr zu sagen, dass die Ärzte glaubten, Jack könnte sehr bald aus dem Koma erwachen. Sie hatten seinen

Zustand peinlichst genau verfolgt, weil sie sicher sein wollten, dass sein Körper nicht allzu großen Stress zeigte. Wäre das der Fall gewesen, hätten sie ihm sofort wieder Medikamente für die weitere Sedierung gegeben. Die Gehirnschwellung war zwar beruhigend weit abgeklungen, dennoch war es nicht ohne Risiko, Jack aufzuwecken. Doch es hatte alles gut ausgesehen, und so war Liz hastig Richtung Krankenhaus aufgebrochen. Zum Glück war das Mittagsgeschäft so gut wie vorbei gewesen, und wie es der Zufall wollte, war auch Ceecee gerade zur Tür reingekommen, so dass Liz sich ohne schlechtes Gewissen auf den Weg hatte machen können.

»Das war wirklich perfektes Timing, Rob. Du hast Ceecee superpünktlich aus deiner Praxis entlassen. Wir konnten uns praktischerweise die Klinke in die Hand geben.«

Er grinste sie an. »Man tut, was man kann. Aber danke nicht mir, sondern Kirsty, die ist für die Terminüberwachung zuständig und scheucht mich notfalls durch die Gegend. Für einen Border Terrier in ihrem Alter ist Mathilda sowieso total gut in Form, deswegen ist der Check-up immer nur Routine. Cee besteht zwar darauf, dass ich auch noch die kleinste Eventualität überprüfe und ausschließe, aber das kenne ich ja schon.«

Steph knuffte ihren Bruder in die Seite. »Fällt das nicht unter das Ärztegeheimnis? Darfst du das überhaupt hier ausplaudern?«

»Haha, sehr komisch, Schwesterlein. Mach dir lieber darüber Gedanken, ob Missy ausplaudern darf, was du über ihre Ballettlehrerin gesagt hast. Das Gör hat einfach unglaublich scharfe Ohren.«

»Was?! Ich hab gar nichts gesagt, und außerdem ...«

»Und außerdem will ich jetzt hören, was Liz noch über Jack zu sagen hat«, unterbrach sie Aaron. »Ehrlich, warum müsst ihr beide euch immer wie Teenies aufführen, sobald wir zusammen ausgehen?« Er klang ruhig, aber sehr bestimmt.

Liz beobachte, wie Steph ihm einen kurzen, liebevollen Seitenblick zuwarf. Fünf Jahre verheiratet, und die beiden beteten sich immer noch an. Wobei sie zugeben musste, dass ihre Freundin mit Aaron wirklich einen super Griff getan hatte. Er bildete den ruhenden Gegenpol zu ihrer Quirligkeit und war ein ausgesprochen guter Vater, trotz seines anstrengenden Jobs als Geschäftsführer des *Pine Lake Inn*. Genau das Richtige für Steph, die sich im Gegensatz zu ihren Geschwistern Rob und Sally nach der Scheidung ihrer Eltern sehr nach einer neuen und diesmal beständigen Familie gesehnt hatte. Dass Aaron daneben noch über einen trockenen Humor verfügte und laut Steph ausgezeichnete Liebhaberqualitäten aufwies, war natürlich ein zusätzlicher Bonus.

»Ach, lass nur, Aaron, ich fühle mich gleich fünfzehn Jahre jünger.« Liz grinste. »Überhaupt, so ganz stimmt das nicht: Als deine werte Gattin und ihr Bruder wirklich Teenies waren, war ihre Wortwahl nicht annähernd so zivilisiert wie heute. Dieses höfliche Geplänkel ist da ein richtiger Fortschritt.«

»Glaub nicht, ich wäre nicht jeden Tag dankbar dafür«, meinte Aaron und verdrehte die Augen. »Hat Jack denn etwas gesagt?«

»Nein, das nicht«, gab Liz zu. »Aber er hat Georgia immer wieder angesehen und gelächelt. Das war ganz eindeutig. Und mir hat er heute die Hand gedrückt.« Sie zuckte mit den Schultern. »Für alles andere brauchen wir eben noch Geduld. Es dauert wohl drei bis sechs Monate in der Reha, bevor wir wirklich wissen, ob er wieder ganz gesund wird.«

Sie schluckte. Im ersten Moment war ihr das ewig vorgekommen, und sie hatte ihrer Tante angesehen, dass es ihr ganz genauso gegangen war. Doch einen Schritt nach dem anderen, hatte seine behandelnde Ärztin gesagt. Gehirnverletzungen waren immer schwierig. Sie waren alle sehr zufrieden, dass Jack jetzt wach war und auch so wirkte, als würde er seine Umwelt bewusst wahrnehmen. Alles andere kam später. Nie würde Liz den Moment vergessen, als sie den leichten Druck seiner Hand gespürt hatte – vor Erleichterung waren ihr die Knie ganz weich geworden.

Die Tür ging auf, und Gabrielle Kershaw kam herein, begleitet von einem älteren Mann. Er hatte eine Hand auf ihren Rücken gelegt und dirigierte sie durch den Raum. Liz hatte Gabrielle seit Ewigkeiten nicht gesehen, deswegen musterte sie ihre Intimfeindin aus der Highschool interessiert. Gabrielle wirkte noch genauso zart und ätherisch wie früher. Ihr puppenhaftes Gesicht mit den großen blauen Augen sah aus, als hätte sie noch niemals in ihrem Leben etwas Böses gesagt oder getan. Allerdings wusste Liz aus eigener Erfahrung bestens, wie sehr dieses Aussehen in die Irre führte. Gabrielle war das extrem verwöhnte Kind reicher Eltern und hatte sich immer ohne Umschweife alles genommen, was sie wollte. Egal, ob sie überhaupt einen Anspruch darauf hatte oder was das für andere Leute bedeuten konnte.

Täuschte Liz sich, oder entgleisten Gabrielle jetzt kurz die Gesichtszüge, als sie Rob sah? Die beiden hatten letztes Jahr mal was laufen gehabt, eine von Robs kürzeren Geschichten, wie sie allein dank Steph wusste. Ihr Kumpel selbst hatte ihr nichts davon erzählt, und normalerweise hielten es auch seine Schwestern für unnötig, die Affären ihres Bruders überhaupt zu erwähnen. Aber die Tatsache, dass Rob sich auf Gabrielle eingelassen hatte, war Steph so furchtbar erschienen, dass sie ihr Entsetzen prompt Liz mitgeteilt hatte. »Vermutlich«, hatte sie damals behauptet, »hat Gabrielle ihn durch ihre jahrelange Anschmachterei doch mürbe gemacht. Oder er hatte einfach gerade nichts Besseres zu tun.«

Als Gabrielle mit ihrer Begleitung nun an ihrem Tisch vorbeikam, war ihre Miene allerdings genauso kühl und glatt wie immer. Sie nickte ihnen kurz und herablassend zu.

»Hui, ein neues Opfer«, kommentierte Steph. »Wobei der Typ ja nicht gerade ihrem üblichen Beuteschema entspricht. Viel zu alt.«

»Der Anzug ist aber verdammt teuer, vielleicht wiegt das einiges an Jahren auf. Und ich sage es nur ungern, aber in Sachen Aussehen macht sie zumindest keine Abstriche – ihr Date erinnert mich stark an Denzel Washington«, gab Liz zu bedenken.

»Seid ihr nicht ein bisschen hart?«, kommentierte Rob milde.

Steph schnaubte. »Gabrielle war schon an der Highschool die Megabitch, und du weißt so gut wie ich, dass sie in Sachen Charakter keine bedeutenden Fortschritte gemacht hat.«

»Ich glaube nicht, dass die beiden ein Paar sind«, kommentierte Aaron. »Das ist Tom Beckerman. Ihm gehört eine Hotelkette mit mehreren Luxusresorts. Er hat seinen Hauptsitz in Chicago, ich habe mal einen Vortrag von ihm gehört. Was er hier wohl will?«

Alle vier beobachteten einen Moment Gabrielle und Beckerman. Aaron hatte recht, wie ein Paar, das sich einen schönen Abend machte, sahen sie tatsächlich nicht aus.

»Ach, na ja, es gibt wirklich Spannenderes als Gabrielle Kershaw, und mit wem sie es treibt oder nicht«, beschloss Steph und warf ihr dunkelblondes Haar zurück. »Wie läuft es denn im *Lakeview*, Liz? Hattest du nicht jetzt den offiziellen Start?«

Schlagartig hatte Liz ein sehr lebhaftes Bild vor Augen: Joe, nackt vor ihr in der Küche des Cafés. Ihr wurde warm. Sie griff nach ihrem Glas Chardonnay und nahm einen tiefen Schluck.

»Ach, gut, glaube ich. Heute war ich wegen Jack nur kurz am Nachmittag da, aber gestern hatten wir zum ersten Mal eins meiner vegetarischen Gerichte als Special auf der Mittagskarte.«

Sie fing einen neugierigen Blick von Rob auf. Ihm war nicht entgangen, dass sie Stephs unschuldige Frage irgendwie aus dem Konzept gebracht hatte. Mist, ihrem besten Freund konnte sie nichts vormachen. Und wie sie Rob kannte, würde er nicht so leicht lockerlassen, sondern irgendwie versuchen, der Sache auf den Grund zu gehen. Also lächelte sie ihn betont unbekümmert an. »Die erste Beschwerde gab es auch schon.«

»Die erste Beschwerde?«, kam Aaron seiner empört prustenden Frau zuvor. »Wer war das denn? Jemand ohne Geschmacksknospen vermutlich.«

»Ach, keine Ahnung. Ceecee meinte nur, irgendein Idiot hätte sich gestern über meine Involtini ausgelassen.«

»Die heilige Cee hat einen ihrer geliebten Gäste als Idioten bezeichnet? Dass ich das noch erlebe!« Rob hob seine Flasche Budweiser und leerte sie in einem Zug.

»Natürlich nicht, das habe ich jetzt gesagt. Ihr kennt doch Ceecee. Sie hat nur kurz erwähnt, dass ein Gast gestern nicht ganz so glücklich über das Special gewesen wäre. In der Sprache von uns Normalsterblichen heißt das wohl, dass irgendein Vollpfosten – mein Wort natürlich – vermutlich kurz davor war, den Teller an die Wand zu werfen.«

»Wollte Ceecee heute Abend eigentlich nicht mitkommen?«, fragte Steph. »Wir haben uns ewig nicht gesehen, ich hätte mich so gefreut.«

Liz und Aaron tauschten einen Blick. Auch nach Jahren ignorierte Steph die mehr als offensichtliche Tatsache, dass Ceecee meistens eine Ausrede fand, wenn es darum ging, gemeinsam mit Rob etwas zu unternehmen. Nicht zum ersten Mal fragte sich Liz, was damals im Sommer und Herbst nach ihrem Highschool-Abschluss eigentlich vorgefallen war. Es war fast unmerklich vonstatten gegangen: Auf dem Abschlussball waren sie alle beste Freunde gewesen, hatten auch danach noch eifrig E-Mails und SMS getauscht. Aber dann war Liz aufs College gegangen. Und als sie an Weihnachten nach Willow Springs zurückgekehrt war, hatten Rob und Ceecee total entfremdet gewirkt – und gleichzeitig so getan, als wäre nichts passiert.

»Sie meinte, sie wäre mit ihrer künftigen Schwiegermutter

verabredet, um Einzelheiten für die Hochzeit zu besprechen. Tischwäsche, Gastgeschenke und so«, erklärte Liz.

»Hm, Gastgeschenke«, sagte Steph. »Ich erinnere mich so gut daran. Weißt du noch, Schatz, wie Tante Debbie fast an einer Zuckermandel erstickt ist, weil sie die prompt in den falschen Hals gekriegt hat?«

»Und wie sie die Mandel ausgespuckt hat und die auf der Glatze von Onkel Marshall landete? Ich werde es nie vergessen.« Sie prusteten los; die Szene war wirklich zu köstlich gewesen.

»Aber ihr glaubt doch nicht ernsthaft, dass Amanda McNamara als Gastgeschenke einfache Zuckermandeln in Betracht zieht? Schließlich geht es um die Hochzeit des Jahrzehnts. Amandas Lieblingssohn James Calvin McNamara der Dritte wird endlich seine geliebte Cecilia Kaufman ehelichen«, brachte Liz schließlich glucksend hervor.

Ihre Worte lösten eine lebhafte Diskussion zwischen Aaron und Steph aus, was Ceecees künftige Schwiegermutter wohl als kleine Aufmerksamkeit für die Hochzeitsgäste vorschlagen würde. Ceecees Andeutungen über die Pläne von Amanda hatten Liz schon jetzt die Haare zu Berge stehen lassen. Und das, obwohl eigentlich ganz klassisch Ceecees Eltern die Hochzeit ausrichten sollten! Wie sich das wohl bis zum Oktober entwickeln würde? Es war allgemein bekannt, dass Amanda McNamara sich als Mitglied der gesellschaftlichen Elite von Greenwood County betrachtete – was auch immer sie sich darunter genau vorstellte. Und so war es kein Wunder, dass Aaron und Steph sich nun lautstark mit immer abenteuerlicheren Ideen übertrumpften.

Amüsiert warf Liz einen Blick zu Rob. Doch der winkte gerade die Kellnerin herbei, um eine neue Runde zu bestellen. Als er sich nach einer gefühlten Ewigkeit wieder umdrehte und ihren forschenden Blick bemerkte, hob er die Augenbrauen. »Was?«, meinte er leise.

»Ach, ich frage mich nur ... «

»Ja?«

Sie winkte ab. Von Rob würde sie sowieso nicht erfahren, was er in Hinblick auf Ceecee und deren Hochzeit wirklich dachte. Und sie wollte sich diesen Abend nicht verderben lassen.

»Ob du nachher noch zum Chief gehen sollst?« Auf ihr entsetztes Luftholen hin grinste er sie an. »Tja, wenn ihr knapp vorm Morgengrauen auf der Veranda knutscht, kann es eben sein, dass euch ein Nachbar zufällig dabei sieht.« Sein Grinsen wurde noch breiter, bevor er hinzusetzte: »Keine Sorge, euer Geheimnis ist bei mir bestens aufgehoben. Und es wurde wirklich mal wieder Zeit, Babe, ich habe mir schon Sorgen gemacht, ob du in Frisco zur Nonne geworden bist.« Er zwinkerte ihr zu. »Also, warum nicht? Solange du nichts tust, was ich nicht auch tun würde.«

Ja, dachte Liz, da hatte er recht. Egal, ob Joe Mariani ein ebenso sexy wie rücksichtsvoller Lover war, und auch egal, dass sie mittlerweile glaubte, er würde sehr wahrscheinlich sogar als ansprechender Gesprächspartner taugen – das alles hieß nur, dass sie sich jetzt mit gutem Gewissen auf ein paar heiße Nächte mit ihm einlassen konnte. Aber sie würde wirklich nichts tun, was ihr Kumpel Rob nicht auch tun würde: Sie würde sich nicht verlieben.

Kapitel 13

Joe lag in seinem Bett inmitten der sehr gründlich zerwühlten Laken und beobachtete Liz, wie sie sich gerade nach ihrem BH bückte. Beiläufig bewunderte er den sanften Schwung ihrer Hüften, den diese Position so hervorragend zur Geltung brachte. Als sie sich wieder aufrichtete, musste er an das Gefühl ihrer kleinen festen Brüste unter seinen Lippen und Hände denken und gestattete sich ein zufriedenes, erinnerungsseliges Grinsen.

Zwei Tage nach ihrer ersten Nacht war Liz spätabends ohne Ankündigung bei ihm aufgetaucht, und sie waren wortlos übereinander hergefallen, hatten es nur deswegen ins Schlafzimmer geschafft, weil er sie irgendwann einfach hochgehoben und dorthin getragen hatte. Das war jetzt fast vier Wochen her, und sie verbrachten seitdem so viel Zeit wie möglich miteinander. Zuerst waren sie extrem vorsichtig dabei gewesen, besonders nachdem Liz ihm erzählt hatte, dass ihr bester Kumpel Rob Sawyer schon von ihnen wusste. Um den machte Joe sich zwar keine Sorgen – er konnte sich gut vorstellen, dass es auch in Sawyers Liebesleben etliche Details gab, die dieser diskret behandelt wissen wollte –, aber es hatte ihn schon erschreckt, wie leicht sie zu entdecken gewesen waren.

Deswegen war Liz immer erst deutlich nach Mitternacht zu ihm gekommen und auch nur so kurz wie möglich geblieben, quasi nur zum Sex. Aufregend, aber auch ziemlich albern, wie er sich eingestand. Sie hatten sich sogar darauf geeinigt, dass Joe nur dann ins *Lakeview* kommen sollte, wenn Liz gerade dienstfrei hatte. Das erschien ihnen unauffälliger und sicherer, selbst wenn das bedeutete, dass Joe kaum noch spontan in sein Lieblingscafé gehen konnte. Aber diese kleinen Opfer nahm er für den großartigen Sex gerne in Kauf.

Doch irgendwann waren sie wieder, wie damals in ihrer ersten Nacht, ins Reden gekommen und hatten seitdem nicht mehr aufgehört. Sie sprachen über so viele Sachen: Liz etwa berichtete immer von Jack, und welche Fortschritte er Tag für Tag machte. So winzig die auch waren – und Joe kamen sie oft beängstigend klein vor –, leuchteten trotzdem ihre Augen, wenn sie von ihrem Onkel erzählte, und wie entschlossen er sich ins Leben zurückkämpfte. Überhaupt redete sie viel von ihrer Kindheit und Jugend bei Jack und Georgia, und Joe liebte es, ihr dabei zuzuhören.

Vielleicht lag das daran, dass ihm vieles davon so bekannt vorkam, auch wenn Liz natürlich als Einzelkind aufgewachsen und entsprechend verwöhnt worden war, während sich sein eigenes Familienleben deutlich trubeliger gestaltet hatte und er immer Rücksicht auf seine beiden kleinen Brüder hatte nehmen müssen. Er staunte über die Freiheit, die sie genossen hatte, über ihr stundenlanges Stromern in den Wäldern bei quasi jedem Wetter, dem unbeaufsichtigten Baden in einem der vielen Seen rund um Willow Springs. Er hatte nicht gewusst, dass so etwas in den USA zu der Zeit noch möglich gewesen war, am Anfang hatte er sogar ein wenig den Verdacht gehabt, sie würde übertreiben. Auf seine Frage, ob das nicht verdammt gefährlich gewesen wäre, wenn sie etwa einen Unfall gehabt hätten, hatte Liz nur gestutzt, dann gelacht und geantwortet, dass sie darüber nie ernsthaft nachgedacht hätten. »Außer einem verstauchten Knöchel bei Ceecee ist auch nie was passiert«, hatte sie gesagt, »und das einzig Aufregende daran war, dass Rob sie den halben Weg nach Hause getragen und danach hinter den Stachelbeerbüschen gekotzt hat. Also im Großen und Ganzen nicht sehr spektakulär, oder?«

Seine Eltern hätten etwas Vergleichbares trotzdem niemals zugelassen, selbst wenn Joe und Marty öfter Wege gefunden hatten, sich auch mal abzusetzen, und man die New Yorker U-Bahn vielleicht mit Liz' Wäldern und Seen vergleichen konnte. Beides garantierte Freiheit. Und auch ihm und seinem Cousin war außer einem verlorenen Schlüssel – was seine Tante Ginny deswegen für ein Theater gemacht hatte! – nie etwas Schlimmes geschehen.

Er erzählte ihr im Gegenzug viel von den Marianis. Liz faszinierten die Geschichten über die ganzen Cousinen, Tanten, Onkel und Brüder, die er aufzubieten hatte. Bei irgendjemandem war immer etwas los, hatte ein anderer den nächsten, noch nie da gewesenen Aufreger oder vielleicht auch mal ein lustiges Missgeschick anzubieten. Wie sie gelacht hatte, als er ihr von Großcousin Renato erzählt hatte, der bei seinem ersten USA-Besuch seit Jahren sein neues Hörgerät ausgerechnet auf dem Freedom Tower verloren hatte! Ihm wurde beim Reden klar, wie beneidenswert das für sie klingen musste, denn sie hatte nur noch zwei Cousinen von Jacks Seite, zu denen sie kaum Kontakt hatte. Er verstand mittlerweile, warum Ceecee, Sawyer und Steph für sie so wichtig waren. Im Grunde genommen waren sie ihre erweiterte Familie.

Wenn das Thema Familie irgendwann erschöpft war, sprachen sie über ihre Reisen. Bisher hatte Joe immer geglaubt, dass er besonders durch seine Italientrips ganz schön weit herumgekommen war. Liz konnte ihn in der Hinsicht allerdings locker in die Tasche stecken. Durch ihren Job als Köchin hatte sie neben ihrer Zeit in Kalifornien auch Stationen in Colorado und Florida eingelegt, außerdem hatte sie einige Jahre in Europa gearbeitet, sogar in Italien, wie er erfreut feststellte. Bis nach Neapel war sie zwar nicht gekommen, aber sie hatte ein paar Monate in Rom gejobbt. Gemeinsam schwärmten sie von der einzigartigen Atmosphäre der Ewigen Stadt, von dem Zauber der engen Gassen, von dem bunten Markttreiben auf dem Campo de' Fiori, von ofenwarmer Focaccia mit Rosmarin und Meersalz oder den unglaublich raffinierten Kreationen der italienischen Eismacher, die einen täglich aufs Neue überraschen konnten.

Doch auch Liz' andere Geschichten aus Europa hatten es in sich. Besonders lustig fand er die skurrilen Storys aus Belgien, wo es ihrer Meinung nach die allerbesten Pommes frites der Welt gab und die Touristen zum Biersaufen auf Fahrräder stiegen. In London war sie ziemlich lange geblieben, wohl weil sie irgendeine ernsthafte Kiste mit einem Kerl namens Neil laufen gehabt hatte, der sich dann aber irgendwann als ziemlicher

Idiot entpuppt hatte. »Ein Glück«, hatte Liz gemeint, »nach einem Jahr gingen mir das Wetter und dieser merkwürdige Akzent einfach nur noch auf die Nerven.«

Inzwischen hatte sie ihren BH angezogen und sah sich suchend um. »Hast du eine Ahnung, wo mein Shirt ist?«

»Auf der anderen Seite vom Bett, glaube ich.« Joe widerstand der Versuchung, Liz für eine weitere Runde in die Laken zu ziehen.

Offenbar hatte auch sie anderes im Sinn. »Ich sterbe vor Hunger. Hast du was zu essen da?«

Auf dieses Stichwort hatte er nur gewartet – Liz würde Augen machen!

»Eiweißshake?«, fragte Joe unschuldig, um sich nicht zu früh zu verraten. Ihr weißes Shirt landete prompt in seinem Gesicht. Einen Moment lang atmete er tief ihren würzigen Duft ein. Dann zog er den Stoff beiseite. »Hey, das ist ein Shake mit Schokogeschmack! Aus Molkenprotein von Rindern mit reiner Grasfütterung.«

»Banause«, kommentierte sie ungerührt, nahm ihm das Shirt ab und zog es an. »Ich meinte was Richtiges.«

»Der Dame kann geholfen werden.« Er sprang aus dem Bett und hörte, wie Liz tief Luft holte. Das tat sie oft, wenn sie ihn nackt sah, und er musste zugeben, dass ihr offensichtliches Entzücken beim Anblick seines Körpers ihm immer wieder schmeichelte. Er drückte ihr einen schnellen Kuss auf die Lippen und befahl: »Bleib.«

Liz ließ sich halb angezogen aufs Bett sinken und setzte eine betont geduldige Miene auf. Unwillkürlich lächelte er breit, und sie grinste ihn frech an. Ihre grünen Augen funkelten belustigt, und beinahe wäre er doch noch schwach geworden und hätte es nicht mehr in die Küche geschafft. Aber er hielt sich zurück, konnte er es doch kaum abwarten, wie sie auf seine Überraschung reagieren würde. Er war sich fast sicher, dass danach eine besondere Belohnung auf ihn wartete ... Ach was, danach! Bestimmt schon währenddessen. »Also nicht ablenken lassen, Alter«, ermahnte er sich leise.

Lächelnd machte Joe den Kühlschrank auf. Bisher hatten sie immer nur Kleinigkeiten gegessen: ein bisschen Obst, Joghurt, Käse oder vielleicht auch Oliven. Was eben so da war und sie mit dem Fingern oder höchstens noch mithilfe eines Löffels im Bett und auf dem Sofa essen konnten. Heute Abend würde das anders werden. Natürlich wusste er, dass er kulinarisch auf keinen Fall mit ihr mithalten konnte, und irgendwas kochen wollte er jetzt natürlich auch nicht. Aber so ein bisschen mehr als ein paar schäbige Oliven aus dem Glas sollten es heute doch sein. Deswegen war er den halben Tag mit Vorbereitungen beschäftigt gewesen und hatte so ziemlich alles besorgt oder gekocht, was auf eine ordentliche Antipasti-Platte alla Mariani gehörte. Es war ziemlich kompliziert gewesen, im Northern Highland ordentlichen Prosciutto und seine geliebte Fenchelsalami aufzutreiben, aber er hatte es geschafft. Die gegrillten Auberginen, die mit Knoblauch eingelegten Paprika und die mit Kräutern gebratenen Oliven waren hingegen komplett sein Werk.

Während er das Gemüse nun auf eine Platte häufte und drum herum die zwei Sorten Schinken und die Finocchiona drapierte, dachte Joe gleichzeitig darüber nach, wie es eigentlich mit ihm und Liz weitergehen sollte. Er musste zugeben, dass er sich nach den letzten Tagen und Wochen *beinahe* sicher war, es könne sich bei ihnen beiden um mehr handeln als um eine bloße Sexgeschichte. Sie mussten ja nicht gleich von einer Beziehung reden oder eine gemeinsame Zukunft planen, aber er persönlich hätte eigentlich nichts mehr dagegen, wenn sie sich *vielleicht* doch mal zusammen blicken ließen. Und danach könnten sie ja weitersehen. Er fühlte sich einfach wohl in ihrer Gesellschaft, unterhielt sich wahnsinnig gern mit ihr, und er glaubte, dass es ihr da ganz ähnlich ging.

Zufrieden betrachtete Joe sein Werk. Das sah wirklich ... na ja, wirklich zum Anbeißen aus. Er angelte die Flasche Spumante Rosato aus dem Kühlschrank, griff nach den Gläsern, die er schon bereitgestellt hatte, und klemmte sich auch noch einen Laib Ciabatta unter den Arm, bevor er die Platte in die andere Hand nahm. Mit einem erwartungsfrohen Prickeln im Bauch machte er sich auf den Weg ins Schlafzimmer.

Liz hatte es sich mittlerweile wieder im Bett gemütlich gemacht, das weiche Shirt war ihr verführerisch von der Schulter gerutscht. Ihre weißblonden Locken, die er vorhin noch mit viel Enthusiasmus zerwühlt hatte, kringelten sich wieder geordnet über ihre Schultern. Er musste grinsen. Offenbar hatte sie die Atempause genutzt, um sich für ihn ein bisschen hübsch zu machen. Wusste sie nicht, dass er sie am atemberaubendsten fand, wenn ihre Haut unter seinen Küssen errötete und ihre Haare von seinen Händen zerzaust waren?

Er stellte die Gläser und den Spumante auf dem Nachttisch ab und präsentierte ihr dann mit großer Geste die köstlichen

Antipasti. Der Duft der Fenchelsalami stieg ihm in die Nase, das Wasser lief ihm im Munde zusammen. »Tadaaa! Nur für uns, Liz.«

Sie warf einen Blick auf die Platte. Schüttelte den Kopf. Und schaute ihn dann irritiert an. »Ähh, dann nehme ich wohl besser den Eiweißshake.«

Er fing an zu lachen. Das konnte ja wohl nur ein Witz sein. Oder? Verunsichert hielt er inne.

»Joe, du verflucht süßer Idiot! Dir ist doch wohl klar, dass ich Vegetarierin bin?!«, schimpfte sie amüsiert und blickte ihn wieder an.

In diesem Moment kapierte Joe. Er begriff, wer im *Lakeview* den Flat White auf die Karte gesetzt haben musste. Wer dort seit Neuestem mit seinen vegetarischen Specials italienische Traditionen verunglimpfte und vegane Kuchen backte. Und wen er wohl nie im Leben seiner *nonna* vorstellen würde.

Kapitel 14

*P*ing! Der Signalton ertönte eindeutig aus ihrer Handtasche, und Liz zuckte schuldbewusst zusammen. Natürlich hatte es die Physiotherapeutin auch gehört. »Keine Handys bitte, Liz«, sagte sie streng. »Ihr Onkel braucht absolute Ruhe, um sich auf die Übungen zu konzentrieren.« Liz zog trotzdem ihr Mobiltelefon aus der Tasche und warf einen Blick aufs Display. Auf das ungeduldige Schnauben von Jacks Physiotherapeutin hin beschwichtigte sie rasch: »Ich mache es nur schnell aus, dann stört uns keiner mehr.«

Vorher würde sie aber noch die Message lesen, denn sie wartete auf eine Antwort von Joe. Es war schon ein paar Stunden her, seit sie ihm eine Textnachricht geschrieben hatte. Sie freute sich total darauf, ihn zu sehen, schließlich hatte sie ihm etwas Wichtiges zu erzählen. Er würde Augen machen!

Weil es Jack von Tag zu Tag besser ging, hatten Liz und Tante Georgia besprochen, dass sie auf Wohnungssuche gehen könnte. Viel schneller als erwartet hatte sie tatsächlich etwas Passendes gefunden: Nachdem sie ihre Pläne im *Lakeview* erwähnt hatte, war der Servicekraft Maggie eingefallen, dass die Wohnung über *Walther's Bakery* jetzt längerfristig vermietet werden sollte. Bis letztes Jahr hatten die Walthers immer Feriengäste aufgenommen, aber offenbar hatten sie genug vom ständigen Kommen und Gehen. »Besonders die ganzen enthusiastischen Angler haben Dean und Eppie wohl gründlich satt. Und ihre Beute erst recht«, hatte Maggie hinzugefügt. »Kann man ja auch verstehen – diesen Fischgestank den halben Sommer über würde ich auch nicht aushalten. Da wärst du die perfekte Wahl für die beiden, Lizzie.«

Liz war spontan zur Bäckerei rübergelaufen und hatte die gemütliche Eppie Walther sogar gleich zu einer Besichtigung überreden können. Die Wohnung war frisch renoviert, besaß drei Zimmer, war mit der großzügigen Küche super geschnitten und schön hell. Dass sie dazu noch dezent nach frischem Backwerk roch, einen separaten Eingang hatte und sie quasi sofort einziehen konnte, war Liz gleich wie drei Kirschen auf dem Sahnehäubchen erschienen. Sie hatte nicht lange überlegen müssen, und Eppie Walther, die mit Onkel Jack zusammen zur Schule gegangen war, zum Glück auch nicht.

Die Nachricht war tatsächlich von Joe. Aber sie war nicht gerade das, was Liz erwartet hatte.

Sorry, bin dieses Wochenende in New York, melde mich nächste Woche. Bis dann, Joe

Hm. Stirnrunzelnd stellte Liz das Handy auf lautlos und ließ es wieder in ihre Handtasche gleiten. Natürlich, sie wusste, dass die kleine Katze Rebel nächste Woche bei Joe einziehen sollte. In seinem Flur stapelten sich bereits die Säcke mit Futter und Streu, und soweit sie es mitbekommen hatte, fahndete er in halb Greenwood County nach dem perfekten Kratzbaum. Es war also durchaus sinnvoll, wenn er das letzte katzenfreie Wochenende für einen Trip nach Hause nutzte. Nur, warum hatte er ihr nichts gesagt?

Sie kämpfte gegen das leise Gefühl der Enttäuschung an, sagte sich, dass sie kein Recht dazu hatte. Denn die Abmachung zwischen ihr und Joe war schließlich klar: eine absolut diskrete Affäre ohne jede Verpflichtung. Er musste ihr nicht sagen, was er wann wie vorhatte. Oder vielleicht auch mit wem.

Allerdings hatte sie in den letzten Tagen den mehr als deutlichen Eindruck gewonnen, dass sie vielleicht so etwas wie Freunde geworden waren. Sie mochte seine Gesellschaft einfach, und das lag nicht nur an dem phantastischen Sex. Nein, es hatte vielmehr damit zu tun, wie wohl und entspannt sie sich in seiner Gegenwart fühlte. Es war eine ganz neue Erfahrung, dass sie bei einem attraktiven Mann nicht das Gefühl hatte, ihm etwas beweisen oder sich verstellen zu müssen. Bisher war das bei ihren Männergeschichten immer anders gewesen; meist hatte sie sich irgendwie cooler gegeben, als sie sich eigentlich war. Vielleicht lag dieses Wohlfühlen daran, dass Joe immer so konzentriert zuhörte, wenn sie ihm etwas erzählte. Sie liebte es, wie warm seine Karamellaugen dabei leuchteten, und wenn ihn insgeheim etwas besonders amüsierte, erschien auf seiner rechten Wange ein Grübchen. Irgendwie jungenhaft und total unbekümmert. Sie musste sich dann jedes Mal beherrschen, nicht die Hand auszustrecken und ihn zu berühren.

Sie mochte auch, wie er von seiner Familie sprach, den tiefen Respekt, den er seinen Großeltern zollte für das, was sie sich aufgebaut hatten, die Verbundenheit, die er nicht nur für seine unmittelbare Familie empfand, sondern auf all die vielen Tanten, Onkel und Cousinen ausdehnte. Sie musste immer noch lächeln, wenn sie daran dachte, wie er für einen älteren Verwandten aus Neapel tagelang fachgerecht nach dessen verlorenem Hörgerät gefahndet hatte, bis er schließlich einen Taxifahrer gefunden hatte, der ihm das teure Teil wieder aushändigte. Außerdem verstand sie jetzt, woher seine Ansichten zum Thema Frauen kamen – wäre sie mit einer so altmodischen Matriarchin wie Joes Großmutter Francesca Mariani aufgewachsen, hätte sie bestimmt ganz ähnliche Vorstellungen. Zumal die sich bei Joe auch aus seinem überdimensionierten Beschützerinstinkt speisten, den sie inzwischen sogar ziemlich niedlich fand. In früheren Zeiten hätte er hervorragend den Ritter auf dem weißen Pferd abgeben können.

Manchmal hatte sie allerdings das Gefühl, dass es sehr wichtig für ihn gewesen war, nach Willow Springs zu kommen und sich so von seiner Familie und deren Erwartungen an ihn frei zu machen. Mehr als einmal war angeklungen, wie sehr seine Mutter, aber vor allen Dingen seine Großmutter darauf wartete, dass er endlich eine Frau fand, Kinder bekam und sich ganz allgemein »niederließ« – am besten in ihrer Reichweite natürlich! Für Liz hörte es sich ohnehin so an, als würden sich bei den Marianis alle komplett nach den Vorstellungen von Joes Großmutter richten. Ihr Wort war quasi Gesetz. Und wenn Liz ganz ehrlich war, wusste sie nicht, ob sie die alte Dame überhaupt sympathisch finden sollte, egal, wie liebevoll Joe von ihr redete. Natürlich hatte sie kein Wort in dieser Richtung gesagt, aber sie war sich fast sicher, dass Joe ihr die Zweifel vom Gesicht ablesen konnte und sie ab und an sogar teilte. Zwar sprach er nie über seine Gründe für den Jobwechsel und erzählte auch nicht, wie seine Zukunftspläne aussahen. Aber manchmal hatte sie den Eindruck ...

»Ist das nicht phantastisch, Liz? Sehen Sie nur!«, unterbrach die Physiotherapeutin an dieser Stelle ihre Überlegungen.

Liz sah zu, wie ihr Onkel seine rechte Hand zur Faust ballte und anschließend die Finger wieder löste. Anfang der Woche hatte das noch nicht ansatzweise geklappt.

Stolz lächelte Liz ihn an, stand auf und gab ihm einen Kuss auf die Stirn. »Wahnsinn. Ich kann kaum glauben, was für Fortschritte du machst. Warte nur, bis ich heute Abend Georgia davon erzähle.«

Ihr Onkel griff nach ihrer Hand und drückte sie. Liz musste wieder einmal mit den Tränen kämpfen, diesmal aber vor Dankbarkeit und Rührung.

»Ihrer Tante können wir das hoffentlich bei nächster Gelegenheit auch vorführen«, mischte sich die Physiotherapeutin ein und gab Liz mit einer Handbewegung zu verstehen, dass sie sich bitte wieder setzen solle. »Aber jetzt nicht nachlassen, Jack, wir haben noch gut zwanzig Minuten. Da erwarte ich noch etwas von meinem Musterpatienten.«

Liz ließ sich gehorsam nieder. Während sie mit einem Auge den Fortgang der Therapie verfolgte und wieder einmal Jack für seinen unbedingten Willen bewunderte, mit dem er sich zu den Übungen zwang, wanderten ihre Gedanken zurück zu Joe.

Wie bestürzt er ausgesehen hatte, als er ihr die große Platte mit Schinken vor die Nase gehalten hatte! Bei der Erinnerung musste sie jetzt noch grinsen. Dabei war so was doch nun wirklich kein Drama. Sie hatte sich einfach einen neuen Teller aus der Küche geholt und von dem reichlich vorhandenen Gemüse genommen. Joe hatte zum Glück noch Käse im Kühlschrank gehabt, und zusammen mit dem Spumante und dem Ciabatta war sie mehr als zufrieden gewesen. Natürlich hatte es ihr ein bisschen leidgetan, dass sie nichts von seiner liebevoll angerichteten Platte hatte nehmen können. Aber was zählte, war der Gedanke, oder? Und dass Joe sich extra für sie in die Küche gestellt und eigenhändig Paprika gehäutet hatte, das war ... das war ... Liz wusste selbst nicht, was das war. Sie wusste nur, dass es sie mit einem tiefen Gefühl der Zufriedenheit erfüllt hatte. Die meisten Männer, die sich mit einer Profiköchin konfrontiert sahen, hatten jedenfalls nicht den Mut, selbst gemachte Antipasti anzubieten. Und bewies das nicht gleichzeitig, wie sehr auch Joe das Gefühl haben musste, er selbst sein zu können, wenn sie zusammen waren?

Deswegen fand sie es umso merkwürdiger, dass er einfach so verschwunden war.

»Joseph Mariani, du lässt sofort deine Finger davon!«

Joe ließ eilig die Hand sinken.

»Ja, Joe, sei brav, du weißt schließlich genau, dass diese Kaffeemaschine außer deiner *nonna* nur Maria anfassen darf, weil die ...«

» ... bei Großonkel Alberto in Neapel das Kaffeemachen gelernt hat«, vollendete Joe den Satz seines Cousins. Chuck und er schüttelten gespielt empört die Köpfe, was ihre Großmutter mit einem ungeduldigen Zungenschnalzen quittierte. »*Mascalzoni voi*«, schimpfte sie. »Habt ihr vergessen, was das letzte Mal passiert ist, als ihr in meiner Küche herumgealbert habt? Beinahe wäre das halbe Haus abgebrannt.« Dazu sagten weder Joe noch Chuck etwas. Es hätte ja sowieso nichts genützt: Der Zwischenfall, auf den sich Francesca bezog, war nämlich über zwanzig Jahre her. Deshalb wussten sie nur allzu genau, dass jeder Widerspruch zwecklos war und nichts ihre *nonna* davon abhalten konnte, diese alte Geschichte wieder aufzuwärmen. Allerdings hätte die Situation tatsächlich böse ausgehen können, denn sie hatten es damals geschafft, eine große Pfanne mit Öl in Brand zu stecken. Konnte ja schon mal vorkommen, wenn man als Teenager mit *Pizza fritta* experimentierte. Damals waren sie davon überzeugt gewesen, dass die Herstellung dieser neapolitanischen Spezialität nicht weiter schwer sein konnte, denn *nonna* Francesca machte die in reichlich Öl gebackenen kleinen Pizzen ja auch im sprichwörtlichen Handumdrehen. Es war nicht die erste – und nicht die letzte – Gelegenheit gewesen, bei der sie hatten lernen müssen, dass eine alte Frau manchmal mehr konnte als zwei junge Männer zusammen. Auch wenn diese alte Frau nur knapp ein Meter sechzig groß war und keine 50 Kilo wog.

Heute gab es jedoch noch einen anderen Grund, warum Joe und Chuck es vorzogen zu schweigen. Normalerweise liebte Joe es, in der gemütlichen Wohnküche seiner Großeltern Zeit zu verbringen. Bei seinen letzten Besuchen in New York war stets mehr als die halbe Familie hier versammelt gewesen, um seine

Anwesenheit bei einem ausgiebigen Essen zu feiern. Diesmal allerdings waren nur ein paar Leute gekommen. Sogar seine beiden Brüder Benny und Gabe hatten abgesagt. Joe konnte es ihnen nicht verübeln, schließlich hatte er seinen Besuch erst in allerletzter Sekunde angekündigt. Zwar hatte er schon vor fast einem Monat ein freies Wochenende in den Dienstplan eingefügt, aber die letzten Tage und Wochen mit Liz hatten irgendwie dazu geführt, dass er die Flugbuchung immer weiter hinausgezögert hatte. Erst im letzten Moment hatte er sich doch dazu entschlossen. Er hatte das Gefühl gehabt, dass er einen klaren Kopf brauchte. Allerdings fragte er sich, warum er Liz nur eine kurze Nachricht hinterlassen hatte. Normalerweise war es nicht seine Art, sich einfach so davonzumachen; im Großen und Ganzen hielt er sich für einen Gentleman.

Aber wie hieß es so schön? Kleine Sünden bestraft der liebe Gott sofort. Joe hatte sich nach ein paar entspannten Tagen zu Hause gesehnt, bei denen er mal die Gedanken ordnen konnte. Stattdessen war er mitten in einem Familiendrama gelandet.

»Aber, Francesca, das ist Ewigkeiten her«, versuchte jetzt Tante Ginny, Chucks Mutter, ihr Glück. »Außerdem hat Marty bei der Gelegenheit das Schlimmste verhindert, wie so oft.« Sie nickte bekräftigend in die Runde.

Uh, oh, dachte Joe, da war seine Tante aber wirklich mit beiden Beinen in die böse, böse Falle getappt. Nun ja, sie konnte nichts dafür. An jedem anderen Tag hätte er viel Verständnis dafür gehabt, dass Ginny dem Bedürfnis nachgab, über ihren Sohn Marty zu sprechen. Und der hatte damals wirklich die Nerven bewahrt und seinen Bruder und seinen Cousin davon abgehalten, auf das brennende Fett Wasser zu gießen, und somit vermutlich eine Katastrophe verhindert.

Bei dieser speziellen Gelegenheit allerdings war das Stichwort Marty ganz schlecht – denn gerade heute hatte Francesca von einer früheren Nachbarin erfahren, dass Julia, Martys Witwe, wieder schwanger war. Natürlich von ihrem ebenso rechtmäßigen wie katholischen Ehemann Connor. Das spielte in Francescas Augen jedoch anscheinend eine untergeordnete Rolle. Sie war auch fast drei Monate nach der Hochzeit im April noch davon überzeugt, dass Julia viel zu kurz um ihren Enkel getrauert hatte und mit der erneuten Hochzeit sein Andenken in den Schmutz zog – da half es nicht einmal, dass sie sonst immer so gerne betonte, wie wichtig es für eine anständige Frau war, nicht allein durchs Leben zu gehen. Oder dass Julia ihren Connor fast zwei Jahre nach Martys Tod geheiratet und Francesca auch jetzt jederzeit freien Zugang zu ihren Urenkeln hatte.

Während des Essens hatte seine *nonna* sich mühsam zurückgehalten, während sie wohl immer noch versucht hatte, diese Nachricht zu verarbeiten. Aber Joe war sich sicher, dass dieser Zustand nicht ewig anhalten konnte. Und nun, wo sie die Espressotassen herausgeholt und *nonno* Gianni die Flasche Grappa auf den Tisch gestellt hatte, war vermutlich einfach der Moment gekommen, der eine geradezu natürliche Sollbruchstelle für weibliche Selbstbeherrschung darstellte. Trotzdem hatte er gehofft, dass ihnen einer von Francescas seltenen, dafür aber umso berüchtigteren Temperamentsausbrüchen erspart bleiben würde. Wie die meisten anderen Anwesenden hatte er daher einen weiten Bogen um alle möglichen, auch nur ansatzweise verfänglichen Themen gemacht.

Dummerweise hatte bloß niemand die Gelegenheit gefunden, Tante Ginny zu erklären, dass die Katze aus dem Sack war. Joe selbst wusste von Julias Schwangerschaft auch erst seit gestern, als seine Eltern ihn eingeweiht hatten. Zuerst war er total überrascht gewesen, dann hatte er sich sehr darüber gefreut. Bis zu dem Zeitpunkt, als er erfahren hatte, dass seine Familie seit Tagen nur ein einziges Thema kannte: wie sie Francesca Mariani die frohe Botschaft möglichst schonend beibringen sollten. Immerhin, das vorsichtige Taktieren konnten sie sich nun dank besagter Nachbarin und Tante Ginnys Bemerkung sparen. Aber die kommenden Minuten versprachen Schlimmes. Offenbar war auch der Rest der Familie dieser Ansicht, denn er sah, wie Chuck, *nonno* Gianni und seine eigenen Eltern instinktiv die Köpfe einzogen.

Fred Mariani räusperte sich. »Chuck, was ich dich noch fragen wollte. Du hast dir doch ...«

Es würde für immer ein Geheimnis bleiben, was genau Joes Vater von seinem Neffen wissen wollte. Denn in diesem Moment flog eine Tasse über seinen Kopf hinweg und zerschellte an der Wand.

»Verraten«, schrie Francesca. »Sie hat unseren Jungen verraten!« Darauf folgte ein Schwall italienischer Worte, der viel zu schnell und wütend war, als dass Joe ihn hätte verstehen können. Aber wären der Tonfall und einzelne Wörter nicht schon vielsagend genug gewesen, hätte ihm ein Blick auf *nonno* Giannis plötzlich blasses Gesicht verraten: Francesca wünschte ihrer früheren Schwiegerenkelin Tod und Teufel, so viel war sicher. Und dann passierten zwei Sachen, die Joe überhaupt nicht erwartet hatte. Na ja, zumindest eine. Denn hätte er vorher darüber nachgedacht, wäre er darauf gefasst gewesen, dass Tante Ginny anfangen würde, zu heulen und »mein Junge, mein Junge« zu rufen. Das hatte sie in den letzten zwei Jahren schließlich oft getan. Nein, das, was für Joe völlig unerwartet kam und ihn *wirklich* überraschte, war er selbst. Denn er stand auf, schlug mit der flachen Hand auf den Tisch und brüllte: »Haltet die Klappe, alle beide!«

Kapitel 15

Das Schweigen war geradezu ohrenbetäubend. Alle starrten ihn an, irgendjemandem klappte laut knackend die Kinnlade herunter. Vielleicht kam das Geräusch auch von Francesca, denn sie schnappte wie ein Fisch auf dem Trockenen nach Luft, bevor sie auf ihren Stuhl plumpste. Sogar Tante Ginny hörte schlagartig mit der Heulerei auf.

Joe kümmerte es nicht. Er wusste selbst nicht, woher der Impuls gekommen war, er wusste nur, dass er kein einziges schlechtes Wort mehr über Julia hören wollte – nicht einmal, wenn es sich um ein ihm unbekanntes italienisches Wort handelte. Nein, er wollte, dass endlich jemand Julia Gerechtigkeit widerfahren ließ. Und da Marty nicht mehr hier war, musste er das wohl übernehmen.

»Julia hat es doch nach Martys Tod am allerschlimmsten von uns allen gehabt! Mit Anfang dreißig Witwe, dazu zwei kleine Kinder, die noch nicht mal aus den Windeln waren. Und wir wissen alle, wie sehr Marty und Julia sich geliebt haben. Die beiden waren seit der Highschool unzertrennlich. Aber hat Julia rumgesessen und gejammert? Ist sie in Trauer versunken und hat tagelang geheult? Nein, sie hat sich um alles gekümmert. Hat die Kinderbetreuung neu organisiert, hat sich einen anderen Job gesucht, damit sie Martys Lebensversicherung für die Ausbildung von Marty Junior und Sophia sparen kann. Sie hat nie irgendetwas von uns verlangt, hat immer auf uns und unseren Kummer Rücksicht genommen. Dürft ihr nicht jederzeit die Kinder sehen? Und dürft ihr ihnen nicht auch immer von Marty erzählen? Selbst nachdem sie Connor kennengelernt hat, macht sie euch da keine Schwierigkeiten. Glaubt ihr etwa, viele Frauen würden so selbstlos handeln? Ich für meinen Teil nenne das jedenfalls verdammt anständig.«

Er musste kurz innehalten und Luft holen.

Francesca beugte sich vor und wollte etwas sagen, doch er hielt sie mit einer energischen Handbewegung zurück. »Ich bin noch nicht fertig, ganz bestimmt nicht.«

Seine *nonna* seufzte und ließ sich wieder zurücksinken. »Was meint ihr wohl, was Marty zu dem Ganzen sagen würde? Hätte er gewollt, dass seine große Liebe endlos um ihn trauert? Dass sie sich dem Leben verschließt und sich nur auf die Vergangenheit konzentriert? Auf gar keinen Fall! So egoistisch wäre Marty niemals gewesen. Nein, ihr wisst genau, wie sehr er sich für Julia einen guten Mann gewünscht hätte. Jemand, der ihr wieder das Lachen beibringt, mit dem sie sich eine neue Zukunft aufbauen kann. Und Connor ist ein richtig netter Kerl, Marty hätte ihn sicherlich gemocht. Er drängt sich nicht auf, will nicht, dass die Kinder ihn Daddy nennen oder so was. Und die beiden beten ihn an. Das hättet ihr sehen können, wenn ihr euch auf die Hochzeit getraut hättet. Dass ihr da gekniffen habt, wirklich, ich habe mich für euch geschämt. Und«, er setzte zum letzten Schlag an, »ich bin mir sicher, dass auch Marty sich für euch geschämt hätte. Weil ihr nicht so großmütig seid, wie es jeder halbwegs anständige Mensch von euch erwarten könnte.« Er blickte in die Runde. *Dio mio*, wie sehr Marty ihm fehlte! Plötzlich fühlte Joe sich unendlich erschöpft.

Tante Ginny schniefte leise in ihr Taschentuch, das sie vor den Mund gepresst hielt. Chuck nickte ihm zu, auch seine Mutter lächelte ihn zaghaft an, während sein Vater und sein Großvater beide skeptisch die Lippen schürzten. Wie so oft sahen sie sich mal wieder unglaublich ähnlich; die gleiche Art, den Kopf zu halten, die gleichen hochgezogenen Augenbrauen. Unwillkürlich musste Joe an Liz denken. Wie sie wohl reagiert hätte, wenn sie hier heute mit ihnen sitzen würde? Ein warmes Gefühl durchströmte ihn. Auch Liz würde es ganz bestimmt niemals akzeptieren, wenn so abfällig über jemanden gesprochen würde, der nichts Böses getan hatte, sondern nur seinem Herzen gefolgt war. So viel war sicher.

Francesca gab ein Schnauben von sich. »Joe, du bist von meinem Fleisch und Blut, und ich liebe dich sehr. Aber wenn du es noch einmal wagst, mir, deiner Großmutter, in meinem Haus so über den Mund zu fahren, bist du hier nicht mehr willkommen.« Sie stand auf. »Und jetzt entschuldigt mich.« Damit verließ sie würdevoll, mit steifen Schritten und sehr geradem Rücken, den Raum.

Gianni erhob sich ebenfalls, schob hastig den Stuhl nach hinten. »Überlasst das mir.« Er folgte seiner Frau, beim Hinausgehen klopfte er Joe wortlos auf die Schulter. Mit einem leisen Klick fiel die Tür zum Flur hinter ihm ins Schloss.

»Tja«, sagte Chuck. »Coole Rede, Mann.« Wieder nickte er

Joe zu. Dann stand er ebenfalls auf. »Also, ich weiß ja nicht, wie es euch geht, aber ich könnte jetzt echt einen Kaffee vertragen. Und hier wird es heute Abend sehr wahrscheinlich keinen mehr geben. Lasst uns zu *Carlucci's* gehen. Los, ich lade euch ein.«

Kurze Zeit später fanden sie sich zu fünft in der etwas altmodischen Konditorei wieder, sogar Tante Ginny war mitgekommen. Joe und seine Brüder waren hier als Kinder gerne und oft gewesen, besonders wegen der opulenten italienischen Kuchen, und Benny, Gabe und Chuck kamen auch heute noch manchmal mit ihrem Nachwuchs hierher. Bis vor seinem Umzug nach Willow Springs hatte Joe immer geglaubt, es ihm später gleichzutun und sich in diese Familientradition einzureihen. Nun war er sich nicht mehr so sicher – nein, langsam war er sich über gar nichts mehr sicher.

Er ließ den Blick über den Kuchentresen mit den Messingverzierungen und den üppigen Kronleuchtern aus Muranoglas über ihnen schweifen. Unwillkürlich lockerte er die Schultern, ließ sich in seinem Stuhl zurücksinken und schaute in die Runde. Genau wie er saßen die anderen Marianis alle etwas niedergeschlagen und ratlos vor ihren Kaffeetassen. Trotz Chucks Aufforderung, bitte seinen Geldbeutel nicht zu schonen, hatte niemand etwas von den süßen Spezialitäten bestellt.

»War das wirklich nötig, Junge? So kenne ich dich ja gar nicht«, sagte Joes Vater. Er musterte seinen Sohn streng. »Unabhängig davon, ob du recht hast oder nicht – und ich will jetzt nicht darüber diskutieren, ob wir Julia vielleicht falsch behandeln –, findest du es tatsächlich angebracht, deiner Großmutter zu sagen, du würdest dich für sie schämen? Haben deine Mutter und ich dich etwa so erzogen?« Er hatte seinen offiziellen Lehrer-Tonfall drauf, und Joe schaffte es nur mit äußerster Kraftanstrengung, sich nicht wie ein Sechsjähriger zu fühlen. Zumal sein Vater zielsicher den Finger in die Wunde gelegt hatte. Ja, er fand es furchtbar ungerecht, wie seine Familie Martys Witwe behandelte. Aber hätte er wirklich so übers Ziel hinausschießen und *nonna* sagen sollen, sie wäre eine Schande? In ihrer eigenen Küche? Bis vor Kurzem wäre das für ihn völlig unvorstellbar gewesen. Das musste an Willow Springs liegen. Offenbar hatte das Landleben doch einen größeren Einfluss auf ihn als gedacht.

Das Landleben in Willow Springs oder eine gewisse Person? Die Frage wisperte ungebeten durch sein Hirn. Der Gedanke an Liz, zusammen mit dem schlechten Gewissen, machte ihn prompt wieder wütend. Oder vielleicht auch mutig, er konnte es nicht sagen. Joe holte tief Luft und richtete sich auf, wollte seinem Vater energisch widersprechen, ihm sagen, dass er sich irrte. Dann aber fiel sein Blick auf Tante Ginny. Ihre Augen waren immer noch verweint, und sie wich seinem Blick aus. Er stieß die Luft wieder aus, lehnte sich erneut in seinem Stuhl zurück. »Vielleicht hast du recht«, stimmte er seinem Vater zögernd zu. »Es tut mir leid, wenn ich zu hart gewesen bin.« Selbst in seinen eigenen Ohren klang seine Entschuldigung lahm.

Das schien seinen Vater jedoch nicht zu stören. Er nickte nur kurz und griff nach seiner Tasse. Für ihn war das Thema offensichtlich erledigt. Tante Ginny lächelte zaghaft und entspannte sich sichtlich. Joes Mutter seufzte und gab einen weiteren Löffel Zucker in ihren Latte macchiato. Nur Chuck sah ihn mit seinen haselnussfarbenen Augen abwartend an, als sei er noch nicht zufrieden. Joe zuckte die Schultern. Schließlich war auch Rom nicht an einem Tag erbaut worden. Da würde er es wohl kaum schaffen, an einem Abend die ganze Ordnung der Familie Mariani auf den Kopf zu stellen, zumal er gar nicht wusste, ob er das wirklich wollte. Vielleicht musste er erst noch einmal darüber nachdenken. Oder vielleicht auch nicht. Denn auch wenn er seine *nonna* ganz bestimmt nicht respektlos behandeln wollte, mussten manche Dinge in dieser Familie vermutlich doch mal auf den Tisch. *Und für den Anfang*, dachte er und war urplötzlich mit diesem Abend im Reinen, *habe ich das gar nicht so schlecht gemacht.*

Ach, fühlte sich das gut an! Liz drehte sich in ihrem neuen Wohnzimmer übermütig einmal um die eigene Achse. Herrlich! Von so viel Platz hatte sie in den letzten Jahren nur träumen können.

Im Nachhinein hatte sich Joes Wochenendausflug nach New York als richtiger Glücksfall rausgestellt, sonst hätte sie gar nicht genug Zeit für die Wohnung gehabt. Das Planen, Einrichten und Umräumen nahm ihre Gedanken außerdem derart in Anspruch, dass sie nur noch einen Hauch von Irritation darüber verspürte, dass er sie erst verspätet über seine Pläne informiert hatte. Stattdessen hatte sie sich sogar schon bei dem Gedanken ertappt, wie viel Spaß es machen würde, mit ihm das Sofa richtig einzuweihen.

Sie ließ den Blick erneut über die Möbel und die im Raum verteilten Kartons gleiten. Bisher war es ein äußerst produktiver Samstagvormittag gewesen. Zusammen mit Aaron und Steph war sie zur Selfstorage-Halle gefahren, um ihre eingelagerten Möbel abzuholen. Bei der Halle hatte schon eine Überraschung auf sie gewartet: George Leadbetter, Willow Springs' Mädchen für alles, war mit zwei Gehilfen zur Stelle gewesen. Natürlich hatte Tante Georgia das hinter ihrem Rücken eingefädelt, und mit gleich vier kräftigen Männern war das Beladen des Transporters ein Klacks gewesen. Sowohl Liz als auch Steph hatten den Eindruck gehabt, dass sie nur anstandshalber ein, zwei Kartons hatten schleppen dürfen.

Ebenso schnell war alles in Liz' neuer Wohnung gelandet. George und Co. hatten die größten Möbelstücke aufgebaut und an den richtigen Platz gestellt, bevor sie sich höflich verabschiedet hatten. Liz hatte noch nicht einmal die Zeit gehabt, den Jungs Kaffee zu kochen, ihnen dafür aber das Versprechen abgenommen, das so bald wie möglich im *Lakeview* nachzuholen.

Jetzt waren Aaron und Steph gerade unterwegs. Die beiden brachten den im *Pine Lake Inn* geliehenen Transporter zurück. Vermutlich würden sie bei ihrer Rückkehr dann Rob und die Kinder im Schlepptau haben. Rob hatte zwar angeboten, die vormittägliche Samstagssprechstunde ausfallen zu lassen und von Anfang an mitzuhelfen, aber das hatte Liz abgelehnt. »Auch am Nachmittag darfst du noch genug für mich schuften, warte nur ab«, hatte sie ihm lachend versichert. Doch dank Georgia und ihrem Geschenk an Manpower hielt sich der Aufwand in unerwarteten Grenzen.

Sie war froh, dass alle Helfer für den Moment gegangen waren – es war schön, die Wohnung kurz für sich allein zu haben und sich mit ihr vertraut zu machen. Denn auch wenn Liz nicht esoterisch drauf war, spürte sie ganz genau, dass diese Räume sich auf sie freuten, sie mit offenen Armen empfingen. Vielleicht lag es einfach daran, dass es sich so unglaublich *richtig* anfühlte, wieder ein eigenes Reich zu haben, nicht mehr Gast sein und in ihrem alten Kinderzimmer schlafen zu müssen. Egal, wie schön und sinnvoll es gewesen war, die erste Zeit nach Jacks Unfall bei Georgia zu verbringen und sich gegenseitig beizustehen – eine eigene Wohnung in Willow Springs war gleichzeitig auch der offizielle Start in ihr Leben hier. Quasi das äußere Zeichen dafür, dass sie hierbleiben würde, um sich eine neue Zukunft aufzubauen.

Ihr Handy stimmte die Rufmelodie an. *Der erste Anruf in meiner neuen Wohnung,* dachte Liz. *Ob das Georgia ist? Sie will bestimmt wissen, wie ihre Überraschung angekommen ist.*

Lächelnd nahm sie das Gespräch an. »Hallo?«

»Liz?«

Schlagartig wurden ihr die Knie weich, und ein Kribbeln durchzog ihren gesamten Körper. Die samtig-weiche, aber sehr männliche Stimme gehörte definitiv nicht ihrer Tante.

»Liz, hier ist Joe.«

Sie hatten noch nie miteinander telefoniert, sondern immer nur kurze Nachrichten ausgetauscht. Es überraschte sie, wie heftig sie auf den Klang seiner Stimme reagierte. Dann kam ihr eine beunruhigende Idee. Ob irgendetwas passiert war? Ein Unfall vielleicht? *Sei nicht dämlich, Liz, er ist in New York. Da wird er wohl kaum anrufen, um dir zu sagen, dass deine Tante einen Unfall hatte.*

Der Gedanke an New York ließ ihre Stimme kühler klingen als beabsichtigt. »Ja? Irgendwas los?«

Er lachte. »Wäre ich nicht in der Küche meiner Eltern, würde ich dich ja gern zu einer Runde Telefonsex verführen.«

So ein Idiot, dachte Liz, sich einfach so vom Acker machen und dann was von Telefonsex erzählen. Unverbindliche Affäre hin oder her, das ging zu weit. Glaubte er etwa, sie würde brav bei Fuß stehen, nur weil er gerade Lust auf sie hatte?

Sie öffnete den Mund, um ihn gehörig die Meinung zu sagen. Doch er kam ihr zuvor.

»Aber so muss ich mich darauf beschränken, mich darüber zu freuen, deine Stimme zu hören. Und dich um Verzeihung zu bitten, weil ich einfach so abgehauen bin, ohne dir Bescheid zu sagen.«

»Ah. Okay.« Sie wusste nicht so recht, was sie sagen sollte. Sollte sie jetzt wütend sein, weil er anscheinend genau gewusst hatte, dass sein Verhalten nicht in Ordnung gewesen war, und er es trotzdem durchgezogen hatte? Oder sollte sie sich einfach über seinen Anruf freuen? Sie entschied sich für einen Kompromiss. »Ich überlege mir mal, was du zur Buße tun kannst. Vielleicht, wenn du mir dein Rezept für gebratene Oliven verrätst ...«

»Baby, ich verrate dir all das und noch mehr, wenn wir uns morgen Abend sehen.«

Sie musste unwillkürlich lächeln. Doch trotz des neckenden Tonfalls hatte sie plötzlich das Gefühl, dass auch Sorge in seiner Stimme mitschwang. War in New York etwas vorgefallen? Warum rief er wirklich an? Und wenn er sagte, er wolle ihre Stimme hören, dann klang das fast so ... ja, dann klang das fast so an, als wäre sie für ihn nicht nur eine Affäre, sondern mehr. Viel mehr. Ihr Herz schlug schneller. Dennoch oder vielleicht auch gerade deswegen bemühte sie sich, ihrer Stimme einen möglichst strengen Tonfall zu verleihen. »Versprochen? Du verrätst mir alles?«

»Großes Indianerehrenwort. Um 9 bei mir?«

Es klingelte Sturm. Die anderen waren zurück – und sie hatte keinen einzigen Karton ausgeräumt!

»Nein.« Aus einem Impuls heraus sagte sie: »Ich hab eine Überraschung für dich. Komm zum Parkplatz hinter *Walther's Bakery*, wir treffen uns dort.«

Sie wartete seine Antwort nicht ab, sondern drückte das Handy aus. Grinsend ging sie zur Tür, um ihre Freunde hereinzulassen. Das würde morgen eine Wohnungseinweihung, die ihr aktueller Lieblings-Cop niemals vergessen würde.

Kapitel 16

Joe schaute sich um. Er hatte zwar gewusst, dass es hinter der Bäckerei in der Main Street einen Parkplatz gab, hier gewesen war er allerdings noch nie. Wieso auch? Es war nicht viel Platz, vermutlich reichte es gerade mal für die Autos der Angestellten. Sonst gab es im Obergeschoss wohl noch eine Wohnung, aber wenn Joe sich recht erinnerte, vermieteten die Besitzer der Bäckerei, ein älteres Ehepaar namens Walther, die den Sommer über an Touristen. Warum also wollte Liz sich ausgerechnet hier mit ihm treffen?

Okay, am hinteren Ende stand ein ausladender, üppig belaubter Ahornbaum, ein richtiges Prachtexemplar. Der sah schon ungewöhnlich gut aus, selbst in diesem Hinterhof. Aber in und um Willow Springs gab es so viele Bäume, dass er sich kaum vorstellen konnte, Liz wolle ihm ausgerechnet den hier zeigen. Und was könnte es sonst sein?

Gerade überlegte er ein wenig ratlos, ob Liz hier im Hinterhof vielleicht ein geheimes Picknick mit ihm abhalten wollte, da fiel sein Blick auf die Treppe, die zum ersten Stock führte, zu besagter Ferienwohnung. Auf der untersten Stufe lag etwas. Joe trat näher. War das ein Schuh?

Tatsächlich, ein Schuh. Aber nicht irgendeiner, sondern eine der blauen Sandalen, die Liz so gern trug. Sein Blick glitt höher, die Stufen hinauf. Neben der zweiten Sandale konnte er Jeansshorts erkennen und die Bluse mit dem wilden Blumenmuster, die immer so klasse an Liz aussah. Er konnte sich ein Grinsen nicht verkneifen – wenn das hier eine Art Schnitzeljagd für Erwachsene werden sollte ... also, dann war er voll dabei. Zwar verstand er nicht, warum Liz ihn ausgerechnet in eine Ferienwohnung locken wollte, trotzdem musste er zugeben, dass er schon langweiligere Vorspiele erlebt hatte. Pfeifend ging er die Treppe hinauf, sammelte dabei Sandalen, Shorts sowie das Shirt ein und klopfte schließlich oben an der Tür. Von den Sachen in seinen Armen stieg ihm Liz' vertrauter Geruch von Zitronen und Gewürzen in die Nase, und Joe konnte sich gerade noch beherrschen, den Stoff an sein Gesicht zu drücken und einmal tief einzuatmen. »Krieg dich wieder ein, Kumpel«, murmelte er, »man könnte ja fast denken, du wirst sentimental.«

Bevor er diesen beunruhigenden Gedanken weiterverfolgen konnte, erklangen von der anderen Seite der Tür Schritte. Die Tür schwang auf, Liz stand vor ihm – und Joe musste unwillkürlich für einen Moment die Augen schließen. Er fühlte sich an ihre erste Begegnung erinnert, schließlich war auch damals sein Gehirn wie leer gefegt gewesen. Aber jetzt hatte er dafür wenigstens einen richtigen Grund, denn Liz war nackt. Na ja, so gut wie, Slip und Spitzen-BH trug sie nämlich noch – beides in einem Grünton, der irgendetwas Merkwürdiges mit ihren Augen anstellte. Denn die strahlten noch mehr als sonst.

Gott, wie er sie vermisst hatte! Ihre Stimme zu hören, nach all dem Ärger mit seiner Familie, hatte so unglaublich gutgetan.

Selbst wenn Liz am Telefon ein wenig verstimmt geklungen hatte, was er ihr nicht mal verübeln konnte, nachdem er selbst so abrupt verschwunden war.

Zum Glück wirkte sie jetzt alles andere als schlecht gelaunt. Abgesehen von den strahlenden Augen und der mehr als einladenden Aufmachung lächelte sie auf diese ganz spezielle Weise, die ihm das Blut immer besonders erwartungsfroh in ein bestimmtes Körperteil schießen ließ. Trotzdem nahm Joe sich Zeit, ihren Anblick einen Moment lang ganz bewusst in sich aufzunehmen: die schlanken Beine, den straffen, aber doch leicht gerundeten Bauch, die helle Haut, von der er wusste, wie zart sie sich unter seinen Fingern anfühlte, die prallen Brüste. Und ganz zuletzt das entschlossene Kinn, die volle, verführerische Unterlippe, die Nase, über die nun, im Juli, ein paar einzelne Sommersprossen tanzten. Dann sah er ihr direkt in die Augen und erlaubte sich ein träges Lächeln.

»Na, liebe Gretel, was verloren? Hier kommt dein Ritter, um dich vor der bösen Hexe zu schützen.«

Liz grinste bloß, ohne seine mehr als zweifelhaften Märchenkenntnisse zu kommentieren. »Dass du Idiot aber auch nie die Klappe halten kannst.« Sie streckte die Hand nach ihm aus und zog ihn in die Wohnung.

Er machte zwei Schritte, ließ ihre Sachen zu Boden gleiten und schloss sie in die Arme. Ihre Lippen trafen sich zu einem langen, hungrigen Kuss. Als er sie so nah spürte, ihren unverwechselbaren Geschmack auf seiner Zunge hatte, konnte er kaum glauben, dass es erst vier Tage her war, seit sie sich das letzte Mal gesehen hatten. Seine Gier nach Liz war plötzlich so mächtig, so überwältigend, dass er nur ganz am Rande wahrnahm, wie sie ihn durch die Wohnung dirigierte. Erst als sie gemeinsam auf einem Vintage-Sofa im hinteren Teil des großen Raums landeten, kam er wieder ein Stück weit zur Besinnung. Er klopfte auf die weichen, orangefarbenen Polster und sagte: »Nettes Teil. So ein Ding hatten meine Eltern früher auch.«

»Tatsächlich?«, meinte Liz, ließ eine Hand unter sein T-Shirt gleiten und beugte sich zu ihm. Zwischen zwei Küssen murmelte sie: »Freut mich, dass dir mein Sofa gefällt.«

»Hm, hm«, machte Joe. Er wühlte beide Hände in ihr weiches Haar und vertiefte den Kuss. Ihre Zunge reizte, entzückte, lockte ihn. Trotzdem rieselte von irgendwo das Wissen in sein Gehirn, dass hier etwas nicht stimmte. Vielleicht hatte er noch zu viel an? Probehalber zog er sein Shirt aus. Liz gab ein anerkennendes Geräusch von sich und malte mit dem Mittelfinger eine langsame Spur über seine nackte Haut. Joe sog die Luft ein und biss sich auf die Lippen. »Dein Sofa?«, stieß er mit Mühe hervor. »Was meinst du mit ›dein Sofa‹?«

Liz beugte sich vor und ließ den Mund ihrem Finger folgen. Er konnte ihr Lächeln förmlich auf seiner Haut spüren, und seine Erregung wuchs noch ein bisschen mehr. Lange würde er es nicht mehr aushalten. Seine Jeans war jetzt schon unerträglich eng. »Was soll ich damit schon meinen? Das Übliche eben. Ich hab's ausgesucht, bezahlt, mit nach Hause genommen.«

Das seltsame Gefühl, dass hier gerade etwas Ungutes passierte und er sich konzentrieren sollte, verstärkte sich wieder. Mühsam zwang er sein Gehirn, die Kontrolle zu übernehmen, und stellte die naheliegende Frage: »Was macht dein Sofa in einer Ferienwohnung?«

Sie hob den Kopf und starrte ihn ungläubig an. Ihre Lippen schimmerten feucht und prall, und schon wollte Joe den Daumen ausstrecken, um sie zu berühren, da lachte sie.

»Weil diese Ferienwohnung jetzt meine Wohnung ist, natürlich. Was denn sonst?«

Unwillkürlich wich er zurück. Er schaute sich um, registrierte erst jetzt die beiden Umzugskartons, die zusammengeschoben den provisorischen Couchtisch ergaben. Doch das war mehr oder weniger das einzige Zeichen, dass hier gerade erst jemand einzogen war. Wie in einer unpersönlichen Ferienwohnung sah es ganz und gar nicht aus, im Gegenteil. Alles wirkte ausgesprochen gemütlich, die Atmosphäre erinnerte ihn auf den ersten Blick an Liz. Hell, klar, wenige, geschmackvolle Möbel ohne viel überflüssiges Tamtam. Auf dem Sideboard links von ihnen waren ein paar gerahmte Fotos arrangiert, und Joe erkannte eins mit einer sehr jungen Liz neben einer ebenso jungen Ceecee Kaufman, dazu Rob Sawyer. Ein Bild von ihrem Abschlussball? Er wusste nicht, warum ausgerechnet der Anblick dieses harmlosen Teenie-Fotos sein Unbehagen in Ärger umschlagen ließ. Vielleicht, weil es ein ganz ähnliches Foto von ihm selbst gab, zusammen mit Marty und Julia, und er automatisch an den Streit mit seiner Familie denken musste. Vielleicht lag es auch daran, dass er sich nach dem Chaos in New York den halben Flug zurück nach Wisconsin mit dem Gedanken eingelullt hatte, wie er jetzt wieder ins ruhige Willow Springs zurückkehren konnte. Wo sich nie etwas änderte und er alles unter Kontrolle hatte.

Wie dem auch sei, fast gegen seinen Willen hörte er sich selbst mit gefährlich leiser, kalter Stimme sagen: »Und wann bitte wolltest du mir erzählen, dass du ohne mein Wissen einfach so eine Wohnung mietest?«

Liz blickte direkt in Joes sehr hitzige, sehr empörte Karamellaugen. Trotzdem war sie immer noch der Meinung, dass sie sich verhört haben musste. »Wie bitte?«, fragte sie also vorsichtshalber nach. In ihren eigenen Ohren klang ihre Stimme verblüffend schrill.

»Wann du mir sagen wolltest, dass du so mir nichts, dir nichts eine Wohnung mietest?«

Okay. Sie hatte sich nicht verhört. Und er meinte es ernst, das spürte sie. Dabei waren sie doch gerade auf so vielversprechendem Weg gewesen, das Sofa und die Wohnung würdig einzuweihen!

Liz zögerte. Sie war sich nicht sicher, ob es bei seinem Ärger tatsächlich um sie beide ging – oder vielleicht eher um das, was in New York passiert war und ihn offenbar so beschäftigte. Deshalb beschloss sie, sich nicht provozieren zu lassen. »Tante Georgia und ich waren uns von Anfang an einig, dass ich mir etwas eigenes suche, sobald es Onkel Jack wieder besser geht«, erklärte sie. »Das wusstest du doch, oder nicht?«

Er gab nur ein kurzes, nichtssagendes Brummen von sich.

»Jedenfalls, die Wohnung hier ist ein richtiger Glücksfall. Sie hat einen separaten Eingang, den niemand überblicken kann, du könntest also ganz unauffällig kommen und gehen.« Joe holte tief Luft, und Liz redete schnell weiter. Instinktiv hatte sie das Gefühl, es wäre besser, ihn erst mal nicht zu Wort kommen zu lassen. »Außerdem hat sich das wirklich ganz plötzlich ergeben, du warst ja in New York und ...«

An dieser Stelle unterbrach er sie trotz all ihrer Bemühungen. »Ich wusste es. Ich wusste es, dass du es mir übel nimmst, weil ich nach New York geflogen bin, ohne mich vorher abzumelden. Okay, es war vielleicht nicht eine meiner Meisterleistungen, das gebe ich zu. Aber das ist ja wohl gar nichts im Vergleich zu dem hier!« Er machte eine weit ausholende Geste. »Angeblich denkst du seit Wochen über eine eigene Wohnung nach. Aber mir sagst du noch nicht mal was davon, wenn du direkt drinsitzt. Oder? Denn das hast du doch – du hast bestimmt auf genau diesem Sofa gesessen, als wir gestern miteinander telefoniert haben. Ich sehe es förmlich vor mir!« Er schüttelte den Kopf. »Dabei tust du immer so gerne so, als wäre alles entspannt und offen. Alles ganz easy. Aber sobald es um irgendetwas von Bedeutung geht, hältst du erst mal dicht, machst die Sache mit dir selbst aus. Und das ist jetzt auch noch meine Schuld, oder was?«

»Ich hab gar nicht gesagt, dass du an irgendwas schuld bist. Es war nur eben so ...«

»Und das ist doch mal wieder typisch für euch Frauen! Immer so tun, als wäre alles in Ordnung, aber hintenrum Vorwürfe und Anspielungen machen.«

Jetzt reichte es aber. Mit einem Ruck zog Liz die Hände von Joes Bauch, stand auf und ging zum Eingang, wo er ihre Sachen hatte fallen lassen. Hastig streifte sie Bluse und Shorts über, wobei sie sorgsam darauf achtete, ihm weiter den Rücken zuzudrehen. In ihrer Eile verhedderte sie sich im Ärmel der Bluse. Während sie mit dem Stoff kämpfte, spürte sie, wie sie immer wütender wurde. Als sie sich zu ihm umdrehte, dröhnte ihr das Blut in den Ohren.

»Ich wüsste nicht, was ich dir für Vorwürfe gemacht habe, mein Lieber. Obwohl ich wirklich jedes Recht dazu gehabt hätte. Schließlich ist es ja wohl nur *höflich*, dem anderen vorher Bescheid zu sagen, wenn man für das Wochenende Pläne hat.« Na bitte, das hatte gesessen. Wusste sie doch, dass er es nicht ertragen konnte, wenn man seine Manieren in Zweifel zog. Sie beobachtete, wie Joe nun ebenfalls nach seinem Shirt griff, und setzte noch einen drauf. »Aber nein, so eine einfache Geste wäre wohl zu viel Entgegenkommen und Rücksicht gewesen. Wobei es dann völlig okay ist, später irgendwann anzurufen, weil dir nach ein bisschen weiblichem Trost zumute ist. Trost in Form von Telefonsex, um genau zu sein. Da habe ich mich natürlich *wahnsinnig* geehrt gefühlt, das kannst du mir glauben, Joe.« Sie schüttelte den Kopf, erstaunt über sich selbst. Ihr war nicht bewusst gewesen, wie sehr sie sein Verhalten verletzt hatte. Oder sie hatte es nur nicht vor sich selbst zugeben wollen. »Eigentlich habe ich gehofft, wir wären wenigstens Freunde geworden.«

Einen Augenblick lang dachte sie, seine Augen würden etwas wärmer werden. Fast erwartete sie, ein Lächeln auf seinem Gesicht zu sehen. Doch dann verhärtete sich seine Miene wieder. »Freunde? Ach so! Die Art von Freunden, die ganz«, er malte mit den Fingern Gänsefüßchen in die Luft, »unauffällig kommen und gehen sollen, hm? Freunde der extrem peinlichen Kategorie?«

»Vielleicht dieselben Freunde, die nicht erzählen wollen, was wirklich bei ihrer Familie in New York vorgefallen ist?«

Er starrte sie an, schien zu überlegen. Sie erschrak vor dem plötzlichen Schmerz in seinen Augen. Ihr Ärger fiel in sich zusammen wie ein Soufflé, wenn man zu hastig die Ofentür aufriss. »Joe ...«

Wortlos stapfte er an ihr vorbei zur Tür.

Ohne nachzudenken, lief sie ihm nach, griff nach seinem Arm. »Joe, bitte, Joe. Es tut mir leid. Das hätte ich nicht sagen sollen, es geht mich ja nichts an.«

Er blieb stehen und drehte sich zu ihr um. Holte tief Luft. »Nein, da hast du recht. Es geht dich nichts an. Aber weißt du was? Ich *wollte* es dir ja erzählen, nur deswegen habe ich angerufen. Nicht wegen dämlichem Telefonsex. Und ich will *immer* noch, dass es dich was angeht. Und ich habe verdammt noch mal nicht mehr den geringsten Bock auf diese scheiß Heimlichtuerei.«

»Oh«, machte Liz. Etwas Intelligenteres fiel ihr in diesem Moment gerade nicht ein.

»Ich bin ein erwachsener Mann, und es kann wirklich jedem hier in Willow Springs egal sein, ob ich zweimal die Woche, fünfmal am Tag oder einmal im Jahr Sex haben will. Oder mit wem.«

Sie konnte sich ein zittriges Grinsen nicht verkneifen, und zu ihrer Erleichterung grinste er zurück.

»Aber das eigentlich Entscheidende für mich ist, dass ich Sex mit dir will. Und zwar nur mit dir. Auf absehbare Zeit jedenfalls. Was hältst du davon?«

Sie musste schlucken, nach den richtigen Worten suchen. Worte, die das Gefühlschaos in ihrem Inneren irgendwie auf den Punkt brachten, es vielleicht sogar beruhigen konnten. Sie wusste selbst, dass sich zwischen ihr und Joe etwas geändert hatte, dass der Besuch in New York etwas angestoßen hatte, von dem sie noch nicht wusste, in welche Richtung es gehen würde. Oder ob sie das überhaupt wollte. Sie beschloss, auf Nummer sicher zu gehen. »An meiner Situation hat sich nicht wirklich viel geändert, Joe. Ich habe den Kopf nicht frei ... und will über eine ernsthafte Beziehung gerade einfach nicht nachdenken. Das ist mir echt zu viel. Verstehst du das?«

Er nickte. »Du wirst es vielleicht nicht glauben, aber ich verstehe das sehr gut. Und ich will dir auch gar keine ewige Liebe vorgaukeln oder irgendwelche Versprechen von dir hören. Aber ich mag dich. Ziemlich sogar. Im Bett läuft es super. Warum sollen wir es nicht einfach nehmen, wie es ist?«

Sein Vorschlag klang völlig vernünftig. Was aber noch wichtiger war: Es fühlte sich für Liz richtig an. Warum sollten sie weiter um die Häuser schleichen, statt sich wie Erwachsene zu benehmen und einfach entspannt abzuwarten, wie die Dinge sich entwickelten? Ohne etwas zu überstürzen? Schließlich waren sie beide frei, es ging niemanden etwas an, wenn sie Zeit miteinander verbrachten. Oder was sie in dieser Zeit taten.

»Und was war das eben, bitte?«, wollte sie trotzdem noch wissen.

»Na, was wohl. Unser erster Streit. Musste ja irgendwann kommen.« Er grinste wieder, diesmal nicht amüsiert, sondern anders. Verheißungsvoll. Sexy. Liz wusste genau, was er dachte, noch bevor er den Mund aufmachte. »Was hältst du von einer Runde Versöhnungssex?«

»Ich dachte schon, du kommst nie darauf, du Idiot«, sagte sie und zog ihn an sich.

Kapitel 17

Joe rekelte sich auf seinem Schreibtischstuhl, ließ die Schultern kreisen und dehnte den Hals nach beiden Seiten. Die alte Binsenweisheit, dass Versöhnungssex der beste Sex überhaupt war, hatte sich mal wieder bestätigt. Aber um ganz sicherzugehen, hatten Liz und er das in der letzten Nacht ausgiebig getestet. Bei der Erinnerung daran schlich sich ein sehr genießerisches Lächeln auf Joes Gesicht.

Zuerst waren sie in ihrem Bett gelandet, hatten danach zusammen ein ausgiebiges Bad genommen und kurz vor dem Frühstück hatten sie noch einen kleinen Quickie auf ihrem Sofa eingeschoben.

Irgendwann im Laufe dieser Nacht hatte er ihr vom Streit mit seiner Familie erzählt. Sie hatten eng aneinandergeschmiegt in ihrem Bett gelegen, und plötzlich war die ganze Geschichte wie von selbst aus ihm herausgesprudelt. Im behaglichen Dunkel des Schlafzimmers in Liz' Armen war es ihm sogar erstaunlich leichtgefallen, von dem furchtbaren Streit mit Francesca zu berichten – und was der Anlass dafür gewesen war. Zum ersten Mal hatte er ihr also von Martys Tod erzählt, auch wenn er nicht ins Detail gegangen war, das hatte er dann doch nicht übers Herz gebracht. Im Grunde hatte er das Ganze vielleicht sogar ein bisschen beschönigt, weil er von einem Unfall gesprochen hatte. Aber er hatte ihr von der Trauer um seinen Cousin und besten Freund berichtet, von seiner Sorge um Julia, und wie ungerecht seine Familie mit ihr umging, von seinem stärker werdenden Gefühl, nicht länger für das NYPD arbeiten zu können. Er war froh darum gewesen, wie ruhig Liz das Ganze aufgenommen hatte. Ihre wenigen, behutsamen Fragen und der mitfühlende Druck ihrer warmen Finger auf seiner nackten Haut waren alles, was er gebraucht hatte. Er hatte sogar erwähnt, dass er sich seit dem Streit fragte, ob sein Verhalten nicht doch feige und egoistisch gewesen war, ob er nicht in New York hätte bleiben müssen, um für seine Familie da zu sein. War es richtig gewesen, den einstweiligen Waffenstillstand im *Carlucci's* zu akzeptieren? Hätte er nicht doch noch einmal versuchen müssen, in Ruhe mit seiner *nonna* zu sprechen?

An diesem Punkt hatte er kurz innehalten müssen. Die Erleichterung, das Liz gegenüber zuzugeben, war so stark gewesen, so intensiv, dass es beinahe wehgetan hatte. Liz' spontaner Vorschlag, gemeinsam zu baden, hatte ihn zwar zuerst überrascht, ihm aber dann die dringend benötigte Pause verschafft. Ob sie das geahnt hatte? Vermutlich, dachte er. Joes Erfahrung nach wussten Frauen oft besser Bescheid als ihr Gegenüber, was dieses gerade brauchte. Irgendwie unheimlich, aber dann auch wieder nett.

In jedem Fall war er mit den Ereignissen der letzten zwölf Stunden äußerst zufrieden. Er fühlte sich ausgeglichen wie schon lange nicht mehr, und die Aussicht, demnächst mit Liz unbefangen in der Öffentlichkeit aufzutreten, hatte ebenfalls etwas sehr Befreiendes. Der Reiz des Geheimhaltens hatte sich wirklich ganz schön schnell abgenutzt. Liz hatte sogar schon einen Termin für ihr offizielles »Outing« vorschlagen: das alljährliche Barbecue bei den Kaufmans. Ceecees Eltern Vincent und Caroline feierten immer am dritten Samstag im Juli ihr Kennenlernen, indem sie die halbe Nachbarschaft zum Grillen in ihren Garten einluden. Da könnten sie sich ganz zwanglos unters Volk mischen.

»Chief?« Die Stimme von Kaminski unterbrach seine Gedanken, und Joe wurde klar, dass er vermutlich schon viel zu lange mit einem dämlichen Grinsen auf dem Gesicht Löcher in die Luft starrte. Aber zum Glück würde Kaminski als der jüngere und unerfahrene seiner beiden Deputys niemals eine Bemerkung in die Richtung machen – vorausgesetzt, dass er überhaupt kapiert hatte, was Sache war. Unwahrscheinlich, wie Joe einräumen musste. Aber sei's drum, heute würde er großzügig über die offensichtlichen Schwächen seines Deputys hinwegsehen.

Mit einem Seufzer ließ Joe den Schreibtischstuhl wieder in die korrekte Position hinter seinem Schreibtisch gleiten. »Was ist denn los, Kaminski?«

»Pfarrer Sutton ist hier. Sie wissen schon, der von St. Mark's.« Kaminski spielte immer gerne die Ich-bin-hier-geboren-und-kenne-mich-aus-Karte. Viele andere Möglichkeiten, sich überlegen zu fühlen, hatte er nämlich nicht.

Joe kannte das schon und blieb geduldig. »Ach ja, richtig, der Pfarrer von St. Mark's. Was will er denn?«

»Er will nur mit Ihnen persönlich sprechen.« Kaminski klang verletzt und ein kleines bisschen verunsichert. Offenbar hatte er sich das mit der Würde des Amtes anders vorgestellt, als der alte Chief O'Hara ihn damals angeworben hatte.

Joe seufzte wieder. Früher oder später würde er leider das Problem Kaminski angehen müssen. Aber nicht heute. Heute war er dafür eindeutig zu gut gelaunt.

Um die Gefühle seines Deputys zu schonen, behauptete er daher schnell und ganz und gar nicht der Wahrheit entsprechend: »Ach, dann weiß ich, worum es geht. Bringen Sie ihn bitte rein.«

Pfarrer Sutton trat ein, begrüßte Joe kurz und nahm dann auf dem angebotenen Stuhl Platz. Während der Pfarrer weit ausholte und irgendetwas über Sondergenehmigungen und anstehende Wahlen im Presbyterium erzählte, betrachtete Joe ihn nachdenklich. Er mochte den Geistlichen. Trotz seiner ziemlich umständlichen Art hatte er das Herz am rechten Fleck. Man konnte sich auf ihn verlassen, wenn es hart auf hart kam. Und gleichzeitig spürte Joe noch etwas anderes, etwas Unterschwelliges, das noch nie so deutlich gewesen war wie an diesem Morgen: Sutton war verdammt einsam. Er war nur hergekommen, um zu reden. Schließlich musste er selbst wissen, dass der Chief of Police nicht gerade viel zu Presbyteriumswahlen sagen konnte – auch nicht für den unwahrscheinlichen Fall, dass die sich auf die Parkplatzsituation entlang der Main Street ungünstig auswirken könnten.

Joe hatte sich immer ein wenig über die Schüchternheit des Pfarrers amüsiert, vor allen Dingen, weil es so absolut eindeutig war, dass seine Angebetete, die verwitwete Mrs. Irving, nur auf eine Geste des Geistlichen wartete. Doch jetzt, als er den distinguiert wirkenden Sutton mit dem eisengrauen Kurzhaarschnitt und den müden braunen Augen betrachtete und ihm wieder einfiel, dass es laut Liz der halben Gemeinde ein Rätsel war, warum aus den beiden nicht endlich ein Paar wurde, bekam er plötzlich Mitleid.

Und wie vor ein paar Tagen tat Joe etwas, das ihn total überraschte. Diesmal nicht aus Wut, nein. Aber auch jetzt wollte er einfach nicht noch ein einziges, weiteres albernes Wort hören. Er unterbrach Sutton mitten im Satz mit einer energischen Handbewegung, ohne sich um dessen irritierten Gesichtsausdruck zu kümmern. »Entschuldigen Sie bitte, Sir, ich möchte nicht unhöflich oder gar respektlos erscheinen. Aber sind manche Dinge es nicht wert, dass man um sie kämpft?«

Seltsamerweise war Liz ganz schön aufgeregt. Ihre Hände zitterten, und schlecht war ihr auch, während sie das Lipgloss auftrug. Normalerweise machte sie sich nicht viel aus Make-up, aber heute fand schließlich das große Sommer-Barbecue bei den Kaufmans statt. Ceecees Mutter Caroline mochte es gar nicht, wenn Frauen »quasi nackt«, also ohne Schminke und Schmuck, auf diese Party kamen. Also tat Liz ihr den Gefallen, denn sie mochte Caroline sehr. Abgesehen davon, dass sie die Mutter ihrer allerbesten Freundin war, hatten sie Liz auch immer einen Platz an ihrem Esstisch angeboten, wenn sie mal wieder auf der Flucht vor den kulinarischen Katastrophen ihrer Tante gewesen war. Später dann hatte sie Liz zusammen mit ihrer Tochter in der Küche unter ihre Fittiche genommen, ihr vieles gezeigt und erklärt, was für Tante Georgia für immer ein Buch mit sieben Siegeln bleiben würde. Ohne diese Anfangsjahre bei den Kaufmans und das Selbstvertrauen, das Liz durch sie in der Küche bekommen hatte, wäre sie sicherlich niemals auf die Idee gekommen, Profiköchin zu werden. Allein deswegen war Liz bereit, bis in alle Ewigkeit in Carolines Anwesenheit Make-up zu tragen.

Sie griff nach der zierlichen Goldkette mit dem Schmetterlingsanhänger und legte sie um. Perfekt! Jetzt hatte Caroline bestimmt nichts mehr an ihr auszusetzen, weil sie sich sicher sein konnte, dass Liz den Anlass auch gebührend ernst nahm. Sie grinste. Carolines Vorliebe für ein formvollendetes Auftreten hatte sie vor mehr als dreißig Jahren nicht daran gehindert, ausgerechnet mit Vincent Kaufman durchzubrennen, dessen Manieren manche Leute vermutlich als »rustikal« bezeichnen würden. Die Ehe der beiden war trotzdem ausgesprochen glücklich. Allerdings schien Ceecees Mutter sehr froh darüber zu sein, dass ihre Tochter eine »richtige Hochzeit« bekommen würde, denn ihre Augen leuchteten jedes Mal auf, wenn sie davon sprach.

Ein letztes Mal überprüfte Liz ihr Aussehen im Spiegel und schnitt sich selbst eine Grimasse. Zum Teufel, sie hatte doch überhaupt keinen Grund, aufgeregt zu sein! Sie würde nur mit ihrem – ja, mit was eigentlich? Mit ihrem neuen Freund? Mit einem Bekannten? Einer netten Begleitung? Also, sie würde nur mit dem aktuellen Mann in ihrem Leben zu einem sommerlichen Barbecue gehen. Sie sah gut aus, trug eins ihrer liebsten

Sommerkleider, das Essen würde phantastisch sein – schließlich caterten Ceecee und sie zum Selbstkostenpreis –, und sie kannte und mochte mehr oder weniger sämtliche Gäste. Also alles super.

Klar, ihr war bewusst, dass es durchaus Gerede geben würde, das war in einer Kleinstadt nun einmal so. Deswegen war es ihr auch so sinnvoll vorgekommen, die Sache auf einen Schlag zu erledigen und gleich bei einer größeren Geschichte gemeinsam aufzutreten.

Tante Georgia hatte sie es natürlich trotzdem schon erzählt. Deren Reaktion war geradezu spektakulär unaufgeregt ausgefallen. »Joe Mariani?«, hatte sie bloß gesagt, als sie zu ihrem Antrittsbesuch in Liz' Wohnung gekommen war. »Ein netter Kerl und so hübsch anzusehen, Liebes. Da habt ihr sicher jede Menge Spaß zusammen.« Dann hatte sie einen Schluck von ihrem Kaffee genommen und Liz danach gefragt, ob sie schon davon gehört hätte, dass Rob überlegte, die Tierarztpraxis zu verkaufen und wegzugehen. Es war zwar verständlich, dass Georgia eine solche Frage auf den Nägeln brannte, schließlich kannte sie den besten Kumpel ihrer Nichte schon von Kindesbeinen an und mochte ihn sehr. Dennoch war Liz insgesamt ziemlich irritiert gewesen. Selbst wenn sie bedachte, dass ihre Tante sich nie großartig über die Männer in ihrem Leben ausgelassen hatte, waren zweieinhalb Sätze wirklich einsamer Rekord! Zumal sie sich dann auch noch total schnell einig gewesen waren, dass es sich nur um ein selten dämliches Gerücht handeln könne, wenn irgendjemand behauptete, Rob würde Willow Springs verlassen. Ihre Heimatstadt wäre ohne ihn geradezu unvorstellbar, und ihr gegenüber hatte er solche Überlegungen mit keinem Wort erwähnt.

Es klopfte an der Tür, und Liz öffnete Joe. Wie üblich war er auf die Minute pünktlich, eine Eigenschaft, die sie ebenso charmant wie altmodisch fand. Alles andere als altmodisch war dagegen sein Aussehen: Zum dunkelblauen Hemd mit den lässig aufgekrempelten Ärmeln trug er ebenso dunkle Jeans und eine klassische Ray-Ban-Sonnenbrille. Ihr wurde kurz die Kehle trocken. Sie brachte trotzdem ein einigermaßen überzeugend cooles »Ciao, tesoro« über die Lippen. Zu mehr reichte ihr Küchenitalienisch nicht.

»Ciao, bella«, revanchierte Joe sich und beugte sich zu ihr, um ihr einen raschen Kuss auf die Lippen zu drücken. Wobei der Kuss dann doch etwas länger geriet, wie Liz mit einer gewissen Befriedigung zur Kenntnis nahm. Bevor er jedoch mit den Händen ihr Haar durchwühlen konnte, wich sie zurück. »Wenn wir direkt komplett derangiert auftauchen, gibt es drei Monate kein anderes Gesprächsthema mehr in Willow Springs.«

Joe lächelte. »Ich glaube, du übertreibst. Außerdem wird das spätestens im Oktober ein Ende haben, wenn Ceecee endlich ihren Cal heiratet.«

Die Tatsache, dass Joe so ungerührt und freundlich von dieser vermaledeiten Hochzeit sprechen konnte, ließ wieder eine leichte Übelkeit in ihr aufsteigen. Sie überspielte ihr Unbehagen, indem sie ihn aufzog: »Unterschätzt du da deine Groupies nicht? Ach, Chief, wenn ich doch nur zwanzig Jahre jünger wäre«, sagte sie mit hoher Altfrauenstimme und klimperte mit den Wimpern.

»Du hast mich und Mrs. Burnett schon wieder belauscht! Hat ein Mann denn kein Recht auf seine Privatsphäre?«, beschwerte er sich. Dann grinste er sie an. »Ehrlich, bevor ich nach Wisconsin kam, hatte ich keine Ahnung, wie sexy ein Mann in Uniform für Damen in den besten Jahren sein kann.«

»Dann hättest du dich bestimmt schon früher nach einer Stelle hier umgesehen, stimmt's?«

Joe nickte. »Ganz eindeutig. Von so viel unkomplizierter Zuneigung kann man als New Yorker Cop nur träumen. Ist dir eigentlich klar, was ich für dich aufs Spiel setze?« Er lächelte diabolisch. »Aber jetzt komm. Wenn wir heute die Herzen aller 80-jährigen Ladies in Greenwood County brechen wollen, müssen wir wirklich los.«

»Vorher sollten wir noch schnell im Café vorbei.« Liz schnappte sich Schlüssel und Tasche von der Garderobe und drehte sich wieder zu Joe.

»Wieso das denn? Haben Ceecee und du nicht gestern schon alles zu ihren Eltern gebracht?«

»Das schon. Aber die Kaufmans haben sich heute vor genau 35 Jahren kennengelernt. Und da haben Cee und ich eine besondere Überraschung für sie vorbereitet.«

»Aha«, machte Joe und hielt ihr die Tür auf.

Liz warf ihm einen Seitenblick zu. Sie persönlich fand es unglaublich romantisch, dass die Kaufmans auch nach so vielen Jahren immer noch den Tag ihres Kennenlernens feierten. Von Ceecee wusste sie, dass ihr Vater diese Tradition eingeführt hatte – es war eindeutig, von welchem Elternteil Liz' beste Freundin den Hang zur Romantik geerbt hatte. Was Joe wohl von solchen Gesten hielt? Bisher hatten sie noch nie über so etwas gesprochen. Sie glaubte allerdings nicht, dass er der Typ war, der einer Frau ständig Blumen mitbrachte. Ohnehin hatte sie auf so etwas nie viel Wert gelegt, und bei ihrem englischen Ex Neil war es ihr sogar immer suspekt vorgekommen, weil der anscheinend geglaubt hatte, er könne mit einem teuren Strauß zur rechten Zeit sämtliche ihrer Beziehungsprobleme lösen. Wenn sie Blumen wollte, was relativ selten vorkam, kaufte sie sich lieber selbst welche.

Nein, sie fragte sich eher, was Joe über das dachte, was sie insgeheim als »wahre Romantik« bezeichnete. Wenn man dem anderen eine Suppe kochte, weil der richtig böse erkältet war, und sich dabei nicht an der miesen Laune des Grippeopfers störte. Wenn man bei so etwas Blödem half wie bei der Steuererklärung. Oder eine fette Spinne aus dem Badezimmer entfernte. Und, ja, selbst wenn es albern klang, an Jahrestage dachte. Für sie gehörte es irgendwie dazu. In ihren Augen bewies das einfach, dass man sich Zeit füreinander nahm, den anderen wichtig fand und gern an die Meilensteine in der gemeinsamen Beziehung dachte.

Fast hätte Liz über sich selbst den Kopf geschüttelt: Jetzt hatten sie sich gerade mal vor zwei Wochen darauf geeinigt, ihre Beziehung nicht mehr geheim zu halten – und sie malte sich schon aus, was Joe ihr zur Goldenen Hochzeit schenken würde? War das nicht völlig übertrieben? Schließlich war sie sich immer noch nicht sicher, was das zwischen ihnen war und was genau sie für ihn empfand.

»Wir nehmen meinen Wagen«, holte sie sich selbst wieder

auf den Boden der Tatsachen zurück. Irgendwie vermittelte es ihr ein beruhigendes Gefühl, heute selbst am Steuer zu sitzen. »Da weiß ich auch, wie ich die Überraschung für die Kaufmans am besten unterbringe.«

»Aha«, machte Joe wieder, diesmal klang es allerdings deutlich amüsiert.

Sie drehte sich zu ihm um.

Er hob beide Hände in die Höhe. »Hey, schau mich nicht so an! Ich kann nichts dafür, wenn du Angst vor deiner eigenen Courage hast. Aber«, er trat einen Schritt auf sie zu und legte ihr die Hände um die Taille, »wird es nicht großartig sein, wenn wir das hier«, er beugte sich zu ihr und hauchte ihr einen unglaublich sanften und gleichzeitig wahnsinnig erotischen Kuss auf die Lippen, »und das hier«, wieder einen dieser atemberaubenden Schmetterlingsküsse, »in Zukunft auch in aller Öffentlichkeit tun können?«

Liz konnte ihn nur stumm anstarren. Vermutlich hatte sie dazu auch noch so ein kleines, selbstvergessenes Lächeln auf dem Gesicht. Nie zuvor hatte sie so überzeugende Küsse bekommen – die waren echt waffenscheinpflichtig. Sollte sie froh sein, dass er bisher noch nicht zu solchen Mitteln gegriffen hatte? Denn offenbar wusste er genau, welche Wirkung er auf sie hatte.

Er grinste jetzt frech. »Außerdem hat sich mein Cousin Chuck angekündigt. Er will in drei Wochen für ein Männerwochenende hier aufschlagen. Und da er über uns Bescheid weiß und der größte Schwätzer von New York ist, haben wir ohnehin nur noch bis dahin Gnadenfrist.« Bevor sie weiter nachdenken

konnte, schob er sie mit einem kleinen Klaps Richtung Auto.
»Also dann, Liz, auf zum Spießrutenlaufen.«

Ja, auf zum Spießrutenlaufen, dachte sie aufgeschreckt und vergaß ganz, auf ihn wütend zu sein, weil er sie so gut durchschaut hatte.

Kapitel 18

Der erste Gast, den Joe sah, nachdem Liz und er die ebenso schwere wie gut verpackte Überraschung bei den Servierkräften abgegeben hatten, war Rob Sawyer. Der unterhielt sich mit Vincent Kaufman und wirkte irgendwie ... ja, angespannt. Seine Kinnlinie war verkrampft, seine Bewegungen schienen fahrig, und er hielt den Blick in die Ferne gerichtet. Ceecees Vater hingegen sprühte geradezu vor guter Laune: Nach einer Bemerkung von Sawyer lachte er herzhaft und schlug dem Tierarzt kräftig auf den Rücken. Das Amüsement des Gastgebers schien allerdings nicht auf Sawyer abzufärben, er schaute weiter starr über dessen Schultern. Neugierig folgte Joe seinem Blick, sah aber nur Ceecee und ihre künftige Schwiegermutter, die in ein Gespräch vertieft waren. Trotz Amanda MacNamaras Ehrfurcht gebietendem Ruf war das also nicht gerade ein Anblick, der einem zu denken geben musste. Soweit Joe wusste, hatte Mrs. MacNamara auch kein Haustier. Es war also nicht zu erwarten, dass sie irgendein Hühnchen mit Sawyer zu rupfen hatte.

Aber vielleicht hatte er sich auch geirrt, denn als Joe keine fünf Sekunden später wieder zu Sawyer blickte, war da keine Spur von Anspannung oder gar schlechter Laune zu sehen – im

Gegenteil. Sawyer hatte sich zu Liz und ihm umgedreht, ließ den Blick betont langsam über sie beide gleiten und verharrte einen Moment bei ihren ineinander verschlungenen Händen ... bis er ein ebenso amüsiertes wie vielsagendes Grinsen aufsetzte und zu ihnen kam. Joe umfasste Liz' Finger noch ein bisschen fester und schaute Sawyer herausfordernd an. Wirklich, Liz sagte immer, sie beide seien nur Freunde, und er glaubte ihr das auch. Aber er war sich nicht so sicher, ob die Botschaft auch bei dem Tierarzt angekommen war. Musste der Typ denn so verflixt vertraulich grinsen? Er erwiderte Sawyers Gruß mit einem kühlen Nicken und sah zähneknirschend zu, wie der sich zu Liz beugte und ihr etwas ins Ohr flüsterte. Mühsam beherrschte er sein Verlangen, sie ganz dicht an sich zu ziehen oder wahlweise anzubieten, mal kurz mit Sawyer vor die Tür zu gehen. Es beruhigte ihn nur wenig, als Liz Robs Bemerkung mit einem Augenrollen und einem Geräusch quittierte, das irgendwo zwischen Stöhnen, Seufzen und Kichern lag.

Um sich abzulenken, wandte er sich entschlossen an Vincent Kaufman. »Vielen Dank für die Einladung, Sir.«

Kaufman winkte ab. »Gern geschehen, gern geschehen. Und sagen Sie doch endlich Vince zu mir, Chief. Schließlich tut das jeder.«

»Nur unter der Bedingung, dass Sie mich Joe nennen, Vince, dann gern. Liz hat mir erzählt, Sie und Ihre Frau haben heute ein ganz besonderes Jubiläum zu feiern?«

Mehr Aufforderung brauchte Vince Kaufman nicht. Sein braun gebranntes Gesicht zeigte unzählige Lachfalten, als er mit weicher Stimme sagte: »Ja, heute vor genau 35 Jahren haben meine Caroline und ich uns kennengelernt. Mich hat das Glück buchstäblich über den Haufen gefahren, keine halbe Meile von da entfernt, wo wir jetzt stehen.«

»Das hört sich ja dramatisch an.«

»Das können Sie laut sagen, mein Junge. Sie ist mir voll in meine alte Karre gerasselt, die ganze rechte Seite war zusammengefaltet wie eine Ziehharmonika. Und ich dachte, mich trifft der Blitz, als ich dieses wunderschöne Mädchen aussteigen sah. Ich wusste sofort, dass sie die Richtige für mich ist, da gab es keinen Zweifel. Von mir aus hätte sie jedes Auto der Welt zu Schrott fahren können, Joe, glauben Sie mir.« Er lachte leise. »Mein zukünftiger Schwiegervater sah das verständlicherweise ein bisschen anders. Ich durfte mir noch Jahre später anhören, dass er an jenem Tag zwei seiner größten Schätze verloren hätte: seinen nagelneuen Buick und sein geliebtes einziges Kind.«

»Lassen Sie sich keinen Bären aufbinden, Joe«, mischte sich in diesem Moment Caroline Kaufman ein. Sie trat neben ihren Mann und legte ihm liebevoll eine Hand in den Rücken. »Vince hat eine gefühlte Ewigkeit lang geschimpft, bevor er sich überhaupt dazu herabgelassen hat, mich anzusehen. Als er es dann doch tat, war seine Reaktion allerdings äußerst befriedigend, kann ich nur sagen.«

Jetzt war es an Joe zu lachen. Es war nicht schwierig, sich diese Situation vorzustellen: Caroline Kaufman war auch mit Mitte fünfzig eine wunderschöne Frau. Woher Ceecee ihren Porzellanteint und diesen ganz besonderen Charme hatte, hätte er auch ohne seine Ausbildung zum Detective sofort gewusst.

»Und seitdem«, sagte Vince und drehte sich zu ihr, »hatten wir keinen einzigen langweiligen Tag.«

»Keinen einzigen«, bestätigte sie und strahlte ihn an. »Unsere gemeinsame Zeit ist so rasend schnell vergangen, ich kann es kaum glauben, dass es jetzt demnächst unserer Tochter so gehen soll. Nur noch zwei Monate, dann wird unsere Kleine ihren Traumprinzen heiraten.«

Joe hörte, wie Liz neben ihm ein Schnauben ausstieß. Als er sie überrascht ansah, meinte er, sie mit den Augen rollen zu sehen. Er wusste nicht so recht, was er davon halten sollte. Klar, bisher hatte er nicht den Eindruck gehabt, dass sie besonders romantisch war – aber es erstaunte ihn doch, wie sie jetzt fast verächtlich auf die Kennenlerngeschichte der Kaufmans reagierte. Ob sie die Story zu oft gehört hatte? Möglich. Er musste zugeben, dass er selbst es völlig in Ordnung fand, wenn Paare ab und zu erzählten, wie sie sich kennengelernt hatten. Seine eigenen Eltern machten das auch immer wieder gern, selbst wenn sie nicht so weit gingen, diesen Tag jedes Jahr mit einer Party zu feiern. Nun ja, vielleicht lag es auch einfach nur daran, dass Liz so ganz anders als er selbst aufgewachsen war. Hätte seine Mutter ihn als Baby einfach so bei Verwandten abgesetzt, würde er vielleicht auch so denken. Vermutlich war es ganz normal, wenn sie eine gewisse Skepsis gegenüber intakten Familien hatte.

Das Bedürfnis, Liz zu beschützen, überrollte ihn; tröstend drückte er ihre Hand.

Liz schien von seinen Gefühlen nichts zu ahnen: Sie erwiderte zwar den Druck seiner Hand, hatte aber schon wieder

Sawyer im Blick. Es war zum Verrücktwerden! So hatte er sich ihr gemeinsames Outing wirklich nicht vorgestellt. Die zweite Geige zu spielen war in seiner Vision vom heutigen Tag definitiv *nicht* vorgekommen. Nein, er hatte gedacht, er könnte entspannt etwas trinken, ganz nebenbei für ein bisschen Bürgernähe sorgen, später ein paar leckere Steaks genießen und ansonsten mit der schönen Frau an seiner Seite angeben. Besonders das letzte Detail hatte einen ziemlich großen Raum in seinen Gedanken eingenommen. Schließlich ließ er sich heute zum ersten Mal in weiblicher Begleitung in Willow Springs sehen. Er konnte nicht leugnen, wie sehr es ihm gefallen hatte, dabei Liz an seiner Seite zu wissen. Und sie sah wirklich phantastisch aus. Das grüne Kleid setzte ihre Kurven auf genau die richtige Art und Weise in Szene, der Farbton ließ ihre helle Haut schimmern. Allerdings lag dieses Strahlen ganz bestimmt nicht nur an ihren Sachen oder dem leichten Make-up, das sie ausnahmsweise trug. Sie schien geradezu von innen heraus zu leuchten, ihre Augen funkelten. Joes Blick wanderte zu ihren leicht geöffneten, rosig überhauchten Lippen. Unwillkürlich musste er daran denken, wie sich ihr Mund vorhin unter seinem angefühlt hatte, wie hungrig sie ihn geküsst hatte. Ihm wurde warm, und er musste sich räuspern.

War allerhöchste Zeit, dass er sich zusammenriss und wieder die Initiative übernahm. »Ist deine Tante schon da, Schatz?«, sagte er also und betonte das letzte Wort ganz leicht, bevor er sich unauffällig zu voller Größe aufrichtete und Sawyer direkt ins Gesicht sah.

Seine Frage hatte den gewünschten Effekt. Liz wandte sich

von dem Tierarzt ab und ihm zu. »Ich weiß nicht, ich glaube, sie wollte ...«

Joe würde nie erfahren, was Georgia Hansen genau wollte, denn in diesem Moment spürte er, wie ihm jemand sehr herzhaft auf die Schulter klopfte.

»Chief Mariani!«

Joe drehte sich um. Diese Art der Begrüßung war typisch für Cal McNamara: immer ein bisschen zu laut, ein bisschen zu übergriffig, einen Hauch zu sehr davon überzeugt, überall willkommen zu sein. Aber so war das vermutlich bei Leuten, die nie auch nur die leisesten Bedenken gehabt hatten, auf der Welt am vollkommen richtigen Platz zu sein. Von den Fußsohlen bis zu seinen Haarspitzen, die natürlich ebenso modisch wie konservativ geschnitten waren, bot Cal das perfekte Bild von Willow Springs' Golden Boy – bestimmt hatte in seinem Highschool-Jahrbuch irgendwas gestanden von »wird es am weitesten bringen« oder so was in der Richtung.

Um dem Mann Gerechtigkeit widerfahren zu lassen, musste Joe allerdings zugeben, dass er keine Ahnung hatte, ob McNamara wirklich so glatt war wie seine Fassade. Bisher hatte er nicht besonders viel mit ihm zu tun gehabt. Und ein völliger Idiot konnte er nicht sein, schließlich hatte er eine so tolle Frau wie Ceecee Kaufman von sich überzeugt.

»McNamara.« Joe nickte ihm zu und lächelte dann Ceecee an, die neben ihrem Verlobten aufgetaucht war und ihm nun, genau wie ihre Mutter das vorhin bei ihrem Vater getan hatte, die Hand in den Rücken legte.

»Haben Sie schon etwas zu trinken, Chief?« Ohne Joes Antwort abzuwarten, drehte McNamara sich um und winkte nach einem der Studenten, die heute für den Getränkenachschub sorgen sollten. »Wie nachlässig von meinen Schwiegereltern, unseren Mann des Gesetzes warten zu lassen. Stelle sich einer vor, Sie würden das genauso machen, wenn jemand bei ihnen einbrechen wollte. Ein Bier, Chief?« Er lachte laut, anscheinend begeistert von seinem eigenen Witz.

Joe spürte, wie Liz neben ihm unwillkürlich zurückzuckte. Verständlicherweise. Auch für seinen Geschmack benahm McNamara sich nicht gerade wie ein Gentleman. »Wir sind eben erst angekommen, McNamara, von Vernachlässigung würde ich da nicht gerade sprechen«, sagte er ruhig. »Aber zu einem Gin Tonic sage ich nicht Nein. Du auch, Liz?«

Liz hatte sich eindeutig wieder gefangen, sie lächelte strahlend. »Nur Tonic Water für mich, danke, dass du fragst ... Cal.« Okay, vielleicht war ihr Lächeln doch nicht ganz so echt. Ihre ungewöhnlich bissige Reaktion darauf, dass McNamara vergessen hatte, sie zu fragen, ob sie vielleicht auch etwas trinken wollte, verwunderte Joe. So hatte er sie gar nicht eingeschätzt.

McNamara hingegen schien völlig unbeeindruckt zu sein, offenbar hatte er die unterschwellige Kritik nicht einmal registriert. »Aber es ist wirklich gut, dass wir uns treffen, Chief, ich wollte Ihnen nämlich zu Ihrem exzellenten Fahndungserfolg gratulieren.«

»Fahndungserfolg?« Von was redete der Mann da? Seit seiner Ankunft in Willow Springs hatte Joe höchstens bei ein, zwei Fällen auf seine Erfahrungen beim Ermitteln zurückgreifen müssen, und gerade in den letzten Wochen war es noch ruhiger gewesen als sonst.

»Na, dass Sie es endlich geschafft haben, Wally Jones festzusetzen. Was der an Drogen rangeschafft hat, war wirklich traurig. Und der alte Chief O'Hara hatte nie den Arsch in der Hose, endlich konsequent zu sein und Wallys Spielchen ein Ende zu machen.« Beifall heischend schaute McNamara in die Runde.

»Ich bin mir sicher, dass Chief Mariani in New York schon deutlich bösere Buben hinter Gitter gebracht hat, Cal, alter Kumpel«, mischte sich unerwartet Rob Sawyer ins Gespräch ein. »Wally ist in seinen Augen bestimmt völlig harmlos.« Er grinste, als sich alle zu ihm umdrehten, und hob demonstrativ seine leere Bierflasche. »Aber jetzt entschuldigt mich. Ich hole mir erst Nachschub und muss dann dringend mit Mrs. Tillman sprechen.«

Liz schaute ihm nachdenklich hinterher und schüttelte dabei leicht den Kopf, wie Joe mit einem raschen Seitenblick feststellte. Wirklich, Sawyer benahm sich heute ziemlich seltsam, das fand er auch. Allerdings würde er selbst auch wesentlich lieber mit Mrs. Tillman einen Schwatz halten, als sich von Cal McNamara Honig um den Bart schmieren zu lassen. So etwas gehörte nicht unbedingt zu seinen liebsten Aspekten von Bürgernähe.

»Und ich muss hier auch mal eine Lanze für meinen Vorgänger brechen«, sagte Joe deshalb, nachdem Sawyer verschwunden war. »Dass ich Wally ›festsetzen‹ konnte, wie Sie es nennen, ist allein dessen eigener Verdienst. Hätte er weiterhin lediglich Cannabis oder Magic Mushrooms vertickt, hätten wir kaum was machen können. Erst als er sich auf den harten Stoff, Sachbeschädigung und ...«, beinahe hätte Joe gefährliche Körperverletzung gesagt, aber das sollte ja niemand wissen, weil Liz keine Anzeige erstattet hatte, »... und Widerstand gegen die Staatsgewalt verlegt hat, hatten wir überhaupt erst eine Handhabe gegen ihn.« Wobei er nicht glaubte, dass Wally allzu Schlimmes zu befürchten hatte, fügte er in Gedanken hinzu. Aber vielleicht war wenigstens ein ordentlicher Entzug für ihn drin.

»Jetzt seien Sie mal nicht so bescheiden, Mann. Sie haben hart durchgegriffen, so etwas brauchen wir hier in Willow Springs.« Cal McNamara nickte gewichtig, als hätte er gerade etwas Weltbewegendes gesagt. Er schien völlig zu ignorieren, dass seine Zuhörer ziemlich gelangweilt oder verwirrt aussahen.

»Stimmt, wir erleben wirklich einen rasanten Anstieg der Kriminalität. In der letzten Woche haben sich gleich drei Touristen beschwert, weil man ihnen auf der Main Street immer die Vorfahrt nimmt«, versuchte Joe das Ganze ins Lächerliche zu ziehen. Sein Bullshit-Detektor schlug mittlerweile kräftig Alarm. Irgendwas wollte Cal McNamara von ihm, auch wenn er noch nicht wusste, was. Er beschloss, sich an Sawyer ein Beispiel zu nehmen. »Aber ich sehe gerade, dass Liz' Tante ankommt. Sie entschuldigen uns, Caroline? Vince?« Ohne ihre Antwort abzuwarten, machte Joe ein paar Schritte und zog Liz hinter sich her.

Sie folgte ihm willig. »Puh, das ist gerade noch mal gut gegangen«, kommentierte sie, sobald sie außer Hörweite waren.

»Wenn Cal erst anfängt, über sein aktuelles Lieblingsthema zu reden, kann es dauern.«

»Sein Lieblingsthema? Wie seine künftigen Schwiegereltern die Gäste vernachlässigen oder wie ich kleine Fische einloche?«

»Sei nicht albern. Nein, Ceecee hat mir erzählt, dass Cal mit dem Gedanken spielt, nach ihrer Hochzeit in die Politik einzusteigen. Natürlich als knallharter Law-and-Order-Typ.«

»Pfff«, machte Joe. »Und was will er dann von mir?«

Liz blieb stehen und zwang ihn so, ebenfalls anzuhalten. Sie sah ihn ernst an. »Na ja, du als Cop aus New York ... Also, da denken die meisten Leute wohl, du bist fürs harte Durchgreifen. Zero Tolerance, Todesstrafe und so.«

Joe lachte amüsiert. »Echt jetzt?«

»Echt.«

»Verrate das bloß nicht meinem Grandpa Gianni. Ich müsste mir tagelang Geschichten über die schlimmen, schlimmen Faschisten in Italien anhören. Und danach wäre Francesca an der Reihe, bis mir die Ohren bluten.« Er musste wieder lachen, auch wenn die Vorstellung, von seiner Großmutter bei einem derart heiklen Thema ins Gebet genommen zu werden, ziemlich gruselig war. In dem Fall würde er bestimmt nicht nur mit der Drohung davonkommen, in ihrem Haus nicht mehr willkommen zu sein. Nein, seine Großeltern würden da wahrscheinlich Nägel mit Köpfen machen.

»Echt jetzt?«

»Ganz echt, Liz. *Jeder* in unserer Familie ist gegen so was wie Todesstrafe und Polizeibrutalität. Das ist vermutlich nur logisch, wenn man täglich mit Gewalt zu tun hat. Und bei uns

Marianis war das schon immer so.« Er drehte sich um und wollte nun endlich zu Georgia gehen, die neben dem Tor stand und sich suchend umsah. Aber diesmal spürte er, dass Liz ihm keinesfalls willig folgte. Also drehte er sich wieder um.

Sie stand da und starrte ihn an.

»Was?«, wollte er wissen.

»Ach nichts«, wiegelte sie ab. Nur warum sah sie dann so aus, als hätte sie gerade der Blitz getroffen?

Kapitel 19

Es war nicht so, als hätte sie es nicht wissen oder zumindest ahnen können. Allerdings hatte sie es sich ganz anders vorgestellt. Irgendwie viel romantischer. Und auch sexier. Vielleicht in einem exotischen Urlaub oder nach einem ausgedehnten Candlelight-Dinner beim Dessert. Womöglich auch, nachdem sie gerade den besten Sex ihres Lebens gehabt hatte.

Auf keinen Fall hatte sie gedacht, dass es hier passieren würde, beim Sommerbarbecue der Kaufmans, während der Duft von Grillkohle und Gebratenem zu ihnen herüberwehte und noch immer der Ärger über Cals aufgeblasenes Gerede durch ihre Adern pulsierte. Trotzdem, während sie in ein Paar äußerst amüsiert blickende Karamellaugen schaute, musste sie sich eingestehen, dass es passiert war.

Sie hatte sich ernsthaft verliebt.

So ernsthaft wie Ich-sehe-meine-Kinder-in-deinen-Augen- oder Verdammt-noch-mal-den-Kerl-will-ich-heiraten-verliebt. Und niemals hätte sie geglaubt, dass es sich so anfühlen würde. Diese einzigartige Mischung aus Schmetterlingen im Bauch, Sehnsucht und großer Klarheit war einfach überwältigend. Kein Wunder, dass die Leute jede Menge Gedichte oder Songs über die Liebe schrieben. Oder dass es so viele Rezepte gab, um das Objekt der Begierde in die richtige Stimmung zu bringen.

Klar, das Timing war nicht gerade ideal. Die Arbeitszeiten im *Lakeview* würden sich zwar irgendwann einspielen, aber im Moment war noch unglaublich viel zu tun. Falls Ceecee – Gott bewahre! – tatsächlich ihren Plan in die Tat umsetzte, gleich während der Flitterwochen schwanger zu werden, würde das die ganze Sache noch komplizierter machen. Außerdem hatte Liz sich vorgenommen, ihre Tante so viel wie möglich zu unterstützen, wenn Onkel Jack wieder zu Hause war. Im Moment war er zwar in der Reha, doch das änderte nichts an der Tatsache, dass ihr Onkel vermutlich an den Rollstuhl gefesselt bleiben würde. Und deswegen würde es einiges zu tun geben. Tante Georgia plante ja jetzt schon, das halbe Haus umzubauen. Für eine richtig ernsthafte Beziehung würde nicht viel Zeit übrig bleiben, egal, wie sehr sie es wollte. Und sie wollte eine ganze Menge mit Joe tun: von gemeinsamem Abendessenkochen über ganze Wochenenden im Bett bis hin zu stundenlangem Reden über Gott und die Welt, um nur mal ein paar Beispiele zu nennen ... Sie seufzte sehnsüchtig.

Allerdings hatte sie nicht die geringste Ahnung, was Joe darüber dachte. Sie wusste natürlich, dass auch er Gefühle für sie hatte. Selbst wenn er heute so locker drauf war, war es nicht einfach für ihn gewesen, die Sache zwischen ihnen offiziell zu machen, das hatte er nie verschwiegen. Nur, von *wir sehen mal, wie es läuft* bis hin zu *ich will Kinder von dir* war es irgendwie doch ein ziemlich großer Schritt, wie Liz zugeben musste. Sie konnte sich ja selbst nicht erklären, warum sie diesen Weg in so rasender Geschwindigkeit zurückgelegt hatte, aber es war einfach so. Ob Joe das ähnlich sah? Oder er es irgendwann ähnlich sehen würde? Sie war sich schließlich nicht einmal sicher, ob er wirklich dauerhaft in Willow Springs bleiben oder irgendwann in seine alte Heimat zurückkehren wollte. Sie wusste, wie sehr er New York und seine Familie liebte, auszuschließen war das also ganz sicher nicht. Oder vielleicht würde er noch einmal ganz woanders hingehen wollen. Sie hatte es schließlich auch so gemacht und das wirklich genossen. Doch jetzt wollte sie hier Wurzeln schlagen, das hatten ihr die letzten Monate in aller Klarheit gezeigt. Willow Springs war und blieb ihr Zuhause, der Ort, an den sie gehörte, wo sie glücklich werden würde. Sich dagegen vorzustellen, mit Joe im Zweifelsfall nach New York gehen zu müssen ... Der Gedanke ernüchterte sie, selbst wenn die Gewissheit blieb, dass er der Mann ihres Lebens war.

Aber das sollte sie ihm vielleicht nicht gleich hier und jetzt mitteilen. Viel netter wäre das irgendwann später, vielleicht sogar im Bett. Also sagte sie nur »Ach nichts«, holte tief Luft und folgte ihm ohne ein weiteres Wort in Richtung Gartentor, zu Tante Georgia.

Von den folgenden Stunden bekam Liz nicht allzu viel mit. Sie war zu sehr damit beschäftigt, ihr blödes seliges Lächeln unter Kontrolle zu halten. Schließlich musste ja nicht jeder gleich wissen, wie es um sie stand. Okay, ihrer Tante und bestimmt auch Rob und Ceecee konnte sie vermutlich nicht besonders lange etwas vormachen. Nur mussten es ja nicht sofort ihre alte Grundschullehrerin, Ceecees Eltern oder besonders Cal erfahren, der mittlerweile vom Thema Politik abgelassen hatte und stattdessen lieber haarklein erzählte, wie er sich weiter auf den Ironman auf Hawaii vorzubereiten gedachte. Wenn sie es sich recht überlegte, fand sie sein endloses Schwadronieren über Trainingseinheiten und genau ausgetüftelte Ernährungspläne fast noch schlimmer als seine Überlegungen, in die Politik einzusteigen. Der gute Cal würde wohl in den nächsten Monaten nicht nur keine Zeit für Sex, sondern auch kein bisschen Luft für die Hochzeitsvorbereitungen haben. Ob er überhaupt an so etwas Profanem wie einem Probeessen für die Feier teilnehmen würde? Vermutlich viel zu viel Fett und Kohlehydrate, ganz schlecht für das Durchhaltevermögen.

Sie warf einen Blick zu Joe und musste daran denken, wie er ihr erst gestern Frühstück ans Bett gebracht hatte. Diesmal nichts Italienisches, sondern ganz klassisch Pancakes mit Ahornsirup, den es hier in Wisconsin natürlich in allerbester Qualität gab. Von irgendwoher hatte er auch noch frisches Obst organisiert. Liz hatte den Verdacht, dass Mrs. Tillman ihn damit aus ihrem Garten versorgte. Sie ließ den Blick über Joes Hintern in der dunkelblauen Jeans gleiten und stellte fest, dass seiner Figur die ganzen Kohlenhydrate jedenfalls nicht schadeten, er sah einfach … Halt! Da war es wieder, das selige Grinsen. Sie konnte es genau spüren.

Schuldbewusst hob sie den Blick von Joes Allerwertesten – und schaute direkt in Stephs Augen. Robs kleine Schwester stand neben ihrem Bruder und ihrem Mann, ein paar Meter von ihr entfernt. Offenbar waren Rob und Aaron in ein echtes Männergespräch mit dem kleinen Owen vertieft, denn das Kind gluckste und strampelte vergnügt in den Armen seines Vaters, während Rob für seinen Neffen herumalberte.

Steph drehte die Augen gen Himmel und kam auf Liz zu. »Wenn ich nicht befürchten müsste, dass Rob sich niemals für eine Frau entscheiden kann, würde ich ja behaupten, er ist reif für die Vaterrolle.« Sie grinste und warf ihren langen blonden Zopf in den Nacken.

Liz gab ein undefinierbares Geräusch von sich. Natürlich, alle Zeichen wiesen darauf hin, dass ihr Kumpel eben ein unbelehrbarer Womanizer war. An Gelegenheit hatte es ihm schließlich nie gemangelt, er hatte sich noch nicht einmal besonders anstrengen müssen. Und sie wusste vielleicht am besten von allen Leuten, wie sehr ihm die Scheidung seiner Eltern damals zugesetzt hatte. Die Sawyers waren nicht gerade ein erstrebenswertes Vorbild gewesen, wenn es um Ehe und Treue ging. Trotzdem konnte sie nie so ganz glauben, dass es ihm bei jeder Frau nur auf eine schnelle Nummer ankam, dafür war Rob einfach zu ... zu ... Sie wusste nicht so recht, wie sie es beschreiben sollte. Trotzdem: Sie konnte und wollte sich einfach nicht vorstellen, dass der Mann, mit dem sie alle ihre Geheimnisse geteilt und der sie einfach immer so gut verstanden hatte, irgendwie nicht bindungsfähig wäre.

Doch Steph wollte offenbar über etwas anderes reden als über ihren großen Bruder. »Du hingegen, meine Liebe«, meinte ihre Freundin mit einem verschwörerischen Augenzwinkern, »hast zum Glück nicht gezögert. *Und* noch dazu allerbesten Geschmack bewiesen.«

Liz konnte gerade noch ein »Nicht wahr?« zurückhalten und

das blöde Grinsen nicht ganz so breit werden lassen. Stattdessen bemühte sie sich um Coolness, nahm einen Schluck aus ihrem Glas und sagte möglichst unbefangen: »Ach, das mit Joe und mir ist nur was ganz Unverbindliches.«

Jetzt war es an Steph, ein merkwürdiges Geräusch von sich zu geben. »Weiß mein Lieblingsnachbar das auch? Schließlich bist du die erste Frau, mit der er sich offiziell in Willow Springs blicken lässt. Und«, sie machte eine Pause, als müsse sie entscheiden, ob sie das jetzt wirklich sagen sollte, »die erste Frau, nach der er sich ganz auffällig unauffällig bei mir und Mrs. T. erkundigt hat.«

»Ach ja. Wann?« Das war heraus, bevor Liz es sich besser überlegen konnte.

»Schon vor einer ganzen Weile, meine liebe Liz. Ich glaube, das war ungefähr fünf Minuten nachdem du hier angekommen bist. Aber sag mal, ist er so phantastisch im Bett, wie ich es mir vorstelle?«

Da konnte es nur eine Antwort geben. »Ja.«

»Mehr willst du nicht verraten?«

Diese Frage war nicht so einfach zu beantworten. Klar, wäre die Geschichte mit Joe wirklich so unverbindlich, wie sie eben behauptet hatte, würde es ihr kein bisschen schwerfallen, die eine oder andere Einzelheit auszuplaudern. Das wusste sie – und noch schlimmer, Steph wusste das auch. Aber das änderte trotzdem nichts an der Tatsache, dass sie weder bereit war, ihrer neugierigen Freundin irgendwelche intimen Details auf die Nase zu binden, noch, ihr gegenüber schon zuzugeben, wie ernst die Sache Liz war. Zum Glück fiel ihr in diesem Moment die perfekte Ablenkung ein: Sie würde Steph einfach nach Robs Zukunftsplänen fragen. Das war ja quasi wie zwei Fliegen mit einer Klappe schlagen!

Sie wollte also gerade den Mund aufmachen, um ihre Freundin zu fragen, ob Rob tatsächlich wegziehen wollte, als sie Tante Georgia neben sich nach Luft schnappen hörte. Dann ging ein Raunen durch die versammelte Mannschaft. Das konnte normalerweise nur eines bedeuten. Liz drehte sich zum Gartentor um.

Sie hatte recht. Ihre Mutter hatte endlich die Ankündigung wahrgemacht, in Willow Springs nach dem Rechten zu schauen. Natürlich hatte sie sich nicht damit aufgehalten, ihre Ankunft mit ihnen abzusprechen, das hätte Liz auch ziemlich gewundert.

Wie üblich sah Marlee absolut atemberaubend aus, und wie üblich wirkte sie hier völlig deplatziert. Neu hingegen war, dass sie nicht allein kam, sondern in Begleitung – und dass sie irgendwie ein bisschen verunsichert wirkte. Marlee verunsichert? Das verhieß nichts Gutes. Ob der Grund dafür der Mann an ihrer Seite war? Eigentlich gab es nichts an ihm, was Anlass zur Beunruhigung geben konnte. Er sah nett aus, groß, schlank, auf eine unauffällige Weise attraktiv. In sich ruhend, dachte Liz unwillkürlich. Irgendwie ein bisschen wie Eddie Redmayne, wenn auch mit weniger Sommersprossen.

Marlee kam vor Liz, Georgia und Steph zum Stehen, und jetzt konnte Liz deutlich sehen, dass ihre Mutter tatsächlich aufgeregt war.

»Hi, Marlee«, meinte sie also vorsichtig. Wollte sie ihnen

vielleicht verkünden, dass sie den ganz großen Coup gelandet hatte? Und was würde das sein, eine Installation auf dem Times Square?

»Hallo, Liz«, sagte Marlee, »hallo, Schwesterlein. Ihr habt mir gefehlt.« Dann holte sie tief Luft und legte die Hand auf den Arm vom Eddie-Redmayne-Verschnitt. So aus der Nähe konnte Liz sehen, dass der Typ vermutlich jünger war als der Oscar-prämierte Schauspieler. Trotz seiner zurückhaltend selbstsicheren Ausstrahlung sah er nicht aus wie Mitte 30, eher wie Mitte 20. »Und das ...« Sie lächelte ein verzücktes Lächeln, das Liz sehr bekannt vorkam. Allerdings nicht an Marlee, denn auf deren Gesicht hatte sie so etwas noch nie gesehen. Nein, es kam ihr deswegen bekannt vor, weil sie selbst es die letzten Stunden mühsam unterdrückt hatte.

»Das ist Urs, mein Mann.«

Liz saß in ihrem Wagen im Dunkeln und grinste in sich hinein. Eins musste man ihrer Mutter wirklich lassen: Sie hatte einfach ein Händchen für den großen Auftritt. Nachdem sie die Bombe von ihrer Hochzeit hatte platzen lassen, waren alle anderen Themen auf dem Barbecue plötzlich zweitrangig gewesen. Fast hatten ihr Caroline und Vince Kaufman leidgetan, weil das Fest sich auf einmal nur noch um Marlee gedreht hatte. Allerdings hatten die beiden nicht so gewirkt, als hätten sie es ihr ernsthaft übel genommen. Vielleicht lag das an dem Glück, dachte Liz, das ihrer Mutter so deutlich anzusehen war und das sich auf alle anderen zu übertragen schien. Oder vielleicht waren die Kaufmans einfach nur froh gewesen, ein paar Minuten für sich zu haben – Liz hätte schwören können, dass sie die beiden später eng umschlungen unter der Platane hinten im Garten gesehen hatte.

Von ihrem neuen Stiefvater hatte sie zwar noch nicht besonders viel mitbekommen, aber was sie bisher gesehen und gehört hatte, gefiel ihr. Offenbar war er Schweizer, zumindest hatte er irgendeinen langen, komplizierten Nachnamen, den sie nicht ganz verstanden hatte, mit lauter gutturalen Silben. Was Deutsches, vermutete sie. Seine Aussprache klang alles andere als deutsch: Er sah nicht nur ein bisschen so aus wie Eddie Redmayne, sondern hörte sich auch genauso an. Während ihrer Zeit in England war ihr so ein glasklarer britischer Akzent schnell auf die Nerven gegangen, weil der meist hieß, dass sich da jemand ganz großartig vorkam. Aber bei Urs schien das nicht der Fall zu sein. Auf die Frage, wo er und Marlee sich kennengelernt hatten, hatte er lediglich mit den Schultern gezuckt, gelächelt und gemeint: »Beim Job.«

Marlee hatte ihr leise ins Ohr gezischt, er sei »der angesagteste Kunsthändler der ganzen Schweiz – den Erfolg von *Achtern im Sternenhimmel* verdanke ich allein ihm, Darling«. Wenn es stimmte, was ihre Mutter behauptete – und bei ihrem Lieblingsthema Kunst war sie eigentlich immer skrupellos ehrlich –, dann fand Liz seine bescheidene Art ziemlich sympathisch. Überhaupt bestätigte sich ihr erster Eindruck. Urs wirkte auf eine unaufgeregte Weise souverän. Er hatte sich kein bisschen aus der Ruhe bringen lassen, weder von den ganzen neugierigen

Blicken, noch als Mrs. Tillman mit einem vollen Teller neben ihm ins Stolpern gekommen war und ihn ausgiebig mit Barbecue-Soße bekleckert hatte. Die verlegenen Versuche der alten Dame, die Soße irgendwie von seinem Hemd zu wischen, hatte er ebenso charmant wie entschlossen unterbunden. Und das, obwohl er tatsächlich erst 27 Jahre alt war.

Liz verzog den Mund. Sie musste zugeben, dass das trotzdem ein Knackpunkt war. Was sollte sie davon halten, dass ihr Stiefvater ganze vier Jahre jünger als sie selbst? Und damit 23 Jahre jünger als ihre Mutter, seine Frau? So einen großen Altersunterschied bei einem Paar fand sie grundsätzlich schwierig, egal, ob der Mann oder die Frau älter war. Da hatte man doch eine andere Sicht auf die Welt, legte ganz andere Maßstäbe an, oder? So eine grundlegende Gemeinsamkeit fehlte nach Liz' Meinung in solchen Beziehungen jedenfalls. Sie hatte es deshalb nie verstanden, wenn ihre Freundinnen plötzlich für Männer schwärmten, die mehr oder weniger ihre Väter hätten sein können.

Andererseits ... Sie konnte sich nicht erinnern, ihre Mutter jemals so strahlend, so beseelt erlebt zu haben wie an diesem Abend. Und es war ja nicht so, als wäre dieser Urs der erste Mann, mit dem sie Marlee gesehen hatte. Nein, ihre Mutter hatte heute so gewirkt, wie Liz sich gefühlt hatte – unbeschreiblich glücklich an der Seite ihrer großen Liebe.

Sie bog auf den Parkplatz zu ihrem Apartment ein und stoppte den Wagen. Lächelnd drehte sie sich zu Joe, und bei dem Gedanken, ihn jetzt gleich mit nach oben zu nehmen, schlug ihr Herz unwillkürlich schneller. Sollte sie ihm jetzt schon sagen, was sie für ihn empfand? Oder erst später, oben im Bett?

Er schaute sie ernst an. »Ich weiß, was du denkst.«

Ihr Herz machte einen Salto. »Wirklich?«, brachte sie heiser heraus.

»Und ich bewundere dich total dafür. Ich an deiner Stelle könnte jedenfalls nicht so ruhig bleiben.«

»Äh«, machte Liz. War das jetzt irgendein dummer Witz? Eigentlich sah das Joe ja nicht ähnlich ... Trotzdem. Machte er sich etwa über sie und ihre Gefühle für ihn lustig? Plötzlich fühlte sie sich nackt und ausgeliefert. Verletzlich. Sie rückte ein Stück von ihm ab.

»Ja, klar. Wenn meine Mutter so einfach mit einem neuen Ehemann auftauchen würde, wäre ich auch völlig fertig. Erst recht, wenn er jünger wäre als ich.«

»Ach so.« Eine Welle der Erleichterung überrollte Liz. Sie holte tief Luft und zuckte mit den Achseln. »Das geht schon in Ordnung. Ich muss zwar zugeben, ich finde es auch ganz schön schräg, aber Marlee ist, wie sie ist. Es wäre sinnlos, sie ändern zu wollen. Außerdem, findest du nicht, dass dieser Urs eigentlich ganz nett wirkt?«

»Um den geht es doch gar nicht.« Joe beugte sich vor und ließ den Sicherheitsgurt aufschnappen. »Ich verstehe wirklich nicht, warum du das bei dieser Frau so ruhig hinnimmst. Aber das ist ja wohl wieder typisch für sie.«

»Also, erst einmal ist ›diese Frau‹ meine Mutter, wie ich dich vielleicht erinnern darf«, meinte Liz milde, »und was ich nicht verstehe, ist, was du jetzt mit typisch meinst. Du kennst sie schließlich kaum.«

»Was ich damit meine?« Joe seufzte ungeduldig. »Das liegt

doch auf der Hand. Sie ist einfach total egozentrisch, hat immer nur ihre eigenen Interessen im Blick. Wenn ich nur daran denke, wie sie dich nach deiner Geburt im Stich gelassen hat!«

»Im Stich gelassen?« Sie spürte einen Anflug von Ärger. »Also ... ich weiß nicht, ob man das so nennen kann. Was hätte sie denn deiner Ansicht nach tun sollen?«

»Na, dich einfach irgendwo abladen und sich aus dem Staub machen jedenfalls nicht. Sie hätte sich um dich kümmern müssen! Dafür sorgen, dass dein Vater seine Pflicht tut und sie heiratet.«

Liz fing an zu lachen. Es war einfach so absurd, was Joe da erzählte! Doch ein Blick auf sein Gesicht ernüchterte sie. Offenbar war er komplett überzeugt von dem Schwachsinn, den er gerade von sich gab. »Wenn du mich fragst, hat Marlee sich damals für eine verdammt gute Lösung entschieden. Sie wusste, dass sie einem Kind niemals gerecht werden könnte. Ihr Tutor, wenn er wirklich mein Erzeuger war, hatte kein echtes Interesse an ihr oder sie an ihm. Das war eine einfache Affäre, nichts weiter. Und Georgia und Jack waren ohne Frage die besten Eltern, die ich mir hätte wünschen können. Wäre es da wirklich vernünftiger gewesen, sie hätte ihre heiß ersehnte Zukunft einfach so aufgegeben? Einen Mann geheiratet, den sie kaum kannte? Und erst recht nicht liebte?«

»Ein Kind gehört zu seiner Mutter. Und alle Kinder brauchen eine ordentliche Familie.« Er hatte einen unnachgiebigen Zug um den Mund.

Liz gab auf. Es hatte keinen Sinn, ihn überzeugen zu wollen. Sie verstand, dass er es nur gut meinte, ihr zeigen wollte, dass er auf ihrer Seite war. Aber heute Abend war ihr diese Art von Diskussion schlicht zu viel. »Wenn du meinst. Ich kann jedenfalls nur sagen, wie froh ich bin, dass ich nicht bei einer verbitterten Frau und einem Pflichtpapa aufwachsen musste. Oder als Scheidungskind, weil meine Eltern eigentlich niemals hätten heiraten dürfen.« Sie zog den Autoschlüssel ab und griff zur Türverriegelung.

Joe öffnete die Tür und ließ sich aus dem Wagen gleiten. Dann beugte er sich wieder zu ihr herein. »Darf ich noch mit nach oben kommen?«

Liz zögerte, schüttelte dann aber den Kopf. Noch vor ein paar Minuten hatte sie sich nichts Schöneres vorstellen können. Doch das Gespräch über ihre Mutter hatte ihr die Stimmung verdorben. Schlagartig fühlte sie sich unglaublich erschöpft. Ceecee und sie hatten in den letzten Tagen ganz schön gewirbelt, um neben dem normalen Betrieb das Catering für die Feier der Kaufmans vorzubereiten. Aber der Stress der letzten Tage allein war es nicht: Nach den heutigen Ereignissen und Einsichten musste sie ein bisschen den Kopf frei kriegen und nachdenken.

»Heute nicht, Joe. Ich bin einfach zu müde.« Seine offenkundige Enttäuschung ließ ihr Herz schneller schlagen. Doch sie rief sich zur Ordnung. Sie musste ja nichts überstürzen, sondern konnte sich auch etwas wirklich Romantisches für ihre Liebeserklärung ausdenken. Und wenn sie ihn an diesem Abend mit ins Bett nahm, konnte sie für nichts garantieren. Vermutlich würde sie nach dem Sex einfach damit herausplatzen. Nein, das wäre nicht gut. Dafür war die Sache mit ihr und Joe jetzt irgendwie zu … wichtig. Und bedeutsam. Das wollte sie nicht müde angehen, sondern lieber alle ihre Sinne beisammen haben.

Trotzdem verspürte sie Bedauern, als sie aus dem Wagen stieg und zu ihm ging, um sich zu verabschieden. »Ein andermal, Joe. Ich mach es wieder gut.«

Er küsste sie kurz und hart auf die Lippen. »Versprochen?«

»Versprochen.« Dann ließ sie ihn gehen.

Kapitel 20

Au! Das kann ja wohl nicht wahr sein, du kleines Biest!« Joe zog den Arm unter dem Sofa hervor und betrachtete den blutigen Kratzer auf seiner Hand. Keine Ahnung, wie es sein Katzenmädchen überhaupt unter das enge Sitzmöbel geschafft hatte – aber der Anblick des Katzentransporters musste Rebel unvermutete Kräfte verliehen haben. Offenbar wusste sie trotz ihres jungen Alters sehr genau, was der Transporter bedeutete: Gleich ging es zum Tierarzt. Aber im Gegensatz zur restlichen weiblichen Bevölkerung von Willow Springs schien sie die Aussicht auf ein bisschen persönliche Zuwendung von Rob Sawyer alles andere als attraktiv zu finden. Jetzt jedenfalls ließ sie erst ein Fauchen und dann ein anklagendes Jaulen hören, als würde ihr hier gerade himmelschreiendes Unrecht widerfahren.

Joe setzte sich auf und seufzte. Sie hatte ja recht. Schließlich war er gerade dabei, seine völlig gesunde Katze zum Tierarzt zu zerren, nur damit er einen geeigneten Vorwand hatte, um besagten Tierarzt nach Liz auszufragen. Denn seit dem Sommerbarbecue hatte sich irgendwas verändert. Sie hatten sich in den vergangenen zweieinhalb Wochen gerade dreimal gesehen, und jedes Mal hatte Liz abgelenkt und gehetzt gewirkt, als wäre sie mit den Gedanken nicht ganz bei ihm. Fast schien es ihm, als wäre sie innerlich auf Distanz gegangen. Selbst beim Sex hatte er das gespürt, trotz aller Leidenschaft, die sie entfesselt hatten. Zumal sie in den letzten Wochen nur eine einzige Nacht gemeinsam verbracht hatten! Eindeutig viel zu wenig für seinen Geschmack.

Zuerst hatte er geglaubt, es würde daran liegen, dass sie sich Zeit für ihre Mutter und ihren neuen Stiefvater nehmen wollte, wenn die schon mal da waren. Nur verstand er dann nicht so recht, warum er außen vor bleiben musste. Schließlich hatte Liz ihn auf dem Barbecue als ihren Freund vorgestellt, da war es doch nur normal, wenn er auch mal zu einem Essen oder so was eingeladen wurde. Hatte ihre Familie denn gar kein Interesse an ihm? Okay, er hatte vielleicht ein paar nicht so nette Dinge über Marlee gesagt, aber Liz war klug genug, um zu wissen, dass es ihm dabei nur um sie gegangen war. Das konnte eigentlich kein Grund sein, ihn von ihrer Mom fernzuhalten. Und wenn er daran dachte, was Chuck für ein Theater veranstaltete, seitdem er ihm gegenüber angedeutet hatte, er wolle ihm in Willow Springs jemanden vorstellen, dann verstand Joe erst recht nicht, warum ihre Familie sich so desinteressiert zeigte.

Doch je mehr Tage vergangen waren, desto weniger war er davon überzeugt, dass Liz' Verhalten mit ihrer Familie zusammenhing. Denn selbst als sie sich im Juni noch heimlich getroffen hatten und Liz Stunden über Stunden am Krankenbett von ihrem Onkel verbracht hatte, war für ihn mehr Zeit übrig geblieben als eine lumpige gemeinsame Nacht und zwei hastige Treffen im *Lakeview*. So etwas wie ein vernünftiges Gespräch hatten sie jedenfalls nicht geführt, Liz war jedes Mal zu schnell verschwunden. Der Austausch mit ihr fehlte ihm, er fühlte sich irgendwie ... ja, irgendwie einsam. Bereute sie es etwa schon, dass sie ihre Beziehung öffentlich gemacht hatten? War sie kurz davor, ihn abzuservieren? Dieser Gedanke tat ihm mehr weh, als er das vor sich selbst zugeben wollte. Und eigentlich konnte er sich das auch nicht so recht vorstellen. Nur, was war dann mit Liz los?

Irgendwann war er auf die Idee gekommen, Rob Sawyer auszuhorchen. Zwar war er sich immer noch nicht ganz sicher, was genau zwischen Liz und dem Tierarzt lief, aber wenn er sich einigermaßen geschickt anstellte, konnte er das vielleicht auch gleich noch mit herausfinden. Seine Nachbarin Steph zu fragen hatte keinen Sinn, das wusste er seit dem Katzennachmittag bei den Tillmans. Sie würde ihm nichts über Liz sagen. Sowieso wäre es ihm peinlich, mit einer anderen Frau Beziehungsprobleme zu besprechen, die er mit Liz hatte. Oder die er vielleicht auch nicht hatte. Wirklich, möglicherweise bildete er sich das alles nur ein?

Aus dem Augenwinkel sah er, wie Rebel die Gunst der Stunde nutzen wollte und sich unauffällig hinter dem Sofa vorarbeitete. Was auch immer sie als nächstes Versteck auserkoren hatte, er war sicher, dass er dann garantiert nicht mehr an sie drankäme. Aber das würde er verhindern, koste es, was es wolle! Er musste endlich wissen, was mit Liz los war – und Rob Sawyer war eindeutig seine beste Quelle. Mit neu erwachter Entschlusskraft stand Joe auf und griff nach dem Katzenkorb.

Eine gute halbe Stunde später stand er in der Tierarztpraxis in der Marathon Street. Sein Plan, den Transporter einfach von oben über sein widerspenstiges Katzenkind zu stülpen, hatte sich als nur mäßig erfolgreich erwiesen, und er hatte den einen oder anderen zusätzlichen Kratzer davongetragen. Eine neue Obstschale brauchte er jetzt auch, das Keramikteil hatte Rebel nämlich irgendwann von der Anrichte gefegt. Aber egal, jetzt war er ja hier.

»Hi, Chief«, begrüßte ihn Kirsty, Sawyers Sprechstundenhilfe, mit einem freundlichen Lächeln. Optisch eigentlich genau sein Typ, wie er nicht zum ersten Mal registrierte: lange dunkle Haare, golden überhauchte Haut mit ein paar hübschen Sommersprossen und riesige braune Augen ... Doch als Frau hatte sie ihn immer kaltgelassen, und heute galt das sogar noch ein bisschen mehr als sonst.

Sie warf einen nachsichtigen Blick auf seine verkratzten Hände und Arme, grinste und sagte gedehnt: »Ich weiß genau das Richtige für Sie, Chief«, und zog einen Flyer aus dem Regal hinter sich. *So machen Sie Ihre Katze fit zum Transport* stand in auffälligen Lettern vorn drauf.

»Äh, ja«, murmelte Joe, griff nach dem Papier und stopfte es sich eilig in die Jackentasche. »Ich habe einen Termin bei Ihrem Chef, Kirsty – also, *wir* haben einen Termin bei Ihrem Chef, meine Katze und ich.«

Ihr Lächeln wurde noch breiter. »Das habe ich mir schon fast gedacht. Was gibt es denn?« Sie tippte schnell mit, als er etwas von Appetitlosigkeit vor sich hin murmelte, und machte eine Handbewegung hinter sich. »Sie können gleich durchgehen.

Behandlungszimmer 2. Der Doc kommt dann zu Ihnen.« Während er eilig auf die weiße Tür mit der großen schwarzen Zwei zulief, rief sie ihm noch hinterher: »Und nicht den Korb öffnen und die Katze schon rauslassen.«

Er schüttelte den Kopf. Bisher hatte er das immer für ein Gerücht gehalten, aber Männer mit Katzen schienen tatsächlich so etwas wie einen Beschützerinstinkt bei Frauen auszulösen. Wobei er nicht wusste, ob diese Art von Beschützerinstinkt ihm gefiel – war das nicht ein Tick herablassend?

Während Joe noch etwas konfus überlegte, ob es manchmal vielleicht klüger wäre, bei Liz auf weiblichen Beschützerinstinkt zu setzen, vielleicht wäre sie dann nicht mehr so abwesend, erschien Sawyer in der Tür. Sein Lächeln war unverbindlich und professionell, als er Joe begrüßte. »Chief.«

Es sah nicht gut aus für Joes Plan, den Tierarzt nach Liz auszufragen – denn der wirkte fast schon reserviert, ganz und gar nicht so, als wäre er zu privaten Plaudereien aufgelegt. Also stimmte es vielleicht doch: Da lief mehr zwischen den beiden, als es aussah. Er musste an Sawyers seltsames Verhalten auf dem Barbecue denken, die Art und Weise, wie der plötzlich verschwunden war, und wie besorgt Liz darauf reagiert hatte. War der Tierarzt etwa der Grund für ihre plötzliche Reserviertheit?

»Sawyer«, erwiderte er dementsprechend frostig.

»Und wen haben wir denn hier?« Mit routiniertem Griff ließ Rob Sawyer die Verschlüsse vom Katzenkorb aufschnappen. Rebel schoss heraus und machte ihrem Unmut lautstark Luft. »Na, da weiß aber jemand, was er will!« Der Tierarzt lachte und wirkte plötzlich viel entspannter. Mit einem beherzten Griff hinderte er das rot getigerte Katzenkind daran, sofort vom Untersuchungstisch zu springen.

Joe fluchte innerlich. Seine Katze gab nicht gerade eine gute Mitverschwörerin ab. »Sie ... Also sie heißt Rebel und hat in den letzten Tagen ziemlich wenig gefressen. Und ich glaube, sie hat auch kein bisschen zugenommen. Das ist doch nicht normal bei kleinen Katzen.«

»Wirklich? Auf mich macht Ihre Katze einen ziemlich fitten Eindruck. Aber wenn es Sie beruhigt, schaue ich mir Rebel natürlich genauer an.«

Sawyers Stimme hatte einen merkwürdigen Unterton, mit dem Joe nicht so recht etwas anfangen konnte. Deshalb schwieg er vorsichtshalber, während der Tierarzt seine Katze wog, sie sanft untersuchte und abschließend mit dem Kopf nickte. Als sie gemeinsam die immer noch protestierende Rebel wieder in den Transporter verstaut hatten, seufzte Sawyer und sah ihn an.

»Hören Sie, Joe, Sie wissen so gut wie ich, dass Ihr Katzenkind kerngesund ist. Lassen Sie uns also ganz offen reden. Könnte es sein, dass Sie mit mir über eine gemeinsame Freundin sprechen wollen?«

Joe grinste schwach. Natürlich, er hätte sich denken können, dass der andere Mann ihn durchschaute. Merkwürdigerweise wusste er jetzt, wo er quasi die Erlaubnis bekommen hatte, gar nicht, was er sagen sollte. Also platzte er mit dem Erstbesten heraus, was ihm einfiel: »Gemeinsame Freundin? Nicht mehr als das?«

»Mehr als das?« Sawyer starrte ihn an. Dann fing er an zu

lachen. »Verstehe ich Sie richtig, Mann? Machen Sie sich etwa Sorgen, Liz und ich wären mehr als Freunde? Wollen Sie das damit andeuten?«

Vor Sawyers fast schon herablassendem Gelächter wich Joe zurück, gleichzeitig machte sich so etwas wie wilde Erleichterung in ihm breit. Es lief also wirklich nichts zwischen dem Tierarzt und Liz! Natürlich nicht – Liz war ehrlich, das wusste er doch. Wie hatte er nur jemals denken können, sie hätte Interesse an einem anderen Mann, während er mit ihr zusammen war?

Ganz einfach. Weil er nicht mehr klar denken konnte, wenn Liz im Spiel war. Weil er rettungslos in sie verliebt war. Weil er es einfach nicht aushielt, wenn er auch nur ansatzweise das Gefühl hatte, irgendwas liefe zwischen ihnen schief.

Doch so leicht würde er nicht klein beigeben, schwor Joe sich. Jetzt hatte er sich schon ordentlich vor Sawyer blamiert, da konnte er die Sache auch durchziehen. »Ist das wirklich so blöd? Schließlich scheint es ihr verdammt wichtig zu sein, wie es Ihnen geht. Ich hab es gesehen, sie hat Sie auf dem Sommerbarbecue kaum aus den Augen gelassen. Während sie mich seitdem – na ja, nicht unbedingt links liegen lässt, aber doch ganz schön vernachlässigt.« Schon während er das sagte, wurde ihm klar, wie jämmerlich er sich anhören musste. Wirklich, es hatte ihn richtig schön übel erwischt.

Seltsamerweise schien das den Tierarzt nicht zu stören. Nein, er schaute ihn plötzlich irgendwie ... verständnisvoll an. »Tut ganz schön weh, was? Wenn die Frau, die man liebt, nur Augen für jemand anderen hat?« Dann räusperte er sich, ließ wieder sein sorgloses Lächeln aufblitzen. »Nicht, dass ich das schon erlebt hätte. Oder besser gesagt, nicht, dass ich das jemals mit Liz erlebt hätte.«

»Verstehe«, sagte Joe langsam. Ganz plötzlich fielen ihm ein paar Dinge ein: was Liz über ihre Kindheit und Jugend in Willow Springs erzählt hatte, das Bild auf ihrer Kommode, die Art und Weise, wie Sawyer immer zu verschwinden schien, sobald eine ganz bestimmte Frau auftauchte. Und mit wem diese ganz bestimmte Frau gerade ihre Hochzeit plante. Konnte es wirklich sein, dass ...?

Er sah den Tierarzt mit neu erwachtem Verständnis an. »Oh. Übel.«

»Tja«, machte Sawyer, fuhr sich verlegen durchs dunkelblonde Haar. »Ja. Da haben Sie recht.« Dann straffte er die Schultern und sah Joe offen an. »Aber wir reden hier nicht über mich. Und deswegen, wenn Sie meine Meinung hören wollen: Sie sollten nicht hier stehen und mich über Ihre Beziehung zu Liz ausfragen. Selbst wenn ich etwas wüsste – und das tue ich nicht, das kann ich Ihnen versichern –, würde ich Ihnen nichts verraten. Gehen Sie also lieber zu ihr und machen die Sache mit ihr aus. Bevor es zu spät ist.« Er schüttelte den Kopf. »Liz ist eine großartige Frau. Und sollte tatsächlich der unwahrscheinliche Fall eingetreten sein, dass sie was für einen Idioten wie Sie empfindet, dann haben Sie verdammtes Glück.«

Joe nickte und wollte ihm beipflichten, doch Sawyer ließ ihn gar nicht erst zu Wort kommen. »Aber, bei Gott, ich schwöre Ihnen, wenn Sie ihr wehtun, dann bringe ich Sie um. Und danach werde ich Ihre Leiche als Fischfutter in einem der Seen verschwinden lassen. Sie wissen ja mittlerweile, wie viele wir davon haben. Man wird Sie niemals finden.«

Wieder nickte Joe. Er konnte den Impuls verstehen. Er würde auch jeden in der Luft zerreißen, der Liz etwas antun wollte. »Kein Druck also.«

»Gar kein Druck, Chief.« Sawyer grinste wieder amüsiert. »Und jetzt verschwinden Sie endlich hier. Zahlen können Sie vorn bei Kirsty. Der gute Rat kostet allerdings extra.«

Kapitel 21

Liz warf ihrer Tante einen irritierten, aber belustigten Blick zu. Noch immer hatte sie sich nicht an diese neue Marlee gewöhnt, manchmal kam ihr ihre Mutter fast wie gehirngewaschen vor. Sie war einfach so ... so ... unglaublich entspannt. Ja, das war die treffendste Beschreibung, die Liz einfiel.

Bester Beweis dafür war, dass Marlee und Urs auch nach über zwei Wochen immer noch in Willow Springs waren und kein bisschen so wirkten, als wollten sie bald wieder aufbrechen. Frühere Besuche hatten sich meist auf wenige Tage beschränkt, spätestens nach einer Woche war Liz' Mutter ruhelos auf die Suche nach neuen Abenteuern, neuen Menschen, neuen Ideen gegangen. Jetzt aber schien sie völlig zufrieden damit zu sein, ihre Tage mit Urs und ihrer Familie zu verbringen. Offenbar hatte Urs ein sehr feines Gespür dafür, was er tun musste, wenn Marlee sich doch einmal langweilte.

So wie heute zum Beispiel. Vor ein paar Stunden hatte Georgia ihrer Nichte verkündet, dass Urs und Marlee tatsächlich rudern gegangen waren. »Rudern, Liz, unsere Marlee! Das hat sie zum letzten Mal in der Highschool gemacht. Und danach musste deine Gran Himmel und Hölle in Bewegung setzen, damit sie ein Attest für den Schulsport bekommt.«

Liz hatte sich den halben Nachmittag gefragt, wie sich der Ausflug auf dem Pine Lake auf den Gemütszustand ihrer Mutter auswirken würde. Ob Urs jetzt doch den Bogen überspannt hatte?

Anscheinend nicht. Denn bereits während des ganzen Abendessens hatte Marlee von ihrem wunderbaren Tag auf dem Wasser geschwärmt. Die Farben, das Licht, das Geräusch der Wellen, wenn sie gegen das Boot schlugen, es sanft wiegten … Jetzt überlegte sie gerade laut, wie sie diese »wahnsinnige Inspiration« in ihrer nächsten Kunstinstallation verarbeiten sollte. Ein endgültiger Beweis, wie sehr ihr der Ausflug gefallen hatte, schließlich nahm sie normalerweise nichts so ernst oder so wichtig wie ihre Kunst.

Unwillkürlich lächelte Liz. Es tat gut, ihre Mutter gelöst und glücklich wie nie zu sehen – vor allen Dingen, weil sie selbst so ein Gefühlschaos erlebte. Sollte sie Joe wirklich sagen, dass sie ihn liebte? Sich eine Zukunft mit ihm wünschte? Er für immer an ihrer Seite bleiben sollte, hier in Willow Springs? Oder würde das alles zerstören? Die Leichtigkeit aus ihrer Beziehung nehmen? Und Joe in die Flucht schlagen? Verdammt, das ganze Hin und Her zeigte mittlerweile schon körperliche Symptome. Sie war nicht nur den halben Tag todmüde, die Aufregung ließ auch ihren Magen permanent Achterbahn fahren: Sie hatte sich in der letzten Woche sogar ein-, zweimal übergeben müssen.

Die ersten Tage nach dem Sommerbarbecue war ihre Aufregung noch nicht ganz so schlimm gewesen. Da hatte sie hauptsächlich darüber nachgedacht, wie und wann genau sie Joe sagen sollte, dass sie ihn liebte. Vor lauter Unentschlossenheit war sie ihm erst mal aus dem Weg gegangen, was das Problem aber nur noch schwerwiegender erscheinen ließ. Mittlerweile wäre es ihr sehr viel lieber, sie hätte ihm gleich reinen Wein eingeschenkt, anstatt auf die perfekte Gelegenheit zu warten. Dann müsste sie sich wenigstens nicht fragen, warum er sie bei ihren wenigen Treffen so besorgt ansah. Aber eigentlich kein Wunder: Sie war richtig schreckhaft vor lauter Angst, sie könnte ihn mit einem Geständnis überfordern. Und gleichzeitig hatte sie zwischenzeitlich das Gefühl, sie müsse gleich platzen, wenn sie nicht endlich wusste, was Sache war. Was war nur los mit ihr? Sie war eine erwachsene Frau. Warum konnte sie nicht einfach normal über ihre Wünsche und Vorstellungen reden? So wie sonst?

»Kommst du mit, Liz?«

Sie zuckte zusammen und schaute sich um. Vom Gespräch der letzten Minuten hatte sie nichts mitgekriegt; sie hatte keinen Schimmer, wovon Georgia redete. Zum Glück musste sie nicht lange raten, denn ihre Tante fuhr fort: »Marlee und ich wollen nur kurz in die Reha-Klinik. Wenn wir jetzt losfahren, haben wir noch eine halbe Stunde Zeit mit Jack.«

»Nein, geht nur, heute ist mir nicht danach.« Sie lächelte entschuldigend. »War ein langer Tag im *Lakeview*. Ich mache hier ein bisschen Klarschiff, dann gehe ich nach Hause.«

Georgia sah sie forschend an. Ihre Tante hatte schon mehrmals vorgeschlagen, ob Joe nicht vielleicht zum Abendessen kommen wolle, damit sie ihn ein bisschen besser kennenlernen könnten. Anscheinend hatte sie es sogar geschafft, ihre Schwester anzustecken, denn selbst Marlee hatte die eine oder andere

Andeutung gemacht. Bisher hatte Liz das immer ignoriert oder irgendeine Ausrede gefunden, warum sie Joe gerade auf gar keinen Fall fragen konnte. Georgia musste mit ziemlicher Sicherheit in der Zwischenzeit kapiert haben, dass irgendwas im Busche war. Aber sie fragte sie nicht, und Liz war ihr dankbar dafür.

»Wie du willst, Liebes. Aber lass dich bitte nachher von Urs nach Hause bringen. Seit Wally auf Kaution frei ist, ist mir nicht wohl dabei, wenn du abends allein unterwegs bist.«

Noch bevor Liz sich von der Einsicht erholt hatte, dass ihre Tante sehr wahrscheinlich doch über diesen denkwürdigen Abend Bescheid wusste, war sie auch schon zusammen mit Marlee verschwunden. Sie konnte nur hoffen, dass es nicht halb Willow Springs ebenfalls so ging – oder sie alle Liz auf dem Barbecue beobachtet hatten und genau wussten, wie verliebt sie in ihren Chief of Police war.

Sie schüttelte den Kopf und verdrängte den Gedanken. Meist interessierten sich die Leute deutlich weniger für einen, als man immer so glaubt, selbst in einer Kleinstadt wie Willow Springs.

Urs – »Stiefvater« war nun einmal ganz und gar nicht der passende Ausdruck für ihn – war aufgestanden und hatte sich darangemacht, die Teller auf dem bereitstehenden Tablett zu stapeln. Wirklich, für jemand so Reichen war es erstaunlich, wie unglaublich hilfsbereit er war!

Erst als Urs lachte, wurde Liz bewusst, dass sie diesen Gedanken laut ausgesprochen hatte. »Sorry. Aber wenn du in der Gastronomie arbeitest, lernst du schnell, dass eine gute Kinderstube und eine dicke Brieftasche meist nicht zusammengehören.«

»Das musst du mir nicht sagen.« Seine langen, schlanken Finger waren bereits damit beschäftigt, die Gläser ebenfalls auf dem Tablett zu verstauen. »Manche Klischees sind leider wahr. Aber dieses trifft zum Glück nicht auf mich zu. Meine Eltern haben da sehr entschiedene Ansichten – ich glaube, meine Schwester kann sogar Reifen wechseln.« Er hob das Tablett hoch und drehte sich zur Küchentür um. »Sie wollen dich übrigens rasend gern kennenlernen.«

»Deine Eltern? Wieso?«

»Na ja, es passiert ja schließlich nicht jeden Tag, dass man sich ein erwachsenes Enkelkind zulegt.«

»Stimmt, einen vier Jahre jüngeren Stiefvater hatte ich vorher auch noch nie.«

Urs stieß ein protestierendes Schnauben aus, aber so leicht ließ Liz sich nicht ablenken. Bis zu diesem Zeitpunkt hatte er kein einziges Mal über seine Familie gesprochen – was vermutlich daran lag, dass sie bisher noch nie Gelegenheit gehabt hatten, ungestört miteinander zu reden.

»Was halten deine Eltern eigentlich von der Ehe mit Marlee?« Die Tatsache, dass sie diese Frage ausgesprochen heikel fand, führte Liz ein wenig unliebsam vor Augen, welche Vorurteile sie selbst gehabt hatte, vielleicht sogar immer noch hatte.

Mit der Antwort ließ Urs sich Zeit. Erst als sie schon fast fertig damit waren, die Spülmaschine einzuräumen, sprach er weiter. »Ich will dir nichts vormachen, am Anfang waren sie alles andere als begeistert. Wie die meisten Eltern wünschen sie sich Enkelkinder, und besonders mein Vater hatte Angst, wir hätten uns das Ganze nicht gründlich überlegt, würden einfach mal so heiraten.«

Liz nickte. Wie so oft in letzter Zeit ertappte sie sich bei dem Gedanken, was Joe wohl von Ehe und Familie hielt. Sie wusste nicht genau, wie sein Cousin gestorben war, aber es musste sehr schlimm gewesen sein. Hatte das bei Joe Verlustängste ausgelöst? War er vielleicht gar nicht mehr in der Lage, für die Zukunft zu planen?

Urs schloss die Tür der Spülmaschine und sah Liz an. »Nun, das Enkelkind-Problem ist dank dir erst mal gelöst, finde ich. Außerdem ist meine Schwester ja auch noch da.« Er grinste sie an und zog sie aus der Küche. »Den Rest mache ich gleich. Du siehst wirklich so aus, als solltest du dringend nach Hause gehen.«

Sie zuckte mit den Schultern und versuchte, einen unauffälligen Blick auf die Uhr zu werfen. Ob sie Joe noch anrufen sollte, damit sie sich später treffen konnten?

»Und, habt ihr das?«, kam sie wieder auf ihre ursprüngliche Frage zu sprechen, als sie mit Urs auf der Marathon Street Richtung Main Street ging. Ihre Schritte hallten in der klaren Sommerluft wider, die jetzt, weit nach Anbruch der Dämmerung, schnell kühler wurde. »Also, einfach so geheiratet?«

Urs fuhr sich mit beiden Händen durch die kurz geschnittenen Locken. »Ja und nein. Marlee und ich kennen uns seit zwei Jahren. Also persönlich, meine ich jetzt, ihre Arbeiten waren mir natürlich viel früher ein Begriff. Ich weiß noch, wie ich damals ihre erste Ausstellung in London gesehen habe.« Seine Stimme wurde weich, klang beinahe andächtig. »So oft siehst du Sachen, die nur auf den bloßen Effekt aus sind. Höfliche Kunst, die nichts riskiert, die nur teuer bezahlt werden will. Die Arbeiten deiner Mutter sind da ganz anders. So viel Mut ...« Einen Moment schwieg er, schien den Erinnerungen nachzuhängen. Nicht zum ersten Mal fiel Liz auf, wie unglaublich reif und sensibel er war. Marlee hatte vor neun Jahren in London ausgestellt – Urs musste damals 18 gewesen sein. Dennoch hatte er allein durch ihre Installationen ihre bedingungslose Hingabe an die Kunst gespürt und verstanden.

»Als ich sie endlich persönlich getroffen hatte, wusste ich ziemlich schnell, dass ich sie nicht nur als Künstlerin total aufregend finde. Aber sie hat mich zappeln lassen, und wie! Du kannst dir nicht vorstellen, wie unglaublich sexy das war.« Er schüttelte den Kopf, schien sich gar nicht darüber im Klaren zu sein, dass er gerade mit der Tochter der Frau sprach, die er offenbar gar nicht schnell genug in sein Bett hatte kriegen können. Wobei Liz das nicht im Geringsten störte, wenn sie ehrlich war. Denn in seinen Worten schwang nicht nur Begehren, sondern gleichzeitig fast so etwas wie Ehrfurcht mit. »Im Nachhinein hat sie mir gestanden, dass es bei ihr auch Liebe auf den ersten Blick war. Für sie eine genauso unbekannte Erfahrung wie für mich. Und weil so viel auf dem Spiel stand, wollte sie sich ganz sicher sein. Selbst als wir dann vor einem halben Jahr endlich richtig zusammenkamen, hat sie gezögert.«

Liz überlegte, bevor sie langsam sagte: »Sie hat uns nie was von dir erzählt.« Musste er nun nicht glauben, ihre Mutter hätte sich immer noch einen Fluchtweg offengehalten?

Doch Urs wischte ihre Worte mit einer kurzen Geste beiseite. »Wundert dich das? Wir haben alle Angst davor, verletzt zu werden, Fehler zu machen, wenn es an die großen Entscheidungen geht ... Das ist nur logisch. Und manchmal verhalten wir uns dann ganz anders als sonst. Aber schließlich konnte ich deine Mutter überzeugen, dass es sich vielleicht auch im wahren Leben lohnt, so mutig zu sein wie in der Kunst.« Er grinste verschmitzt. »Ein hartes Stück Arbeit, das kann ich dir sagen. Die eigentliche Hochzeit war dann tatsächlich ganz spontan – sofern man bei dem Behördenkram bei uns in der Schweiz von spontan sprechen kann. Es tut mir leid, dass ihr nicht dabei sein konntet. Aber Marlee meinte, ihre Schwester würde niemals Jack allein lassen wollen, und da wäre es nur fair, wenn auch kein anderer von der Verwandtschaft dabei wäre.«

Liz nickte zustimmend. Sie wäre zwar geflogen, hätte aber doch die ganze Zeit ein schlechtes Gewissen gehabt, Georgia und Jack zurückzulassen. Und ihre Tante hätte keine Sekunde darüber nachgedacht, ohne ihren Mann zu kommen, hätte sich aber trotzdem darüber geärgert, nicht die Hochzeit ihrer Schwester feiern zu können. Marlee hatte genau die richtige Entscheidung für sie alle getroffen.

Sie blieb vor der Bäckerei stehen. »Danke fürs Bringen, Urs, die letzten Meter schaffe ich allein. Und, was haben deine Eltern jetzt gesagt?«

»Meinem Vater ging es so wie mir – er ist absolut hingerissen von Marlee. Und meine Mutter meinte, sie hätte niemals geglaubt, dass ich eine Frau finde, die ihren grüblerischen Sohn so glücklich macht.« Er beugte sich vor, gab ihr nach europäischer Art zum Abschied zwei Wangenküsse. »Gute Nacht, Liz. Ich verspreche dir, deine Mutter ist bei mir gut aufgehoben. Und ich bei ihr.«

Und ich bei ihr. Die Worte klangen in Liz nach, als sie um die Ecke auf den Parkplatz der Bäckerei bog. Genau das empfand sie bei Joe auch. Natürlich, seine altmodischen Ansichten gingen ihr manchmal ganz schön auf die Nerven. Vielleicht waren sie auch ein Grund, warum sie zögerte, ihm ihre Gefühle zu gestehen – vielleicht fühlte er sich ja in seiner männlichen Ehre gekränkt? Oder zu irgendwas gedrängt? Und das wollte sie ganz bestimmt nicht, nein, sie wollte einfach nur, dass er sie liebte, so wie sie ihn. Wirklich, sie sollte endlich ...

Weiter kam sie nicht. Denn aus dem Schatten vor ihrer Wohnungstür löste sich eine Gestalt – eine sehr vertraute Gestalt. Ihr Herz begann wild zu schlagen, aber nicht vor Schreck, nein, vor lauter Erwartung. Es war, als hätte ihn ihre Sehnsucht hergeholt, als hätte er gewusst, dass sie ihn heute Nacht unbedingt bei sich haben wollte.

Ohne auch nur einen Augenblick nachzudenken, ging sie auf Joe zu, zog ihn eng – so eng! – an sich und küsste ihn. Küsste ihn mit all der Leidenschaft, die sie für ihn empfand. Mit all dem Hunger, den sie in den letzten Wochen so mühsam gezügelt hatte. Als sie seinen würzig-süßen Geschmack von edelstem Rohrzucker auf der Zunge schmeckte, floss ihr das Blut hitzig wie Espresso durch die Adern. Und während er die Hände über ihren Rücken gleiten ließ und sie noch fester an sich presste, bis sie seine harten Muskeln an jeder Stelle ihres Körpers zu spüren meinte, stöhnte sie hilflos auf.

Sie unterbrach den Kuss und sah ihn an. Seine Augen funkelten, hatten diesen dunklen Farbton von fast schon verbranntem Karamell angenommen, den sie so sehr liebte.

Und dann sagte sie etwas, das sie selbst ziemlich überraschte. Sie sagte nicht, dass sie ihn liebte, aber nichts von ihm erwartete. Nein, sie sagte etwas, von dem ihr bis zu dieser Sekunde nicht klar gewesen war, dass sie es überhaupt wusste: »Ich bin schwanger.«

Kapitel 22

Also, das war eine ziemliche Glanzleistung, das muss ich schon sagen, Mann.«

Joe bemühte sich, die Pratzen möglichst korrekt zu halten, schön eng am Körper. Er hatte keine Lust, sich von Chuck zu allem Überfluss auch noch die Schultern auskugeln zu lassen.

Unter normalen Umständen steckte er seinen Cousin beim Boxtraining locker in die Tasche. Gerade jetzt waren die Umstände nur leider alles andere als normal.

»Lass es mich noch mal zusammenfassen«, Chuck versetzte dem Pratzen in seiner rechten Hand einen fachmännischen linken Haken und tänzelte zurück, »du gehst zu der Frau, auf die du nach eigener Aussage mindestens so scharf bist wie ich damals auf Nicky, weil du ihr auf Knien gestehen willst, wie unglaublich verschossen du in sie bist.«

Joe hob die rechte und die linke Hand im Wechsel, um Chuck zu einer schnellen Kombi zu zwingen. Sein Cousin folgte pflichtschuldig dem präzisen Bewegungsablauf, bevor er im selben genüsslichen Tonfall fortfuhr: »Aber sie lässt dich gar nicht zu Worte kommen, sondern küsst dich so verdammt heiß, dass du schon die Englein im Himmel singen hörst.«

Joe stöhnte, sagte aber nichts, sondern hielt nur auffordernd eine Pratze nach der anderen hin, täuschte einen Angriff vor. Ohne zu stocken, parierte Chuck. Dann trat er einen Schritt zurück, wischte sich kurz den Schweiß von den raspelkurz geschorenen Haaren und nahm wieder die korrekte Boxhaltung an. Dummerweise hatte er aber immer noch genug Luft zum Reden, wie Joe gleich darauf feststellen musste. »Während du schon denkst, jetzt steht dir die Nacht deines Lebens bevor, gesteht sie dir, dass sie schwanger ist. Und was machst du, verehrter Cousin?« Chuck hielt inne und setzte zur Pointe an: »Du stotterst rum und sagst zu ihr: ›Dann müssen wir jetzt wohl heiraten.‹«

Joe ließ wortlos die Hände sinken. Es hatte ja sowieso keinen Zweck. Vermutlich hatte er es nicht anders verdient.

»Dann müssen wir jetzt wohl heiraten!«, wiederholte Chuck grinsend, hob die Arme zur Siegerpose und machte ein paar triumphierende Schritte auf Joe zu. »Also ehrlich, Mann, da frage ich mich, was sich Onkel Fred und Tante Alma bei deiner Erziehung gedacht haben. Was noch Blöderes ist dir in der Sekunde nicht eingefallen, oder? Irgendwas, das vielleicht noch ein bisschen unromantischer klingt? Kein Wunder, dass dir deine Liz eine Ohrfeige versetzt hat, bei der du dann wirklich die Engelchen gehört hast.«

»Bist du jetzt fertig? Oder möchtest du das Ganze noch ein bisschen lauter rausbrüllen, damit sie dich auch draußen auf der Straße hören?«

Chuck sah sich um und winkte ab. Außer ihnen waren ein paar andere Trainingspartner in der Halle, aber niemand sah so aus, als würde er sich für ihr Gespräch interessieren. »Komm schon, Joey-Boy, wenn ich unter uns Männern nicht offen über Weiber reden kann, wann dann bitte?«

Joe spürte Wut in sich aufsteigen. »Liz ist nicht irgendein Weib. Und falls du es noch nicht kapiert hast, ich weiß nicht mehr weiter, du Schwachkopf.«

»Ach, du gibst endlich mal zu, dass du ratlos bist? Das ist ja mal was ganz Neues. Aber vielleicht kann der weise Chuck dir helfen. Lass uns hier abhauen und was essen gehen. Du zahlst, Alter.«

»So, jetzt will ich endlich hören, wo genau der Schuh drückt«, kam Chuck keine zwei Stunden später auf das eigentliche Thema zurück.

Mittlerweile saßen sie im *Angels* und hatten das zweite Bier vor sich stehen. Vorhin, beim genüsslichen Verzehren eines Double Cheeseburgers, einer riesigen Portion Fritten und eines Blaubeermilchshakes extra groß in dem altmodischen Diner neben dem Gym, hatte er sich geweigert, mehr als »Mm, mmh, mmmh« von sich zu geben. Joe hatte es ihm nachgesehen. Er wusste, wie selten sich Chuck Junkfood gönnte.

»Also, ich meine, außer dass du offenbar völlig umnachtet bist und überhaupt nichts von Frauen verstehst.«

Joe zuckte mit den Achseln. Als Chuck kurz nach seiner Ankunft nach der Frau gefragt hatte, die Joe ihm so dringend vorstellen wollte, war die Story von ihrer letzten Begegnung einfach so aus ihm herausgesprudelt. Er hatte das Ganze wirklich dringend loswerden müssen, und hier in Willow Springs gab es niemanden, dem er alles erzählen konnte oder wollte.

Aber jetzt wusste er nicht, wo und wie er anfangen sollte. Und überhaupt … würde sein Cousin tatsächlich verstehen, worum es ihm ging? Oder würde der nur die Gelegenheit nutzen und den nächsten blöden Witz auf seine Kosten machen?

Chuck sah ihn und seufzte. »Sorry, Joe, das war jetzt ziemlich daneben. Tut mir wirklich leid, du weißt doch, dass es manchmal mit mir durchgeht. Stell dir einfach vor, ich wäre Marty.«

Überrascht blickte Joe ihn an.

Sein Cousin schüttelte den Kopf. »Manchmal kann ich wirklich kaum glauben, was in deinem Hirn so vor sich geht, Alter. Denkst du etwa, du bist der Einzige, der wusste, wie gut man mit meinem Bruder reden konnte?«

»Seit wann interessiert dich denn so was? Hast du nicht immer gesagt: ›Ein echter Kerl redet nicht, ein echter Kerl handelt.‹?«

Diesen Einwand tat Chuck lässig ab. »Da war ich jung und dumm. Und selbst ein Mariani kann dazulernen, meinst du nicht? Jedenfalls behauptet das Nicky immer, wenn sie will, dass ich die Klamotten für die Waschmaschine vorsortiere. Aber jetzt schieß endlich los, ich kann doch sehen, wie mies es dir geht. Ich verspreche auch, ein halbwegs würdiger Ersatz für Marty zu sein.«

Joe gab sich einen Ruck. Chuck hatte ja recht, es ging ihm total mies. Und bestimmt war es eine gute Idee, das Ganze mit jemandem zu bequatschen, der einen frischen Blick auf die Dinge hatte.

Ein paar Sachen wusste Chuck ja schon, Joe fing trotzdem ganz von vorn an – von der ersten Begegnung mit Liz in der

Kühlkammer vom *Lakeview* bis zur härtesten Ohrfeige seines Lebens vor ihrer Wohnungstür.

»Also, eins steht mal fest, die Frau hat Temperament«, meinte Chuck, nachdem Joe geendet hatte. »Gott sei Dank, kann ich nur sagen. Ich dachte schon, du endest mit einer dieser oberlangweiligen Tussen, die du in New York immer gedatet hast.«

Joe starrte ihn an. Dieser Abend war wirklich voller Überraschungen.

»Was? Du musst doch selbst zugeben, dass deine letzten Freundinnen alles andere als aufregend waren. Was glaubst du, warum Nicky dich so unbedingt verkuppeln will?«

»Das war doch immer nur als Gag gedacht.«

»Wenn du meinst.«

»Jetzt ehrlich, Chuck?«

Sein Cousin griff nach seinem Bier und nippte daran.

»Chuck?«

»Sagen wir es mal so. Nur *nonna* und dein Dad waren mit deinen Frauen glücklich. Der Rest von uns hat sich dagegen gefragt, wann du wohl endlich zu Besinnung kommst. Ich glaube, selbst Tante Alma sieht das so. Benny und Gabe ganz bestimmt. Aber Marty meinte immer, wenn es halbwegs gerecht auf der Welt zugeht, würde dich schon noch die Richtige wach küssen. So wie es aussieht, hatte mein kleiner Bruder mal wieder recht.«

Joe ließ sich auf dem Stuhl zurücksinken. Er hatte nicht die geringste Ahnung gehabt, dass seine Familie so über seine Verflossenen dachte. Wobei, wenn er es sich recht überlegte, dann fielen ihm schon ein paar Szenen ein, die Chucks Worte bestätigten. Die kaum verhohlene Erleichterung seiner Mutter, als seine Beziehung mit Danielle Cazzoli in die Brüche gegangen war, die Sprüche seiner Brüder, besonders die von Benny, der sich nicht mal die Mühe gemacht hatte, sich die Namen seiner beiden letzten Freundinnen zu merken – oder Martys gelegentliche Bemerkungen, ob Liebe mit Sicherheitsnetz die ganze Sache überhaupt wert war.

»Allerdings hat niemand von uns damit gerechnet, dass du die Richtige dann sofort wieder vergraulst.«

Joe zuckte zusammen. Okay, er hatte sich ziemlich dämlich verhalten. Aber vergrault? Das wollte er dann doch nicht auf sich sitzen lassen. »Na ja, ich hab einfach einen kleinen Schreck gekriegt. Ich meine, fast drei Wochen nur das Nötigste mit einem reden und einem dann nach einem heißen Kuss reindrücken, dass man schwanger ist, das ist schon ... das ist schon ...«
Er wusste nicht weiter.

»Unkonventionell?«, fragte Chuck. »Mutig? Spontan?«

Joe nickte trübsinnig. »Ja, genau so ist sie, meine Liz. Und Vegetarierin ist sie auch noch.«

»Uh«, machte Chuck. »*Das* ist in der Tat ein gewichtiges Argument.« Und dann fing er an zu lachen. Er lachte und lachte, bis er halb vom Stuhl kippte und selbst der Barkeeper damit aufhörte, den Tresen zu putzen und zu ihnen herübersah. »Ich seh schon«, brachte Chuck schließlich japsend hervor. »Keine Steaks, keine Pizza Tonno und ... das Allerschlimmste ... kein *ragù bolognese* mehr für dich!«

Der Barkeeper starrte immer noch zu ihrem Tisch. Joe

machte sein offizielles Hier-ist-alles-in-Ordnung-nichts-zu-sehen-Sir-Cop-Gesicht, und der Mann schaute weg. In New York würde das nicht so einfach klappen, dachte Joe, während er versuchte, auch seinen Cousin durch schieres Anstarren wieder unter Kontrolle zu bringen.

»Bei mir wirkt das nicht, Alter, ich bin unter Cops aufgewachsen«, sagte Chuck, richtete sich zum Glück trotzdem auf und hörte endlich mit der albernen Lacherei auf. »Gut. Nachdem das jetzt geklärt ist, würde ich dann doch gerne mal wissen, wo das eigentliche Problem liegt.«

»Das liegt darin, dass ich überhaupt nicht weiß, was los ist. Bei Liz muss ich ständig auf der Hut sein, sie ist einfach komplett unberechenbar. Ich meine, von welcher Frau kriegt man schon eine Ohrfeige, direkt nachdem man ihr einen Heiratsantrag gemacht hat?« Er sah Chuck grinsen, den Mund öffnen und winkte ab. »Okay, okay, fang nicht schon wieder an. Aber ich habe zum Beispiel immer noch keine Ahnung, warum sie sich nach dem Barbecue so zurückgezogen hat, warum sie mich nicht einmal zum Essen mit ihrer Familie einlädt. Da kann ich doch auf die Idee kommen, ich wäre ihr peinlich, oder? Und irgendwie«, Joe machte eine Pause, suchte nach den richtigen Worten und nahm einen Schluck Bier, um diesen Prozess zu unterstützen, »hatte ich mir mein Leben immer anders vorgestellt. Du weißt schon, ruhiger. Weiter Karriere als Polizist machen, dann irgendwann zum NYPD zurückkehren, die richtige Frau heiraten und mit ihr zwei, drei nette Kinder bekommen.« Im selben Moment, als er diesen Gedanken laut aussprach, wusste er auch schon, wie bescheuert das war. Okay, sein Cousin konnte es natürlich nicht wissen, aber selbst wenn das mit Liz nicht klappen würde, wenn er nicht mit ihr alt werden und der Vater all ihrer zukünftigen Kinder sein durfte – bloß nicht drüber nachdenken! –, konnte er sich nicht mehr vorstellen, wieder in seiner alten Heimat zu leben. Dazu hatte er in Willow Springs schon viel zu tiefe Wurzeln geschlagen.

Diesmal blieb Chuck total ernst. »Hm«, machte er langsam. »So wie der Rest von uns?«

»Schon.«

»Ich hätte nie gedacht, dass ich das einmal sagen würde, aber vielleicht hatte Martys Tod dann auch sein Gutes. Denn sieh dich an, Joey-Boy: Egal, wie sehr du dir Mühe gibst, es vor uns zu verstecken – du hast in Wisconsin deine Heimat gefunden. War ja nur 'ne Frage der Zeit, bis dir hier die passende Frau über den Weg läuft. Ehrlich, ich will in diesem Kaff nicht tot über dem Zaun hängen, du aber ... du wirkst hier total zufrieden. Entspannt. Am richtigen Platz.«

Wieder starrte Joe seinen Cousin ungläubig an. »Du weißt das?«

Chuck rollte theatralisch die Augen gen Himmel. »Nicht bloß ich weiß das. Das wissen alle, du Blitzmerker. Du solltest mal hören, was Gabe zu dem Thema zu sagen hat.«

»Mein kleiner Bruder, der Oberhäuptling, verstehe. Warum muss ich mir dann immer wieder diese blöden Sprüche anhören à la ›Wann kommst du endlich nach Hause, Joe‹?« Er schaute in das amüsierte Gesicht seines Gegenübers und winkte ab. »Schon gut, alles klar. Lass mir noch ein bisschen Würde.«

»Ach, so ganz nutzlos bist du ja nicht. Deine Gardinenpredigt für *nonna* war schon großes Kino. Glaub mir, Benny und Gabe werden es sich nie verzeihen, dass sie an diesem legendären Abend nicht dabei waren.« Er grinste schadenfroh. »Geschieht ihnen recht. Jedenfalls, *nonna* hat erst ein bisschen geschmollt, aber mittlerweile hören wir den lieben langen Tag nur ›Julia hier, Julia da‹. Wenn man es genau nimmt, hat sie mich sogar hergeschickt. Ich soll ausspionieren, ob du für einen Versöhnungsbesuch offen bist.«

»Aha. Und wann hattest du vor, mir das zu sagen?«

»Eigentlich gar nicht. Ehrlich gesagt hat es *nonna* mir sogar strikt verboten. Du weißt doch, wie sehr sie auf den großen Auftritt steht. Aber wenn ich dich Häufchen Elend so ansehe, dann hast du nicht auch noch einen Überraschungsbesuch von unserer Großmutter verdient.«

»Danke.«

»Bitte.«

Joe starrte trübsinnig auf den Tisch. Natürlich verspürte er eine gewisse Erleichterung, dass der Streit in seiner Familie offenbar beigelegt war. Nur konnte ihn das im Moment auch nicht so recht trösten. Er wollte einen Schluck Bier nehmen, musste aber feststellen, dass die Flasche leer war. Und ein weiteres war blöderweise nicht drin, schließlich hatte er heute Abend Bereitschaft.

»Tja«, sagte Chuck. »Nachdem wir das jetzt alles geklärt haben und quasi schon deine Zukunft planen, gibt es da noch ein kleines Detail. Ihr bester Kumpel rät dir, aktiv zu werden. Und wenn ich dich richtig verstehe, ist deine Liebste in letzter Zeit merkwürdig drauf gewesen, mal auf Distanz, dann wieder Feuer und Flamme. Wenn sie wirklich schwanger ist, können die Hormone natürlich auch mitspielen, aber meist haben solche Auf und Abs bei Frauen nicht nur körperliche Gründe. Glaub mir, ich spreche da aus Erfahrung.« Chuck machte eine Pause, bevor er bedächtig fortfuhr: »Nein, so wie du es schilderst, drängt sich mir eine Frage auf: Weiß deine Liz eigentlich, dass du sie liebst?«

»Was soll denn dieses blöde Gelaber? Natürlich weiß sie das, schließlich habe ich ... « Joe hielt inne und schaute seinen Cousin an. Und während ihn dessen haselnussfarbene Augen belustigt anblitzten – Joe konnte nur hoffen, dass Chuck diesen Abend wirklich nie, nie, nie ausnutzen würde –, fasste er einen Entschluss. Aber noch bevor er den Mund öffnen und seinem Cousin davon erzählen konnte, kündigte sein Handy mit einem leisen Ping eine Nachricht für ihn an.

Liz legte das Handy auf ihren Nachttisch und seufzte. Nein, das war ja völlig bescheuert! Sie kuschelte sich etwas tiefer in ihr Bett und dachte nach. Heute früh war sie bei ihrer Ärztin gewesen, und die hatte ihr die endgültige Bestätigung geliefert. Sie war in der achten Woche schwanger.

Auch wenn sie auf das Ergebnis vorbereitet gewesen war, war sie doch ziemlich überwältigt, als sie wieder auf der Straße gestanden hatte, in der Tasche das Infomaterial für die kommenden Wochen und Monate. Sie wusste gar nicht so recht, wie sie den Tag im *Lakeview* hinter sich gebracht hatte – sie konnte nur hoffen, dass ihre Kolleginnen nicht alle kapiert hatten, was los war. Allerdings, dachte sie mit einem selbstironischen Lächeln, war sie in den letzten Wochen ohnehin so durch den Wind gewesen, da fiel es vermutlich niemandem mehr großartig auf, wenn sie sich ein bisschen seltsam benahm. Es hatte sie trotzdem ziemlich beruhigt, als sie in der Liste der ersten Schwangerschaftssymptome tatsächlich Stimmungsschwankungen entdeckt hatte. Irgendwie gut zu wissen, woher dieses ganze Gefühlschaos in letzter Zeit kam. Oder zumindest, woher es *auch* kommen konnte. Denn dass ein Großteil ihrer Gefühlsverirrung nicht mit ihrer Schwangerschaft zusammenhing, sondern mit demjenigen, der daran unmittelbar beteiligt war, konnte sie natürlich nicht leugnen.

Liz versuchte, sich das Kissen ein bisschen bequemer zurechtzustopfen. Sie wusste immer noch nicht, was sie von Joes Heiratsantrag halten sollte – oder von ihrer eigenen Reaktion darauf. Sie war vielleicht nicht so ausgeglichen und beherrscht wie Ceecee, aber Ohrfeigen verteilen? Das lag normalerweise außerhalb ihrer üblichen Lösungsansätze bei schwierigen Situationen.

Aber, verdammt noch mal, sie war einfach so furchtbar wütend gewesen! Natürlich hatte ihre Erkenntnis sie selbst total überrascht, doch gleichzeitig hatte sie auch eine wilde Freude und eine erstaunliche Ruhe und Gewissheit verspürt. Ein Kind, das war schließlich was Großes und Tolles, oder? Es war ganz bestimmt kein Grund – sie spürte wieder eine ungeheure Empörung in sich aufsteigen und ein Prickeln in den Fingerspitzen, als wollte sie gleich noch einmal zuschlagen –, einen wie eine verurteilte Verbrecherin anzuschauen und irgendwas von einer Mussheirat zu faseln! Also wirklich, was dachte Joe sich bloß? Warum tat er so, als wäre ein gemeinsames Kind ein Riesenproblem, das er jetzt bewältigen müsste? Und zwar, indem er ihr mit schockierter Miene anbot, seine Pflicht zu tun und sie auch brav ordentlich zu heiraten. Hatte er denn gar nichts verstanden?

»Scheiß auf die Pflicht«, murmelte Liz. Sie zerrte das widerspenstige Kissen hinter ihrem Kopf hervor und schleuderte es gegen die Wand. »Scheiß auf dich, Joe, du Mistkerl«, setzte sie lauter hinzu, nein, jetzt schrie sie fast. »Ich will doch nicht geheiratet werden *müssen!*«

Sie stand auf, schnappte sich das Kissen und schüttelte es ungeduldig aus, als könnte sie so ihre Wut loswerden. Seltsamerweise half es sogar ein bisschen, sie fühlte sich danach tatsächlich ruhiger.

Sie legte sich wieder ins Bett, versuchte, das Ganze mit etwas mehr Verstand anzugehen. Immerhin besaß Joe Verantwortungsgefühl, das musste man ihm lassen. Er würde sich nicht einfach davonstehlen und sie allein sitzen lassen. Er war bereit, das gemeinsam mit ihr durchzuziehen. Wie er wohl als Vater wäre? Sie musste lächeln. Dank seiner großen Familie hatte er jede Menge Erfahrung mit Kindern, und so, wie er von ihnen sprach, würde er sich weder von vollen Windeln noch von Temperamentsausbrüchen auch nur im Geringsten beeindrucken lassen. Vermutlich kam er damit sogar besser klar als sie, schließlich hatte sie nicht Nichten, Neffen oder lauter Großcousinen und -cousins, an denen sie schon mal hätte üben können. Und bestimmt hätte er auch wahnsinnig viel Spaß mit seinem

Nachwuchs, er würde sich wilde Spiele ausdenken, mit den Kids picknicken gehen oder ...

Ungebeten tauchte vor ihrem inneren Auge ein Bild auf, eine Erinnerung an ihre Kindheit. Genau so ein Vater war Robs Dad gewesen: Sie erinnerte sich noch gut an diesen ganz besonderen Sommer, wo er mit ihnen gemeinsam einen Hindernisparcours im Garten der Sawyers aufgebaut und mit sämtlichen Kindern der Nachbarschaft eine Olympiade organisiert hatte. Ganze Nachmittage hatten sie damit zugebracht. Es war wirklich ein Heidenspaß gewesen, und Mr. Sawyer hatte beim Austüfteln der Hindernisse und dem anschließenden Siegerzelten am Pine Lake mindestens ebenso viel Begeisterung versprüht wie sie selbst. Da waren Rob und sie dreizehn gewesen und die Zwillinge elf. Dass Robs Mom bei solchen Sachen nie dabei gewesen war, hatte Liz immer als selbstverständliche Tatsache akzeptiert, es aber erst sehr viel später richtig verstanden. Tante Georgia hatte ihr nämlich irgendwann erzählt, was in Willow Springs ein offenes Geheimnis war: wie unglücklich Abigail Sawyer in ihrer Ehe gewesen war und dass sie überhaupt nur der Kinder wegen geheiratet und dann einigermaßen die Fassade gewahrt hatte. Aber je mehr Robs Vater das ganz große Familienglück zelebrierte, desto abwesender wirkte Abigail. Ein Jahr nach der Sommerolympiade hatte sie Willow Springs verlassen und war wieder in ihre Heimat Florida zurückgekehrt, »endlich weg aus diesem furchtbaren Klima, endlich weg aus dieser Enge, diesem ach so heilen Familienidyll, endlich weg von dir« – so hatte zumindest Rob unter Tränen von dem letzten heftigen Streit seiner Eltern berichtet.

Die anschließenden Monate waren für ihren besten Kumpel extrem hart gewesen, und Liz hatte jeden Tag mit ihm gelitten. Und auch, wenn Rob und seine Schwestern später die Ferien bei ihrer Mutter in Tallahassee verbracht hatten und heute liebevoll von ihr sprachen, so war Liz sich insgeheim völlig sicher: Diese angespannte Stimmung zwischen seinen Eltern und das abrupte Verschwinden seiner Mutter waren bestimmt entscheidend dafür, dass Rob bis jetzt solche Probleme damit hatte, sich dauerhaft auf eine Frau einzulassen. Auch wenn er selbst das immer wieder abstritt.

Nein, sie legte schützend die Hände auf ihren Bauch, so was wollte sie ihrem Kind nicht antun. Und sich selbst und Joe ganz sicher auch nicht. Sie wünschte sich einen Partner, bei dem sie sich darauf verlassen konnte, dass er sie liebte, dass er freiwillig und voller Freude an ihrer Seite blieb – ob Trauschein oder nicht –, egal, was auf sie zukommen mochte. Mit dem sie gemeinsam eine Zukunft aufbauen konnte, bei der niemand zu kurz kam oder aus Pflichtgefühl Kompromisse einging, die ihn auf Dauer nicht glücklich machten. War das zu viel verlangt?

Liz seufzte. Sie liebte Joe, und sie wusste, dass sie sich auch so auf das Kind freute, weil es sein Kind war, etwas, das sie beide verband. Und vielleicht war sie auch zu streng mit ihm, schließlich war sie selbst ebenfalls ziemlich überrascht worden von ihrer ungeplanten Schwangerschaft.

Vielleicht liebte er sie im Moment noch nicht so wie sie ihn, und vielleicht freute er sich auch noch nicht so auf die Aussicht, mit ihr so plötzlich eine Familie zu gründen. Aber das hieß ja nicht, dass sich das alles nicht noch entwickeln konnte.

Außerdem ... war sie es ihm nicht schuldig, ihm eine Chance zu geben? Denn sie war sich keineswegs sicher, ob sie das als alleinerziehende Mutter auch wirklich gut hinkriegen würde. Schließlich hatte ein Kind ziemlich handfeste Bedürfnisse, die sie nicht auf die leichte Schulter nehmen sollte. Schon unter idealen Bedingungen nahm ein Baby jede Menge Zeit und Nerven in Anspruch, und sollte Ceecee auch noch ihren Plan in die Tat umsetzen, sofort in die Familienplanung einzusteigen ... Hm.

Was würde passieren, wenn sie allein für das Café zuständig war und ihr Kind krank würde? Georgia würde sich natürlich als Hilfe anbieten, aber war das wirklich fair, sie zu fragen, wenn sie sich auch noch um ihren Mann kümmern müsste? Sollte sie unter diesen Umständen nicht ihren dämlichen Stolz runterschlucken und Joes Antrag annehmen? Wäre das nicht das Beste für alle Beteiligten?

Doch alles in ihr wehrte sich gegen den Gedanken. Nein, sie würde nur einen Mann heiraten, den sie liebte und von dem sie wusste, dass er sie auch liebte. Und wenn das hieß, dass sie auf Joe verzichten und ihr Kind allein großziehen müsste, dann war das eben so.

Liz ballte die Fäuste. Die Aussicht, Joe gehen zu lassen, war beim besten Willen kein Trost. Schon allein der Gedanke daran schnürte ihr hilflos die Kehle zu, ließ sie sich ganz klein und allein fühlen.

Sie warf die Bettdecke beiseite und stand auf. Es half alles nichts. So würde sie niemals zur Ruhe kommen. »Was du jetzt brauchst, meine liebe Liz«, sprach sie sich selber Mut zu, »sind frische Luft und dann eine ausgiebige Kochsession.«

Sie würde einfach zum *Lakeview* spazieren und sehen, was die Küche so hergab. Hatten sie nicht gestern die ersten Cranberry-Bohnen bekommen? Sie hatte diese Schälbohnen in Italien schätzen gelernt, und nun waren sie trotz ihrer bedauerlich kurzen Saison eine von Liz' liebsten Hülsenfrüchten. Das sollte sie wirklich ausnutzen.

Während sie nach Jeans, Shirt und ihrem Handy fahndete und gleichzeitig über ein neues Pastarezept mit den leckeren Bohnen nachdachte, spürte sie, wie ihr Herz leichter wurde. Morgen, beschloss sie spontan, würde sie zu Joe gehen und die Sache mit ihm klären. Und vielleicht würde sich dann alles zum Guten wenden.

Kapitel 23

Joe starrte auf das Display seines Smartphones und konnte es kaum glauben. Verdammt, da hatte er sich auf den Abend mit seinem Cousin gefreut und dann so was!

»Alles okay, Joe?«, erkundigte sich besagter Cousin.

Joe fluchte leise. »Nein, ganz und gar nicht. Dieser verdammte Kaminski! Offenbar fühlt er sich mal wieder heillos überfordert und hat gleich den Kopf verloren. Warum sonst meldet er sich nicht bei der Funkzentrale, sondern direkt bei mir? Und dann auch noch ohne Ortsangabe, sondern nur mit dem guten alten Code 10–33, obwohl er genau wissen müsste, dass der nicht mehr Standard ist. Denkt er, ich kann hellsehen, und er muss mir deswegen nicht mitteilen, wo und wie ein Notfall passiert ist und warum er das nicht allein regeln kann?«

Chuck zuckte die Schultern, stand auf und winkte gleichzeitig nach der Rechnung. »Du musst trotzdem los, oder? Aber wenn dein Deputy tatsächlich so gern übertreibt, wie du immer behauptest, sollte es ja wohl nicht allzu schlimm sein.«

»Wahrscheinlich hast du recht. Trotzdem, morgen ziehe ich Kaminski das Fell ab.«

Eine halbe Stunde später hatte Joe seine Meinung gründlich geändert. Denn es war schlimm, richtig schlimm. Und vermutlich würde er seinem Deputy am nächsten Tag gar nicht das Fell abziehen können, weil die konkrete Gefahr bestand, dass das heute Nacht jemand anderer erledigte.

Schon auf der Herfahrt hatte sich immer stärker ein ungutes Gefühl in ihm breitgemacht. Im Auto hatte er sich bei der Funkzentrale rückversichert und ganz gegen seine Erwartung festgestellt, dass Kaminski sich in der Tat vor vielleicht zehn Minuten dort gemeldet und von »verdächtigem Verhalten einer männlichen Person« – spätestens hier war Joe das Herz zum ersten Mal in die Hose gerutscht – beim *Lakeview* berichtet hatte. Er wolle das Ganze einmal näher unter die Lupe nehmen, hatte er angekündigt. Seitdem hatte Alison, die Kollegin in der Zentrale, nichts mehr von ihm gehört. Doch als sie gemeinsam rekonstruiert hatten, dass es kurz danach diese seltsame SMS mit dem Notfall-Code gegeben hatte, hatte Alison ohne ein weiteres Wort sofort versucht, Kaminski erneut zu kontaktieren.

Nichts. Der Deputy reagierte nicht auf sein Funkgerät, und bei seinem Handy sprang nur die Mailbox an.

»Außerdem ist das mit dieser SMS wirklich seltsam, Boss«, hatte Alison hinzugefügt. »Kaminski schickt sonst immer nur Sprachnachrichten. Und mir gegenüber hat er auch noch nie die alten Codes verwendet. Ich wusste gar nicht, dass er die überhaupt kennt.«

Joe hatte nur ein unverbindliches »Hm« von sich gegeben und Alison gebeten, die anderen zu informieren, dass in Willow Springs möglicherweise eine problematische Situation vorlag.

Bevor er nicht genau Bescheid wusste, wollte er zwar noch keine richtige Alarmbereitschaft ausgeben, aber – sollte es hart auf hart kommen – auch nicht mehr Zeit als unbedingt nötig verlieren.

»Ist das *Lakeview* nicht das Café deiner Liebsten?«, fragte Chuck. Joe konnte hören, wie sehr sein Cousin sich Mühe gab, locker zu klingen. Typischer Cop-Modus eben: Wurde eine Situation brenzlig, musste man sich trotzdem so benehmen, als wäre alles in Ordnung und unter Kontrolle. Auf die Zivilbevölkerung wirkte das meist ziemlich beruhigend, aber Joe hätte auf die Einsicht, dass Chuck sich ebenfalls Sorgen machte, gerne verzichtet.

»Ja«, bestätigte er deswegen nur knapp. »Und sie probiert dort nachts oft neue Rezepte aus.«

»Ah«, machte Chuck bloß.

Den Rest der Fahrt verbrachten sie im angespannten Schweigen. Joe war sich sicher, dass Chucks Gedanken in eine ganz ähnliche Richtung gingen wie seine. Wenn Kaminski sich nicht meldete, war es dem Angreifer sehr wahrscheinlich gelungen, den Deputy irgendwie zu überwältigen. Fragte sich bloß, wer dann die Nachricht geschrieben hatte. Hatte das Kaminski noch schnell selbst getan, kurz bevor ihm das Handy abgenommen worden war? Oder hatte das der Täter erledigt, in der irrigen Überzeugung, Cops würden immer noch die alten Codes verwenden? Aber warum? Hatte er Joe zum *Lakeview* locken wollen? Und falls ja, wie hätte das funktionieren sollen? Die Nachricht hatte keine Ortsangabe enthalten – der Angreifer müsste in dem Fall also darauf spekulieren, dass Kaminski vorher bei der Funkzentrale von seinen Beobachtungen berichtet hatte. Würde ein normaler Mensch davon ausgehen? Oder war es vielleicht doch der Deputy gewesen, der den Notruf durchgegeben hatte, bevor er dazu nicht mehr in der Lage gewesen war? Obwohl er wissen musste, dass Alison den Chief of Police ohnehin informieren würde, wenn ein Officer nicht mehr zu erreichen war? Das ergab alles keinen Sinn.

Joes Gedanken rasten, und er schaffte es nur mit äußerster Selbstbeherrschung, das Gaspedal nicht komplett durchzutreten, sondern trotzdem noch einigermaßen umsichtig zu fahren. Er wurde einfach das Gefühl nicht los, dass hier etwas sehr Merkwürdiges vor sich ging – und er nur hoffen und beten konnte, dass es niemand auf Liz abgesehen hatte, sondern das *Lakeview* nur rein zufällig als Schauplatz herhalten musste. Doch viel Hoffnung machte er sich nicht. Und so hatte er seinen Wagen in einigem Abstand vom Café geparkt und Chuck nur leise darum gebeten, ihm möglichst lautlos zu folgen und bloß nicht den Helden zu geben. Sein Cousin hatte lediglich genickt und keinerlei Kommentar zu dieser mehr als überflüssigen Anweisung abgegeben – für Joe eine weitere Bestätigung, wie ernst auch Chuck die Sache nahm. Sonst hätte er sich diese schöne Gelegenheit, sich über ihn lustig zu machen, bestimmt nicht entgehen lassen.

Jetzt starrte Joe angestrengt durch die hell erleuchteten Fenster des *Lakeview*, während er sich gleichzeitig bemühte, von dort aus nicht gesehen zu werden. Das war nicht besonders kompliziert, denn jeder, der sich im Café befand, würde durch die Beleuchtung geblendet werden und konnte vermutlich nichts in der Dunkelheit vor der Tür ausmachen. Das musste auch für seinen Deputy gelten, der gegen eine Wand geknebelt und gefesselt dasaß. Kaminskis gesamte Körperhaltung verriet, wie sehr er Ausschau nach Rettung hielt. Eine Wunde auf seiner rechten Wange leuchtete grell, das ausgetretene Blut hatte den Kragen seines Uniformhemds rot gefärbt. Außer ihm war der Gastraum leer, und Joe stellte mit einem Schaudern fest, wie sehr das Ganze an eine Bühne erinnerte. Es wirkte tatsächlich so, als hätte das jemand mit voller Absicht inszeniert. Bilder von einem anderen Tatort kamen ihm in den Sinn, einem, den er nie in echt gesehen hatte. Nur die Fotos hatte er wieder und wieder studiert, als könnte er so Martys Tod ungeschehen machen. Sein Cousin und bester Kumpel, wie er zusammengesunken und mit leeren Augen an einem Regal gelehnt hatte, hinter ihm die bunten Verpackungen des All-Night-Delis, von seinem Blut befleckt. Joe atmete schneller, ein Gefühl der Unwirklichkeit überkam ihn.

Chuck neben ihm fluchte unterdrückt, und Joe erwachte aus seiner Erstarrung. Er tastete nach dem Funkgerät, um Alison eine Lagebeschreibung zu geben und sämtliche verfügbaren Kräfte in Alarmbereitschaft zu versetzen. Denn auch wenn Kaminski dort so scheinbar harmlos allein saß, eins war klar: Jeder, der einen verletzten Officer gefesselt zur Schau stellte, obwohl er wissen musste, dass bald Verstärkung eintreffen würde, war völlig unberechenbar. Sie hatten es mit einem Irren zu tun.

Als wäre diese Vermutung allein nicht schon schlimm genug, erfuhr sie in der nächsten Sekunde schreckliche Bestätigung. Joe wollte seinen Augen kaum trauen.

Liz hatte Angst, ganz furchtbare Angst. Ihr war schlecht, und sie zitterte so sehr, dass es sich anfühlte, als hätte sie ihren Körper nicht mehr unter Kontrolle. Normalerweise wäre ihr das peinlich gewesen, jetzt hingegen nahm sie es kaum wahr. Zu groß war die Angst.

Warum nur war sie nicht zu Hause geblieben? Warum hatte sie Ceecee nicht davon überzeugt, dass sie dringend ein ordentliches Schloss im *Lakeview* brauchten? Und warum war sie selbst in der Küche geblieben, als sie die Tür gehört hatte? Obwohl sie doch genau gewusst hatte, dass sie abgeschlossen hatte und sich deswegen jemand gewaltsam Zutritt verschafft haben musste? Warum hatte sie nicht wenigstens versucht, jemanden anzurufen oder eine Nachricht zu schicken, statt sich bloß einzureden, sie würde sich irren? Und warum stand sie jetzt einfach so da, ohne irgendetwas zu tun?

Aber auch wenn sie wusste, wie dumm diese Gedanken waren, konnte sie nicht anders, als sich Vorwürfe zu machen. Vielleicht weil sie so das Gefühl hatte, sie hätte ihr Schicksal doch noch irgendwie in der Hand. Oder vielleicht auch deswegen, weil diese Situation auf eine bizarre Weise etwas Vertrautes hatte: Zum zweiten Mal innerhalb weniger Monate sah Liz in der Küche des *Lakeview* in den Lauf einer Waffe. Nur dass es sich diesmal um ein Jagdgewehr handelte und dass oberhalb des Laufs nicht ein Paar entschlossene, aber warme Karamellaugen zu sehen waren, sondern durchscheinend hellgrüne. Die noch dazu auf eine ganz ungute Art flackerten, als wäre ihr Besitzer nicht mehr Herr seiner selbst.

»Wally, bitte«, brachte sie schließlich hervor. »Lass das doch mit der Waffe. Wir können wirklich über alles reden.« Noch während sie das sagte, wurde ihr klar, wie unsinnig ihre Worte waren. Mit Wally war nicht mehr zu reden. Er war ihr schon damals seltsam vorgekommen, als er ihr nachts auf der Straße aufgelauert hatte. Aber jetzt hatte er offenbar endgültig eine Grenze überschritten. Liz spürte, dass ihm alles egal war. Das Einzige, was für ihn zählte, war das Bedürfnis, sich zu rächen für alles vermeintliche Unrecht, das ihm jemals widerfahren war. Er war entschlossen, es allen zu zeigen. Und ihr anscheinend ganz besonders.

»Reden?«, höhnte er. »Du willst reden, Lizzie? Worüber denn? Dass du schon in der Schule immer gedacht hast, ich wäre nicht gut genug für dich? Als du zurückgekommen bist, wollte ich dir noch mal eine Chance geben. Aber selbst da hattest du kein freundliches Wort für mich übrig, hast stattdessen lieber dafür gesorgt, dass mich die Schweine einsperren. Und vor lauter Dankbarkeit bist du gleich mit dem Oberschwein ins Bett gekrochen!«

Das war ja verrückt! Liz wollte ihm widersprechen, schließlich hatte er sie angegriffen und anschließend auch noch lautstark randaliert. Doch dann klappte sie den Mund wieder zu und beschloss, nichts mehr zu sagen. Sie wollte ihn nicht weiter provozieren.

Allerdings erwies sich auch das als sinnlos. Ihr Schweigen brachte ihn anscheinend erst recht in Rage.

Er schnaubte und funkelte sie noch hasserfüllter an. »Ach, da hat es der armen Lizzie wohl die Sprache verschlagen!« Schmerzhaft stieß er ihr den Lauf des Gewehrs in die Rippen und wies mit dem Kopf Richtung Gastraum. »Na ja, was soll's. Ich habe sowieso keine Zeit, hier rumzustehen und dummes Zeug zu labern. Wollen wir doch mal schauen, ob die Kavallerie schon da ist.«

Wieder trieb er sie mit der Waffe an, und Liz kam ruckartig in Bewegung. Die Kavallerie? Was meinte er damit? Hatte er noch ein paar Kumpane gerufen, die ihm helfen sollten? Das hatte vielleicht sogar etwas Gutes, schließlich konnten die nicht alle so durchgeknallt sein wie er – oder sie so sehr hassen. Womöglich könnten sie Wally sogar ein bisschen beruhigen.

Doch als sie in den hell erleuchteten Gastraum kam und an der Wand hinter dem Tresen ein Paar Beine in Polizeiuniform ausmachte, setzte ihr Herz für einen Moment aus. War das ... konnte das wirklich ...? Sie blieb stehen.

Hinter ihr gab Wally ein ungeduldiges Knurren von sich, und Liz wappnete sich gegen den nächsten Stoß mit dem Gewehrlauf. In der nächsten Sekunde spürte sie jedoch, wie er ihr in die Haare griff und sie Richtung Fenster zerrte. Ihr schossen die Tränen in die Augen, aber sie blinzelte dagegen an und nutzte den kurzen Moment, um die Gestalt an der Wand etwas genauer anzuschauen. Gott sei Dank, Gott sei Dank, nicht Joe, sondern einer seiner Deputys. Der junge, etwas übereifrige, wie hieß er noch gleich? Kaminski, genau. Er war gefesselt und blutete, zwinkerte ihr aber dennoch ganz kurz zu, als wolle er ihr Mut machen. Sie war nicht allein! Die Erleichterung, die sie durchströmte, war so groß, dass sie einen Herzschlag lang wieder Zuversicht schöpfte. Sie würde hier herauskommen, irgendwie. Nein, nicht nur sie. Sie und ihr Baby würden hier herauskommen. Trotz ihrer Angst musste sie lächeln. Und dann würde sie Joe sagen, dass sie ihn liebte und für immer mit ihm zusammenbleiben wollte.

Joe hätte am liebsten ein Brüllen ausgestoßen und wäre über die Straße gestürmt, um Liz zu befreien. Nach dem Moment der Erstarrung, als er sie hinter dem Tresen hervorstolpern sah, hinter ihr Wally Jones mit dem Gewehr in der Hand, spürte Joe nun eine unbändige Wut. Jones hatte sie zum Fenster gedrängt, sie sogar brutal an den Haaren gezogen, als sie beim Anblick Kaminskis kurz gestockt hatte. Jetzt standen sie gemeinsam am Fenster, Jones hielt Liz immer noch an den Haaren gepackt und presste ihr gleichzeitig die Waffe in die Rippen. Liz' Gesicht war blass, doch sie lächelte, als wüsste sie, dass er hier draußen stand und sie beschützen würde, komme, was da wolle.

Bei diesem Anblick holte Joe tief Luft und wurde plötzlich ganz ruhig. Wut und Angst waren immer noch da, aber jetzt hatte er sie im Griff. Er würde Liz nicht enttäuschen, das stand fest. Marty hatte er nicht retten können – niemand hatte das –, doch Liz würde er nicht auch noch verlieren, das schwor er sich ganz fest.

Chuck legte ihm eine Hand auf den Arm, als wollte er ihn zurückhalten. Joe nickte ihm nur kurz zu, um ihm zu signalisieren, dass er nichts Unüberlegtes tun würde, und betätigte nun endlich das Funkgerät. Leise schilderte er die Situation, hörte zu seiner großen Erleichterung von Alison, dass schon mehrere

Wagen unterwegs waren und in wenigen Minuten eintreffen würden. Ohne nachdenken zu müssen, gab er routiniert seine Anweisungen, befahl, den Hinterausgang vom *Lakeview* zu sichern und die Straße zu beiden Seiten abzusperren. Es reichte, wenn Jones Liz und Kaminski in seiner Gewalt hatte, es sollten nicht noch weitere Unbeteiligte in Gefahr geraten. Zum Glück würden die Maßnahmen vermutlich auch niemandem groß auffallen, die Einwohner von Willow Springs genossen – wie üblich um diese Uhrzeit – bereits ihren wohlverdienten Schlaf.

»Soll ich weitere Unterstützung anfordern?«, fragte Alison. Bei aller Erfahrung – die stets tatkräftige Kollegin würde nächstes Jahr ihr 20-jähriges Dienstjubiläum feiern – konnte Joe doch hören, wie schockiert sie war. Kein Wunder, ein tätlicher Angriff auf einen Cop und ein Kidnapping waren vermutlich im gesamten Northern Highland kaum jemals vorgekommen und hier in Willow Springs erst recht nicht.

»Danke, Alison, ich denke, das ist nicht nötig. Jones scheint allein zu sein. Fordere bitte nur noch Rettungswagen an, zumindest Kaminski wird einen brauchen.«

»Verstanden. Viel Glück, Chief.«

Sie beendeten das Gespräch, und Joe wandte sich Chuck zu. »In fünf Minuten haben die Kollegen Stellung bezogen.«

Sein Cousin nickte, ohne ihn anzusehen; er hatte die Szenerie im *Lakeview* nicht ein einziges Mal aus den Augen gelassen. »Was meinst du, was mit dem Kerl los ist?«

»Mit Jones? Bis vor Kurzem war er kleiner Gelegenheitsdealer hier im Ort. Nichts Ernstes, Gras, ein paar Pillen und so.«

»Lass mich raten: Jetzt ist er auf harte Sachen umgestiegen und hat eine akute psychotische Episode?«

»Und ist deswegen äußerst labil und könnte jederzeit ausrasten? Und dann einfach losballern wie der Junge, der Marty auf dem Gewissen hat?«

Chuck sog scharf die Luft ein und nickte. »Exakt.«

»Wir können nur hoffen, dass wir uns irren, Chuck. Jedenfalls hat er eine besondere Beziehung zu Liz, in der Highschool war er wohl unglaublich scharf auf sie. Vor drei Monaten hat er ihr schon mal auf der Straße aufgelauert, auch da war er richtig krass aggressiv, hat sie geschlagen und nachher randaliert. Kaminski und ich mussten ihn in Gewahrsam nehmen, seine Eltern haben ihn erst etwas schmoren lassen, dann aber doch die Kaution gestellt. Seit ein paar Tagen ist er wieder raus und wartet auf seine Verhandlung.«

Plötzlich verstand Joe. »Moment, das hängt doch alles zusammen. Kaminski und ich haben ihn festgenommen, nachdem er Liz angegriffen hatte. Kaminski und Liz sind jetzt da drin. Und ich ... ich bin gekommen, weil mir jemand eine Nachricht aufs Handy geschickt hat. Im Polizei-Code, den Kaminski laut Alison niemals verwendet, den man aber immer noch in jedem zweiten Actionfilm hört. Ich hatte mich vorhin schon gefragt, ob mich vielleicht jemand herlocken will. Aber jetzt bin ich mir sicher. Jones wollte, dass ich komme und mir das da ansehe. Oder vielleicht ...«

Chuck starrte ihn an. »Scheiße, Joe. Glaubst du wirklich ...«

»Ja«, bestätigte er die unausgesprochene Vermutung seines Cousins. »Genau das glaube ich. Er hat es nicht nur auf Liz und

Kaminski abgesehen. Er will sich an uns allen drei rächen. Mit dem Finale wird er warten, bis ich komme. Um dann meinen Deputy und Liz Stück für Stück zu Kleinholz machen, wenn er nicht seinen Willen kriegt. Egal, mit wie viel Mann wir hier draußen vor der Tür sitzen.« Wieder dachte Joe nach, fragte sich, ob es eine andere Alternative geben könnte, einen anderen Weg als den, den er so deutlich vor sich sah.

Er wusste genau, wie wenig Chuck seine nächsten Worte gefallen würden. *Che rabbia*, ihm gefiel es ja auch kein bisschen. Trotzdem war Joe sich absolut sicher, was jetzt zu tun war.

»Ich muss da rein. Jetzt. Bevor er weiß, dass wir da sind.«

»Na, da meint es der ehrenwerte Chief of Police ja vielleicht doch nicht so ernst mit dir, Lizzie, oder?« Wallys Stimme jagte Liz eine Gänsehaut über den Rücken. Er klang süßlich verständnisvoll, wie ein Killer aus einem dieser schrecklichen Slasher-Filme, die während ihrer Teeniezeit so angesagt gewesen waren. Schon damals hatte Liz die nicht ausstehen können.

Sie bemühte sich um Fassung. Nicht einfach, wenn einem vor lauter Angst der kalte Schweiß über den Rücken lief und man jegliches Zeitgefühl verloren hatte. Keine Ahnung, wie lange sie hier schon vor dem Fenster standen. Vermutlich waren es nicht mal fünf Minuten, aber Liz kam es vor wie eine halbe Ewigkeit. Was sollte sie nur machen? So tun, als würde Joe für sie durchs Feuer gehen – auch wenn sie sich da leider überhaupt nicht sicher war? Oder stattdessen vortäuschen, dass sie nur eine völlig bedeutungslose Geschichte miteinander laufen hatten?

Bevor sie sich entschieden hatte, sprach Wally auch schon weiter. »Aber vermutlich ist er ein zu großer Feigling, um auf meine nette Einladung zu reagieren. Vielleicht hat der Intelligenzbolzen sie ja gar nicht kapiert? Hm, das Niveau der Staatsdiener heutzutage lässt doch sehr nach.«

Auch wenn sie nicht wusste, was Wally mit »netter Einladung« meinte, war sie stellvertretend für Joe beleidigt. Offenbar ging das nicht nur ihr so, denn hinter ihnen gab Kaminski ein unwilliges Schnauben von sich. Wally drehte sich so abrupt zu ihm um, dass er Liz' Haare loslassen musste. Leider bohrte er ihr zum Ausgleich den Lauf des Gewehrs noch ein bisschen schmerzhafter in die Seite. Trotzdem war das momentane Gefühl der Erleichterung unglaublich groß. Dankbar reckte sie den Hals und meinte dabei, vor dem Fenster eine Bewegung wahrzunehmen. Was war das? Sie blendete die Flut von unflätigen Beschimpfungen aus, die Wally jetzt über den Deputy ergoss, und starrte möglichst unauffällig durch die Scheibe. War da draußen die Rettung?

Sie war sich nicht sicher, aber falls das doch die Cops oder vielleicht sogar Joe selbst waren, würden sie vermutlich versuchen, sich über den Hintereingang Zugang zu verschaffen. Wesentlich einfacher, als frontal auf Wally zuzulaufen. Und falls das so war ... dann musste sie unbedingt helfen und Wallys Aufmerksamkeit wieder auf sich lenken, weg von der Küche. Sie versteifte sich, zuckte nach vorn – und ihr Entführer reagierte wie gewünscht: Genauso plötzlich, wie er sich Kaminski zugewendet hatte, drehte er sich wieder zu Liz um, konzentrierte sich erneut auf sie.

»Na, was gesehen, meine Schöne? Kommt da endlich dein Ritter auf dem weißen Pferd?«

Liz bemühte sich, ertappt auszusehen. Und gleichzeitig irgendwie gespielt unschuldig. Oder mutlos, sie wusste nicht genau, mit welchem Gesichtsausdruck Wally am besten zu überzeugen war. Sie konnte nur hoffen, dass sie nicht einfach nur völlig verwirrt und wie eine schlechte Schauspielerin wirkte. Ihre Taktik schien jedoch aufzugehen, denn er sah schlagartig sehr zufrieden mit sich aus. Er drehte sich zur Fensterfront und zog auch sie wieder in diese Richtung.

Sie meinte, aus der Küche ein leises Schaben oder Kratzen zu hören, und ihr Herz klopfte schneller. Tatsächlich, sie hatte recht gehabt! Sie musste nun unbedingt dafür sorgen, dass Wally sich nicht umdrehte, sondern sich ganz ihr widmete. Also gab sie ein Stöhnen von sich, und als ihr das nicht laut genug vorkam, schluckte sie jeden Stolz herunter und verlegte sich auf mädchenhaftes Jammern. »Wally, aua, du tust mir weh, so weh! Und mir ist ganz schwindelig, du weißt ja gar nicht, wie stark du bist, greif doch nicht so fest zu, bitte. Ich mache ja alles, was du willst, versprochen, nur bitte, bitte, bitte … «

Wally stieß ein diabolisches Gelächter aus, und Liz verstummte. Einerseits war sie froh, weil mädchenhaftes Gejammer so außerhalb ihrer Erfahrung lag, dass sie ohnehin nicht mehr gewusst hätte, was sie noch hätte sagen können, andererseits war ihr jetzt wirklich schwindlig. Denn erst durch sein völlig irres Lachen war ihr richtig klar geworden, wie brenzlig die

Situation war. Sollte sie sich getäuscht haben, und niemand war da, um sie und Kaminski zu retten, dann wusste sie nicht, ob sie beide das hier überleben würden.

»Legen Sie die Waffe hin, Jones, und nehmen Sie die Hände von Liz.« Die Stimme hinter ihnen klang beherrscht und professionell. Der völlig unpassende Gedanke, dass Joe sich noch sexier anhörte als bei ihrer ersten Begegnung, hüpfte wild durch ihr Hirn. Seltsam, dass ihr das erst jetzt klar wurde, wie attraktiv sie seine Stimme schon vom ersten Moment an gefunden hatte. Dann aber verstand sie die Situation: Sie befand sich mitten in der Schusslinie. Und sie wusste, dass Wally super mit diesem blöden Gewehr umgehen konnte und keine Sekunde zögern würde, es zu benutzen, wenn er wollte. Was sie nicht wusste, war, ob er überhaupt noch zurechnungsfähig war. Urplötzlich wurden ihr die Knie weich, und am liebsten hätte sie sich zu Boden gleiten lassen. Doch Wally hielt sie mit eisernem Griff fest.

Schon in der nächsten Sekunde brach das Chaos aus. Liz konnte später beim besten Willen nicht mehr sagen, wie oder was genau passiert war, aber irgendwie schaffte Wally es, sie beide rumzudrehen und dabei auch noch hinter ihr in Deckung zu gehen. Ein ohrenbetäubender Lärm erklang, als eine oder vielleicht auch beide Waffen losgingen, aber Liz war sich ziemlich sicher, dass sie auch laut geschrien oder vielleicht sogar gebrüllt hatte.

Im nächsten Moment sah sie das Blut – Joes Blut. Es spritzte über die Kaffeemaschine, lief über die glänzende Oberfläche der *La Marzocco*, die Ceecee erst vor wenigen Stunden so liebevoll poliert hatte. Liz' Blick wanderte weiter zu Joes fassungslosem Gesicht, seinem zu einem stillen O geformten Mund, dem roten Blut auf seinem hellen Hemd. Das Dröhnen in ihren Ohren wurde lauter, und ihr Gesichtsfeld begann sich zu verzerren, bis sie nichts mehr sehen konnte als diese Farbe. Dieses grässliche, wabernde Rot. Das ihr alle Hoffnung auf eine Zukunft nehmen wollte. Später erinnerte sie sich noch daran, wie sie tief Luft geholt hatte.

Dann wurde alles schwarz um sie herum.

Kapitel 24

Ach, Sie sind wach. Na, das nenne ich doch mal eine Rechte. Erinnern Sie mich bloß daran, dass ich Ihnen nicht zu nahe komme, wenn Sie wütend sind.«

Mühsam drehte Liz den Kopf. Was war nur mit ihr los? Sie hatte ein ganz merkwürdiges Gefühl im Kopf. Irgendwie wolkig, als wäre sie nicht ganz bei sich. Ihr Blick wanderte über pastellfarbene Wände zu dem Mann, der neben ihrem Bett saß. Er hatte raspelkurze Haare, beeindruckend breite Schultern, cognacfarbene Augen und ein ziemlich freches Lächeln. Irgendwie kam er ihr bekannt vor, auch wenn sie sich ziemlich sicher war, ihn noch nie zuvor gesehen zu haben.

»Was ... was ist denn passiert?«, brachte sie schließlich hervor. Und was meinte er bloß damit, dass er ihr besser nicht zu nahe kommen sollte?

»Keine Sorge, Sie sind im Krankenhaus, und es ist alles okay. Sie fühlen sich nur gerade ein bisschen benebelt, oder? Das kommt von den Medikamenten, glaube ich. Aber ich habe den Ärzten natürlich von dem Baby erzählt, deswegen konnten sie gleich dementsprechend handeln. Spätestens in ein paar Tagen sind Sie wie neu. Die Medizinmänner wollten Sie trotzdem heute Nacht zur Beobachtung hierbehalten.« Er lächelte sie an und streckte ihr die Hand entgegen. »Ich bin übrigens Charles Mariani, Joes Cousin. Nennen Sie mich Chuck, das tun alle.«

Automatisch ergriff sie seine Hand und schüttelte sie, obwohl ihr die ganze Situation absurd und fremd vorkam. »Freut mich, ich bin Liz«, murmelte sie. Dann fuhr sie hoch. »Joe – Joe! Wie geht es ihm? Ich muss zu ihm, sofort!«

Chuck machte sich sanft von ihr los und drückte sie zurück in die Kissen. »Keine Sorge«, wiederholte er sich. »Dem alten Draufgänger geht es gut, ist nur ein Streifschuss. Verdankt er allein Ihrem heldenhaften Einsatz, wenn Sie mich fragen.«

»Heldenhafter Einsatz?«, fragte sie verwirrt nach. Der Mann sprach wirklich in Rätseln.

Chuck sah sie an und runzelte die Stirn. »Hm. Sie haben anscheinend einen Filmriss. Ganz normal unter diesen Umständen, aber das ist ja nicht unbedingt ein Trost. An was genau erinnern Sie sich?«

Stockend fasste Liz die Ereignisse des gestrigen Abends zusammen. Wie sie beschlossen hatte, abends im *Lakeview* ein neues Rezept auszuprobieren. Wie sie gehört hatte, dass die Tür aufging, obwohl sie abgeschlossen hatte. Sie hatte sich selbst zugeredet, dass das ein Irrtum sein und sie sich verhört haben musste. Dann aber hatte plötzlich Wally mit einer Waffe in der Küche gestanden, sie an einen Stuhl gefesselt, nur um schlagartig wieder zu verschwinden. Und wie er wieder aufgetaucht war, völlig aufgedreht gewirkt und irgendwas von einer Einladung gefaselt hatte.

An dieser Stelle machte sie eine Pause. Sie war sich nicht

sicher, ob Chuck ihrer Schilderung hatte folgen können, auch wenn er ihr die ganze Zeit konzentriert und ohne ein Anzeichen von Ungeduld oder Unverständnis gelauscht hatte.

»Und dann hat Jones Sie ins Café gezerrt, wo Sie Kaminski gesehen haben. Da wurde Ihnen dann klar, dass das alles eine Falle für Joe sein sollte, oder?«, stellte er nun fest.

Dankbar sah sie ihn an. »Ja, genau.«

Chuck lächelte. »Ich hab's ja nicht geglaubt, dass ihr hier in der Provinz so rachsüchtige Kleinkriminelle habt, aber Joe wusste auch gleich, was Sache war.« Im nächsten Moment wurde er wieder ernst. »Wissen Sie noch, was passiert ist, als Joe reingekommen ist?«

Sie nickte und fing unwillkürlich an zu zittern. Wie um sich zu schützen, zog sie hastig die Bettdecke bis fast unters Kinn.

Chuck legte beruhigend eine Hand auf ihre. »Ich verspreche Ihnen, Joe ist nichts Schlimmes passiert. Er hat mir persönlich aufgetragen, auf Sie aufzupassen und Sie nicht eine Sekunde aus den Augen zu lassen. Und er war dabei quasi topfit.« Er grinste. »Ehrlich gesagt hat er mir furchtbare Rache angedroht, wenn ich meine Sache nicht ordentlich mache. Erst danach hat er sich aufgemacht, um nach Kaminski zu sehen.« Chuck tätschelte ihre Hand und lehnte sich dann auf seinem Stuhl zurück. »Wo waren wir stehen geblieben? Ach ja, Sie haben noch mitgekriegt, wie dieser dämliche Jones geschossen hat und mit mehr Glück als Verstand keine wichtigen Körperteile von irgendjemandem erwischt hat ...«

Liz schüttelte den Kopf. »Das war kein Glück, sondern Absicht. Wally ist schon in der Highschool gern mit seinem Vater zur Jagd gegangen.«

Chuck hielt kurz inne und nickte. »Das passt.« Bevor Liz fragen konnte, was er damit meinte, sah er sie forschend an. »Und was danach passiert ist, daran erinnern Sie sich wirklich nicht?«

Sie schüttelte den Kopf.

»Unglaublich. Na ja, irgendwas muss bei Ihnen ausgesetzt haben, denn Sie haben sich aufgeführt wie Wonder Woman. Mein lieber Schwan, so was habe ich echt noch nicht gesehen, in meiner ganzen Zeit als Cop nicht.« Er schien kurz in Erinnerungen zu schwelgen, riss sich aber genauso schnell wieder zusammen. »Jedenfalls haben Sie sich von Jones losgerissen und ihm gleichzeitig mit der rechten Faust einen ordentlichen Schlag verpasst. Er ist sofort in die Knie gegangen. Ich habe noch gesehen – ich war draußen vor dem Fenster, verstehen Sie –, wie Joe auf Sie beide zugestürzt ist und Wally ganz einfach entwaffnen konnte. Und während er ihm die Handschellen anlegte, sind Sie ganz einfach zusammengesackt.«

»Oh«, machte Liz, weil sie für den Augenblick sprachlos war. Sie sollte Wally niedergeschlagen haben? Sie, Liz DeWitt? Obwohl sie sich an nichts erinnern konnte und den Begriff »rechter Haken« höchstens aus Büchern kannte? Unauffällig versuchte sie, Chucks Gesichtsausdruck zu entschlüsseln. Verarschte Joes Cousin sie?

»Ja«, sagte Chuck, »das nenne ich mal Teamarbeit. Verdammt mutig, die Initiative zu ergreifen und Joe dem Kerl quasi auf dem Silbertablett zu servieren. Und natürlich verflucht leichtsinnig.« Er sah sie streng an.

Das fand Liz ein bisschen ungerecht. Schließlich konnte sie sich gar nicht an das erinnern, was sie da angeblich so verflucht Leichtsinniges getan hatte. Wie sollte sie sich auch noch dafür verantwortlich fühlen? Zumal sie sich immer noch nicht ganz sicher war, ob die Schilderungen von Joes Cousin der Wahrheit entsprechen konnten.

Sie beschloss, das Thema zu wechseln. »Muss ich eigentlich eine Aussage machen? Und falls ja, wie funktioniert das dann?«

Chuck grinste schon wieder ziemlich frech. Offenbar hatte er genau verstanden, was sie sich nicht zu fragen traute, nämlich: Kommt Joe nachher noch vorbei? Sie fühlte, wie sie rot wurde. Ob Chuck auch dazu einen Kommentar ablassen würde? Bisher hatte sie eher nicht den Eindruck, als würde Joes Cousin besonders viel Taktgefühl besitzen.

Doch er überraschte sie. »Ich nehme an, dass Joe später noch reinschauen wird«, sagte er nämlich nur, ohne eine weitere Miene zu verziehen. »Aber sollte es nötig sein, können Sie bestimmt auch morgen auf dem Revier Ihre Aussage machen.« Er warf einen Blick auf seine Uhr. »Gleich Viertel nach drei. Sagen Sie, Liz, soll ich eigentlich jemanden verständigen, dass Sie im Krankenhaus sind?«

Liz überlegte. Tante Georgia kam nicht infrage, die konnte zusätzliche Aufregung ganz bestimmt nicht gebrauchen. Marlee? Liz war sich nicht sicher, ob sie selbst gerade die Aufregung verkraften konnte, die ein Auftritt ihrer Mutter im Krankenhaus sehr wahrscheinlich hervorrufen würde. Allerdings wollte sie vermeiden, dass ihre Familie durch irgendjemand anders erfuhr, was passiert war. Sie musste also unbedingt vor morgen früh Bescheid sagen, auch wenn sie es im Grunde so allein mit Chuck hier gerade ziemlich gemütlich fand. Sie gähnte. Außerdem wurde sie jetzt ganz schön müde. Noch ein Grund, schnell zu handeln, sonst schlief sie gleich noch ein. Vielleicht Ceecee? Hm, die würde es sich bestimmt auch nicht nehmen lassen, schnell im Krankenhaus vorbeizuschauen, sehr wahrscheinlich mit Cal im Schlepptau. Und auf den hatte Liz nun wirklich keine Lust. Oder Rob ...

Erst dann wurde ihr klar, wie naheliegend die Lösung war. Beinahe hätte sie über sich selbst gelacht.

»Sagen Sie meinem Stiefvater Bescheid? Er muss nicht herkommen, er soll es nur den anderen beim Frühstück schonend beibringen. Warten Sie, ich hab seine Nummer in meinem Handy gespeichert.«

Urs reagierte genau so, wie Liz es von ihm erwartet hatte, jedenfalls soweit sie es aus der Hälfte des Gesprächs, die sie mitbekam, schließen konnte. Er blieb vollkommen ruhig, stellte die richtigen Fragen und versicherte Chuck offenbar, dass Liz sich keine Sorgen machen sollte, weil er sich um alles kümmern würde.

Chuck nickte, nachdem er das Telefonat beendet hatte, und legte das Handy auf ihren Nachttisch. »Ich mag es ja, wenn man nicht viele Worte machen muss. Scheint ein cooler Typ zu sein, Ihr Stiefvater.«

Liz lächelte. Einerseits deswegen, weil sie den Eindruck hatte, dass Chuck eigentlich ganz gern viele Worte machte. Musste in der Familie liegen. Und andererseits, weil es immer noch ziemlich seltsam war, dass ein knapp Dreißigjähriger ihr Stiefvater sein sollte. Trotzdem, es fühlte sich gut und richtig an. »Ja«, bekräftigte sie, »das ist er.«

Und dann fielen ihr wirklich die Augen zu, und sie schlief ein.

Joe eilte durch die langen Flure des Krankenhauses von Greenwood County. Es war unglaublich still. Von der hektischen Betriebsamkeit, wie er sie aus New Yorker Krankenhäusern kannte, war das hier meilenweit entfernt. Er spürte, wie sich seine Schultern unwillkürlich entspannten. Als Cop in New York war ein Krankenhausbesuch zu jeder Tages- und Nachtzeit zwar nicht unbedingt Routine, aber auch nichts Besonderes. Immer wieder landeten Zeugen oder Verdächtige in der Notaufnahme oder auf einer Station und mussten eben auch dort vernommen werden. In seiner neuen Heimat war er jetzt zum ersten Mal im Krankenhaus, und dramatische Vernehmungen standen zum Glück nicht an. Wally Jones war festgesetzt, aber gerade nicht vernehmungsfähig, und ohnehin würden sich dann sehr wahrscheinlich schon die Kollegen von der Staatsanwaltschaft um ihn kümmern. So oder so, der Typ war nicht mehr sein Problem. Bewaffneter Überfall, Geiselnahme eines Officers und einer Zivilistin, vielleicht sogar ein Mordversuch an einem Beamten ... es würde ganz schön lange dauern, bis Wally Jones wieder hinterm Tresen von Jones' Anglerbedarf stehen würde.

Kaminski lag zwar in einem der Betten im oberen Stock, und Joe hatte ihn zum Tathergang befragt und ein paar Notizen gemacht. Aber das war im Prinzip reine Formsache. Kaminskis Verletzungen hatten zum Glück viel schlimmer ausgesehen, als sie es tatsächlich waren, und Joe war sich ziemlich sicher, dass sein Deputy die Narben spätestens im nächsten Sommer voller Stolz zur Schau tragen würde. Schließlich bewiesen die ja geradezu, was für ein Held er war.

Joe musste grinsen. Wirklich, der Kleine hatte sich viel besser geschlagen, als er das jemals erwartet hätte. Keine Ahnung, warum Kaminski so über sich hinausgewachsen war, aber Joe nahm sich fest vor, in Zukunft nicht so schnell mit seinen Urteilen zu sein. Klar, sein Deputy hatte es geschafft, sich von einem Junkie als Geisel nehmen zu lassen, aber er hatte vorher noch die Kollegen gewarnt und war in der Situation selbst bemerkenswert ruhig geblieben.

Überhaupt war der heutige Tag voller Überraschungen und plötzlicher Erkenntnisse gewesen. Nicht alle davon waren so positiv ausgefallen wie die Einsicht, dass sein Deputy mit etwas Geduld vielleicht doch zu einem richtigen Cop heranreifen konnte. Wenn er da nur an Chucks Bemerkungen über sein Verhältnis zu Frauen dachte – *dio mio!* Er wand sich immer noch innerlich bei dem Gedanken. Vor allem, weil er sich so unglaublich ertappt gefühlt hatte.

Vor seiner Familie – und auch vor sich selbst, wenn Joe ehrlich war – hatte er immer so getan, als könnte er sich wirklich nicht erklären, warum es bei ihm mit einer dauerhaften Beziehung nicht klappte. Dabei konnte ihm niemand unterstellen, dass er es nicht versucht hatte, schließlich war er seit seiner Teenie-Zeit nie ohne weibliche Begleitung gewesen. Erst hier in Willow Springs hatte er eine Pause eingelegt. Wenn er so darüber nachdachte, war er sogar ziemlich erleichtert gewesen, dass die anderen nicht mehr permanent überwachten, ob er endlich eine Frau zum Heiraten und Kinderkriegen gefunden hatte. Teilweise hatte er sich extrem unter Druck gefühlt, endlich die »Richtige« zu präsentieren – also eine, die sich nahtlos in seine Familie und sein Leben als Cop einfügen würde. Und die dazu noch angenehm anzuschauen war, leidlich gut im Bett und nicht allzu anspruchsvoll, was Gefühle anging. Er musste über sich selbst den Kopf schütteln, wenn er es so brutal und unverblümt formulierte. Kein Wunder, dass entweder er oder seine Freundinnen immer irgendwann die Reißleine gezogen hatten.

Bis Liz in sein Leben geplatzt war. Bei ihr war er gar nicht dazu gekommen, irgendwelche Grenzen abzustecken oder ganz rational an die Sache ranzugehen – vielleicht, weil sie so eindeutig die Falsche für seine Ansprüche gewesen war. Aber wenn er es recht bedachte, hatte er ziemlich schnell gespürt, dass es mit ihr nicht so ablaufen würde wie üblich. Vielleicht auch deswegen, weil Liz sich niemals so einfach auf seine Bedingungen eingelassen hätte. Sie hatte ihn von ihrer ersten Begegnung an herausgefordert, ihn immer wieder überrascht und beflügelt. Noch nie zuvor hatte er sich bei einer Frau so lebendig, so wach gefühlt. Es konnte verflucht anstrengend sein – und war gleichzeitig doch das Beste, was ihm je passiert war.

Noch etwas anderes hatte er heute verstanden: Das Leben

war verdammt kurz. Klar – Joe musste schlucken –, das hatte er nach Martys Tod oft gesagt und dabei immer gedacht, er würde das glauben und auch danach handeln. Dennoch hatte er zugelassen, dass die Trauer um seinen Cousin ihn völlig gelähmt, ihn wie eingefroren zurückgelassen hatte. Von außen betrachtet sah es vielleicht nicht so aus, denn er hatte ja jede Menge Dinge in Gang gesetzt: Er hatte seine Heimat verlassen und sich ziemlich weit weg einen neuen Job gesucht, er hatte neue Freunde gefunden und sich sogar ein Haustier angeschafft. Aber gleichzeitig hatte er vor so vielen wichtigen Dingen die Augen verschlossen: dass es ihn nicht glücklich machen würde, nach den vermeintlichen Vorstellungen anderer Leute zu leben, auch wenn es sich dabei um seine Familie handelte; dass es nicht reichen würde, einfach aus New York wegzugehen, solange er noch halb mit den Gedanken dort blieb und vor sich selbst so tat, als wäre die Zeit in Willow Springs eine unverbindliche Übergangslösung. Kurz, dass er selbst wissen musste, was für ihn das Richtige war, wo er leben wollte – und mit wem.

Alle diese Einsichten hatte er Liz zu verdanken – da hatte es der alte Herr da oben ziemlich gut mit ihm gemeint, als er sie getroffen hatte. Jetzt musste er sich wirklich revanchieren und ihr endlich erzählen, wie es um ihm stand. Wie sehr er sie liebte und dass er sich nichts Schöneres vorstellen konnte, als in Willow Springs mit ihr eine Familie zu gründen. Vorausgesetzt, sie wollte ihn denn auch.

Er stieß die Tür zu der Station auf, auf der Liz liegen sollte, und suchte nach ihrem Zimmer. 306. Hier war es. Joe legte die Hand auf die Klinke und holte tief Luft. Er wusste, dass Liz schlief, Chuck hatte ihm vorhin kurz eine Nachricht geschickt und ihm Bericht erstattet. Er würde sich also leise ins Zimmer schleichen, seinen Cousin zu sich nach Hause schicken und dessen Platz an Liz' Bett einnehmen. Wenn sie aufwachte, sollte er der Erste sein, den sie sah. Er öffnete die Tür.

Kapitel 25

Ich liebe dich.«

Liz drehte den Kopf und sah Joe an. Diesmal hatte sie genau gewusst, wo sie war, als sie die Augen aufgeschlagen hatte. Im Krankenhaus, am Morgen nachdem Wally sie und Kaminski im *Lakeview* festgehalten hatte. Sie wusste nicht genau, was sie aufgeweckt hatte. Vielleicht war es das Sonnenlicht gewesen, das zum Fenster hereinschien. Oder vielleicht der Mann, der neben ihrem Bett auf einem Stuhl saß und der sie aus seinen unwiderstehlichen Karamellaugen so feierlich ansah. Oder vielleicht auch seine Worte, die ihr gleichzeitig das Herz wärmten und das Blut wie Champagner durch die Adern pulsieren ließen. Sie seufzte glücklich.

Dennoch, sie musste es widerwillig zugeben, die Zweifel blieben. Sagte Joe das vielleicht nur, weil er sie durchschaut hatte und ihm klar war, dass sie ihn liebte? Sie musste an seinen Cousin und dessen amüsiertes Lächeln denken – Chuck wusste offenbar nicht nur, dass sie schwanger war, sondern kannte sich auch bestens mit ihren Gefühlen aus. Musste das dann nicht ebenso für Joe gelten? Und wollte der sie nach dem gestrigen Abend jetzt auf irgendeine verquere Art und Weise trösten? Sie kannte ihn ja, er war ein Gentleman durch und durch. Oder – schlimmer noch – wollte er das Richtige tun und pflichtbewusst dafür sorgen, dass sein Kind nicht ohne Vater aufwuchs? Bei dem Gedanken fröstelte es sie. Sie öffnete den Mund, um etwas zu sagen. Doch Joe legte ihr den Finger auf die Lippen. »Warte, Liz, lass mich ausreden. Bitte. Ich habe dir eine Menge zu sagen, und diesmal will ich alles richtig machen. Aber das Wichtigste konnte ich einfach nicht mehr für mich behalten.«

Sie tat ihm den Gefallen. Abgesehen davon, dass sie vermutlich sowieso keinen zusammenhängenden Satz von sich gegeben hätte, spürte sie, wie wichtig es jetzt war, dass sie ihm zuhörte. Auch sie wollte diesmal alles richtig machen. Sie nickte und sah ihn auffordernd an.

Er fuhr sich durch die Haare und griff nach ihrer Hand. »Das ist nicht leicht für mich.« Joe holte tief Luft und sah sie wieder unverwandt an. »Okay. Du weißt ja, dass ich nach dem Tod meines Cousins Marty nach Willow Springs gekommen bin, weil ich einfach ein bisschen Abstand brauchte.«

Liz nickte. Joe sprach nur selten von Marty, aber immer, wenn er das tat, wurde deutlich, wie wichtig der für ihn gewesen war.

»Marty war ein großartiger Mensch, der beste Freund, den man sich vorstellen kann. Er konnte wahnsinnig gut zuhören und war irgendwie, na ja, wie soll ich das sagen ...«, Joes Stimme wurde leiser, bevor er sich sichtlich zusammenriss, »... weise ist wohl das richtige Wort. Dabei war er ganz und gar nicht aufgeblasen oder ein Spielverderber, im Gegenteil, er war für jeden Spaß zu haben.« Joe lachte heiser, offenbar weil er sich an einen dieser Streiche erinnerte. Liz musste lächeln, weil er dabei so gelöst wirkte.

Doch dann wurde er wieder ernst. »Aber ich lenke ab. Ich war nicht ganz ehrlich zu dir, was Marty angeht. Ich habe dir erzählt, es wäre ein Dienstunfall gewesen. Ich weiß nicht so genau, warum, vermutlich, weil es so viel einfacher zu ertragen wäre ... Nein, Marty war einfach nur zur falschen Zeit am falschen Ort. Er war auf dem Heimweg nach der Spätschicht, wollte kurz vor Mitternacht noch ein paar Sachen fürs Frühstück im Deli besorgen. Milch und so, was man halt so braucht. Dummerweise hatten sich ein paar Jungs ausgerechnet diesen Laden für eine Mutprobe ausgesucht. Eigentlich wollten die Typen nur ein paar Dollar abgreifen, hatten sich aber dafür gleich mit diversen Knarren ausgerüstet. Einer von den Möchtegern-Gangstern hat total überreagiert. Er hat Marty einfach abgeknallt.«

Joe machte eine Pause, und Liz drückte seine Hand.

»Der Kerl war noch keine 16, Liz. Und er hatte zum ersten Mal in seinem Leben eine Waffe in der Hand, einer seiner Kumpel hatte den Schrank von seinem Dad geplündert. Weißt du, wie groß die Chancen sind, dass man als Ungeübter beim Schuss trifft, was man treffen will, geschweige denn einen Menschen tödlich verwundet? Praktisch nicht existent. Die Kollegen haben erzählt, der Junge hätte komplett unter Schock gestanden, als sie beim Deli eintrafen.« Joe blickte sie ernst an. »Ich weiß ... Ich meine, ich weiß nicht so recht, ob ich mich richtig ausdrücke. Verstehst du trotzdem, was ich sagen will, Liz? Wie schwer das war? Ich konnte es nicht glauben, dass er einfach so sterben sollte. Doch nicht Marty! Er hatte im Dienst schon so viele schwierige Situationen überlebt und nie auch nur einen blauen Fleck davongetragen. Ich habe mir die Tatortfotos kommen lassen, die Zeugen wieder und wieder befragt. Ich konnte es einfach nicht glauben. Vielleicht war er in eine Falle gelaufen, irgendjemand, den er überführt hatte, wollte sich rächen. Oder die Typen haben gecheckt, dass er Polizist war, vielleicht weil er was gesagt hat, die Situation beruhigen wollte, und sie sind deswegen so ausgerastet. Aber irgendwann musste ich einsehen, dass es stimmte. Marty hatte keine Chance. Er wurde nicht erschossen, weil er Cop war, niemand hat das gemerkt, er hat überhaupt nicht ins Geschehen eingegriffen. Sein Tod war nichts als ein Zufall, ein dummer Witz vom Universum. Als ich das begriffen hatte, wollte ich einfach nur noch weg. Weg aus New York, weg von meiner Familie. Seltsamerweise nicht weg von meinem Job, das stand nie zur Debatte. Keine Ahnung, wieso. Vielleicht, weil ich nichts anderes gelernt habe.«

Er lachte ein wenig verlegen, und wieder drückte Liz seine Hand. Sie verstand das. Joes Verantwortungsbewusstsein, sein Gerechtigkeitssinn und sein Bedürfnis, für die Gemeinschaft da zu sein, waren so sehr ein Teil von ihm selbst, dass sie ihn sich gar nicht anders vorstellen konnte. Joe war einer von New York's Finest und würde es immer bleiben, egal, wo er Dienst tat. Und er war deswegen ein Cop, weil alles andere eine Verschwendung gewesen wäre.

»Hier in Willow Springs habe ich dann langsam die Kurve gekriegt. Dachte ich zumindest. Die Alpträume hörten auf, und nach dem ersten Schrecken habe ich mich sogar für Martys Witwe Julia freuen können, als sie einen neuen Mann kennengelernt hat.« Joe lächelte sie an und strich ihr eine Haarsträhne aus der Stirn. »Aber ich bin eigentlich erst jetzt so weit, zuzugeben, wie sehr ich mich hier zu Hause fühle. Die ganze Zeit habe ich immer noch so getan, als wäre mein Leben in Willow Springs nur ein Übergang, eine Durchgangsstation, bis ich wieder zurück nach New York gehen würde.«

Er schaute zur Seite, und sie fragte sich unwillkürlich, ob er sich für seine Gedanken schämte. Dabei konnte sie ihn so gut verstehen! Niemals hätte sie die letzten zehn Jahre ihres Lebens als Übergangslösung bezeichnet. Doch seit ihrer Rückkehr nach Willow Springs fühlte es sich manchmal fast so an. Tante Georgia mochte glauben, dass das nur den Umständen geschuldet war, aber Liz selbst wusste es besser. Sie war zurückgekommen, weil es ohnehin irgendwann passiert wäre, weil sie in ihrer Heimat leben wollte und nirgendwo sonst. Dort, wo man aufgewachsen war, hatte man nun einmal Wurzeln, das war schließlich nur normal.

Joe streichelte mit dem Daumen ihren Handrücken, und die Berührung sandte eine prickelnde Spur tief in ihr Innerstes. Gott, wie unglaublich sexy sie diesen Mann fand – selbst dann, wenn sie in einem Krankenhausbett lag und er ihr sein Herz ausschüttete. Ob das immer so bleiben würde? Er blickte sie an, und sein Lächeln ließ sie ahnen, dass er gerade ganz ähnliche Gedanken hatte wie sie.

»Jedenfalls dann, als ich dich traf und mich mehr und mehr in dich verliebte«, sein Lächeln vertiefte sich, »selbst da habe ich noch ganz schön gebraucht, bis ich kapiert habe, dass mein Leben weitergehen konnte und sollte. Meine Güte, ich habe sogar endlos lange gebraucht, bis mir klar war, wie verschossen ich in dich bin.« Jetzt wurde aus dem Lächeln ein Grinsen, und Liz musste sich enorm beherrschen, ihn nicht einfach zu sich aufs Bett zu ziehen.

Doch Joe war noch nicht fertig, abrupt wurde er wieder ernst. »Aber als ich dich gestern Nacht gesehen hab, wie dieser Irre dich festhielt, wie er dich bedrohte, da wurde mir eins ganz klar: Vor Martys Tod bin ich geflohen, und das hat geklappt. Es tut zwar immer noch weh, trotzdem habe ich ganz gut die Kurve gekriegt. Aber wenn dir etwas passiert wäre, Liz ...« Er machte eine Pause und schluckte. »Wenn du heute Nacht gestorben wärst, davor hätte ich nicht fliehen können. Ich hätte mich niemals erholt, mich niemals wieder heil und ganz fühlen können.«

Liz spürte, wie sich ihre Augen unwillkürlich mit Tränen füllten. Sie wusste nicht, was sie mehr berührte: dass Joe so etwas Schlimmes hatte durchmachen müssen, dass er ihr genug vertraute, um ihr das alles so ungeschönt zu erzählen, oder weil sie sich nun ganz sicher war, dass er sie genauso sehr liebte wie sie ihn.

»Und es ist mir völlig egal, ob wir verheiratet sind oder nicht oder ob wir noch fünf Kinder mehr bekommen oder nicht. Selbst wenn ich zugeben muss, dass ich mich schon ziemlich darauf freue, der Dad deiner Kinder zu werden. Das Einzige, was für mich wirklich zählt, ist, dass ich den Rest meines Lebens mit dir verbringen darf. Dass ich der Mann an deiner Seite sein darf. Ich liebe dich.« Er hielt inne und sah sie an.

Jetzt liefen Liz die Tränen herunter, so überwältigt war sie. Joe beugte sich zu ihr und strich ihr langsam und zärtlich über die feuchte Wange. Sie legte ihm die Hand auf die Finger.

»Darf ich jetzt auch etwas sagen?«, fragte sie ebenso ernst und feierlich, wie er es die ganze Zeit gewesen war.

Joe nickte, und Liz seufzte erleichtert. »Willst du mich heiraten, Joe Mariani?«

Er schüttelte den Kopf. »Du musst das nicht tun, wenn du nicht willst. Ich weiß auch so, dass wir zusammengehören. Und meine Familie ist zwar konservativ, aber sie wird sich ... «

Sie unterbrach ihn. Da hatte sie wochenlang darüber nachgedacht, wie sie ihm möglichst romantisch ihre Gefühle gestehen sollte, und dann so was! Wirklich, so hatte sie sich das mit der Liebeserklärung nicht vorgestellt – dieser Mann konnte einen manchmal so richtig zur Verzweiflung treiben. »Verflucht, Joe Mariani, ich liebe dich. Und ich habe überhaupt nichts gegen die Ehe, ich will nur nicht geheiratet werden, weil ich schwanger bin. Hörst du jetzt also bitte auf, so einen Schwachsinn zu reden? Oder besser, sagst du mir verdammt noch mal endlich, dass du mich auch heiraten willst?«, schrie sie ihn an.

»Zur Hölle, natürlich, ja!«, schrie er zurück. Und dann fing er an zu lachen.

Liz schaute ihn an. Offensichtlich übergeschnappt, der Kerl, aber was sollte sie machen? Immerhin war er jetzt *ihr* Kerl.

Sie räusperte sich. »Würden Sie dann bitte Ihres Amtes walten, Chief Mariani, und endlich die Braut küssen?«

Epilog

Acht Wochen später

Liz rutschte auf der harten Kirchenbank hin und her. Eigentlich hatte sie die Sitze von St. Mark's nicht ganz so unbequem in Erinnerung, aber vielleicht lag das an der Schwangerschaft. Und es wurde bestimmt nicht leichter dadurch, dass Ceecee der Tradition alle Ehre machte und Gäste und Bräutigam warten ließ. Cal wirkte schon einen Hauch ungeduldig, bemühte sich aber immerhin großmütig, sich das nicht anmerken zu lassen.

Sie betrachtete Pfarrer Sutton, der neben Cal an der Kanzel stand. Im Gegensatz zum Bräutigam sah er völlig entspannt, ja sogar glücklich aus. Der müde Ausdruck in seinen Augen und die stets leicht gebeugte Haltung, die der Gottesmann so oft zur Schau getragen hatte, waren verschwunden. Er wirkte um Jahre jünger. Der kollektive Seufzer der Erleichterung, der durch die lutherische Gemeinde gegangen war, als Mrs. Irving und er ihre Verlobung verkündet hatten, war bestimmt bis Milwaukee zu hören gewesen. Die beiden würden im nächsten Frühjahr heiraten, das *Lakeview* war schon fest fürs Catering gebucht. Sie und Ceecee hatten bereits die eine oder andere Idee, vor allem seit Mrs. Irving ihnen verraten hatte, dass ihr Zukünftiger eine ganz besondere Vorliebe für die asiatische Küche hatte. Bisher hatte Liz noch nicht besonders viel in dieser Richtung gemacht, aber sie freute sich sehr darauf, sich richtig einzuarbeiten.

Von hinten tippte ihr jemand auf die Schulter. Es war Kirsty Engelson, Robs Sprechstundenhilfe. »He, Liz, wer ist der Typ da in der ersten Reihe? Neben Mrs. McNamara?«, wisperte sie. Liz musste sich anstrengen, sie trotz der Orgelmusik zu verstehen. Der unermüdliche Mr. Tillman vertrieb sich und den Gästen die Zeit mit seinem gesamten Repertoire und war gerade bei einer ungewöhnlich schwungvollen und ziemlich lauten Version von »Amazing Grace« angekommen.

Liz schaute wieder nach vorn und suchte nach Ceecees zukünftiger Schwiegermutter in der ersten Reihe. An Amandas linker Seite sah sie einen blonden Pferdeschwanz und breite Schultern, die passgenau in graues Tuch gekleidet waren. Das konnte doch eigentlich nur ... ?

»Matt!«, rutschte es Liz heraus. »Meine Güte, den habe ich ja ewig nicht gesehen.« Seit der Highschool, genauer gesagt. Aber eigentlich war es ja ziemlich logisch, dass er bei der Hochzeit seines großen Bruders anwesend war, egal, wie wenig er sich sonst blicken ließ. Sie wandte sich Kirsty zu. »Das ist Matt McNamara, Cals kleiner Bruder.«

Kirsty sah sie verwundert an, und Liz beeilte sich, die unausgesprochene Frage zu beantworten. »Er ist wirklich selten hier, deswegen ist es kein Wunder, wenn du ihn nicht kennst. Soweit ich weiß, arbeitet er für irgendeine Nichtregierungsorganisation und ist so ungefähr 360 Tage im Jahr unterwegs, um die

Welt zu retten.« Cal hatte die Berufswahl seines Bruders nach dem Jura-Examen ziemlich ungnädig kommentiert – »schließlich kann er mit den Noten so ziemlich für jede Kanzlei arbeiten« –, was vermutlich auch ein Grund war, warum Matt sich bei seiner Familie so rar machte.

»Hm«, machte Kirsty und wollte sich wieder in die Bank zurücksinken lassen. Doch das verhinderte Liz, indem sie jetzt schnell ihrerseits eine Frage stellte.

»Wo ist eigentlich dein Boss? Und spielt er immer noch mit dem dämlichen Gedanken, die Tierarztpraxis aufzugeben?«

Kirsty zuckte mit den Schultern und schaute sie unglücklich an. »Ich habe nicht die geringste Ahnung, ehrlich. Die Sprechstunde heute Morgen hat er schon vor ewigen Zeiten abgesagt, wegen der Hochzeit, dachte ich. Und vorletzte Woche war irgendein Typ aus Tallahassee da, um sich die Praxis anzusehen. Weiß der Himmel, was er sich dabei denkt. Er gehört doch hierher.«

Sie schauten sich ratlos an, bevor Liz sich wieder nach vorn drehte. Seitdem ihr Rob gesagt hatte, dass er tatsächlich überlegte, die Praxis zu verpachten und zu seiner Schwester nach Madison zu ziehen, hatte Liz immer wieder überlegt, was der Grund dafür sein könnte. Aber aus ihrem Kumpel war nichts rauszukriegen, egal, was sie versuchte.

Wieder rutschte sie unruhig hin und her. Joe beugte sich zu ihr und flüsterte ihr ins Ohr. »Entspann dich, Ceecee wird schon noch kommen.« Sein warmer Atem streifte ihr Ohr, und Liz lief ein angenehmer Schauer über den Rücken.

»Bist du dir sicher?« Sie ließ die Hand auf seinen Oberschenkel gleiten und versetzte ihm einen sanften Klaps. »Ceecee hat vor dem Traualtar nicht so angenehme Aussichten wie ich.«

Joe schüttelte grinsend den Kopf. Sollte er. Sie wusste schließlich genau, dass auch er keiner von Cals größten Fans war.

Sie ließ sich gegen ihren Mann sinken und versuchte sich ein bisschen zu entspannen. Ihre Gedanken wanderten zu ihrer eigenen Hochzeit zurück, und sie seufzte verträumt. Der Tag war schlicht und ergreifend perfekt gewesen! Natürlich – sie musterte den aufwendigen Blumenschmuck, die festlich gekleideten Gäste, sogar ein neues Altartuch entdeckte sie neben Pfarrer Sutton –, Ceecee hatte alles bis ins letzte Detail vorbereitet und geplant, nichts war dem Zufall überlassen. Doch Liz war davon überzeugt, dass keine Feier so wunderbar und festlich sein könnte, wie ihre es gewesen war. Böse Zungen, allen voran natürlich Gabrielle Kershaw, behaupteten zwar, ihre Heirat wäre überstürzt gewesen, aber Liz störte das kein bisschen. Joe war der Mann ihres Lebens, mit ihm wurde es jeden Tag schöner. Außerdem wusste sie wirklich nicht, was er sich noch alles hätte einfallen lassen, wenn er nur ein wenig mehr Zeit zum Planen gehabt hätte. Er und seine Familie hatten es nämlich geschafft, innerhalb weniger Tage eine riesige Party auf die Beine zu stellen – und das auch noch vor ihr zu verheimlichen!

Sie hatte sich die ganze Zeit darüber Gedanken gemacht, ob seine Familie und besonders seine *nonna* nicht tödlich beleidigt wären, wenn er einfach so still und heimlich in Wisconsin heiraten würde. Joe hatte nur abgewinkt und behauptet, in seiner Familie wäre es quasi Tradition, durchzubrennen, weil sie als Italiener nun einmal das richtige Verständnis für *amore* hätten.

So richtig hatte sie ihm nicht geglaubt – wie hätte sie auch ahnen können, dass er sich mit Georgia verschworen hatte, damit sie selbst sich um gar nichts kümmern musste?

Jedenfalls hatten die beiden es nicht nur geschafft, Joes komplette Familie einzufliegen und Onkel Jack für einen Tag aus der Rehaklinik loszueisen, sie hatten sogar die Tillmans überredet, ihren Garten für die Feier zur Verfügung zu stellen, und Aaron Plattner überzeugt, aus dem *Pine Lake Inn* Essen und Getränke zu liefern. Wie Tante Georgia es allerdings hingekriegt hatte, nicht nur eine ausreichende Menge an Geschirr und Gläsern zu besorgen, sondern irgendwie auch noch innerhalb von zwei Wochen ein Feuerwerk zu organisieren, würde wohl für immer ihr Geheimnis bleiben. Als Liz sich bedankt und sie gefragt hatte, wie sie das geschafft hatte, war ihre Antwort zuerst nur ein Lächeln gewesen. Schließlich aber hatte sie hinzugesetzt: »Zwei Wochen, Liebes? Ich wusste seit dem Abend, als du unseren Chief of Police zum ersten Mal erwähnt hast, dass uns bald eine Party ins Haus stehen könnte.«

Dann hatte sie ihre Nichte ganz fest in den Arm genommen und ihr ins Ohr geflüstert, wie lieb sie sie hätte, wie froh sie sei, Liz wieder bei sich zu haben, und wie sehr es ihr Herz wärmte, dass sie so einen wunderbaren Mann wie Joe gefunden hatte. Es war ein ganz besonderer Moment für sie beide gewesen, einer, an den Liz sich noch lange, lange voller Dankbarkeit und Liebe erinnern würde.

Liz war im Nachhinein sehr froh, dass sie nicht gewusst hatte, wie bald sie auf ihre Schwiegerfamilie treffen würde. Besonders vor der Begegnung mit Francesca hatte sie ziemlichen Respekt gehabt. Nicht ganz unbegründet, wie sich herausstellen sollte, denn die alte Dame hatte sie auf der Hochzeitsfeier einem ziemlichen Verhör unterzogen. Bis heute war Liz sich nicht sicher, wie sie abgeschnitten hatte, zumal sie hatte zugeben müssen, dass sie noch nicht darüber nachgedacht hatte, zum Katholizismus zu konvertieren. Francesca hatte sie bei der Gelegenheit gleich mehrmals gefragt, was sie hier in Wisconsin dafür in die Wege leiten müsste. Den Rest von Joes Verwandtschaft fand sie aber genauso aufgeschlossen und nett wie Chuck – und bei ihr und Joes Mutter Alma war es geradezu Liebe auf den ersten Blick gewesen, anders konnte sie es gar nicht bezeichnen. Außerdem, wenn Joe ein so liebevoller Vater wurde wie sein Bruder Benny, dessen Tochter Tara ...

An dieser Stelle wurde Liz' seliges Schwelgen in Erinnerungen jäh unterbrochen, denn Mr. Tillman setzte mitten in »Joyful, Joyful« mit dem Spielen aus. Doch anstatt wie erwartet den Hochzeitsmarsch anzustimmen, blieb die Orgel stumm. Liz blickte auf und sah, dass der Platz am Altar – wo gerade eben noch Pfarrer und Bräutigam gestanden hatten – jetzt leer war. Sie setzte sich auf. Wo war Cal? Sie warf einen Blick auf ihre Uhr. Hm. Ceecee war tatsächlich schon über eine halbe Stunde zu spät. Aber das erklärte natürlich nicht, warum Cal und Pfarrer Sutton so plötzlich verschwunden waren. Ratlos schaute sie Joe an. »Wo sind denn alle?«

Joe zuckte mit den Achseln. »Ich konnte nur sehen, dass jemand Cal ein Zeichen gegeben hat, vorn aus dieser Tür raus, neben dem Altar. Wenn ich mich nicht irre, war das Vince Kaufman.«

»Vince?«, fragte Liz nach. »Was macht der denn hier? Er müsste als Brautvater gleich Ceecee reinführen, es kann mir doch keiner erzählen ...«

Sie brach ab. Ihr Herz machte einen Sprung, als Joe sie angrinste – und diesmal lag es ausnahmsweise nicht an seinem sexy Lächeln. Okay, an dem auch, aber nicht nur. Könnte es wirklich sein, dass ...?

»Denkst du, was ich denke?«, wollte sie wissen.

»Vermutlich schon«, bestätige Joe. »Was machen wir eigentlich hier, wenn wir woanders unsere Zeit viel besser verbringen könnten?« Er beugte sich zu ihr und flüsterte ihr ins Ohr, an was er dabei genau dachte.

Ihr wurde warm. Nur mit Mühe gab sie sich ungerührt und zog die Augenbrauen hoch. »Das musst du mir später noch mal ausführlich erklären, Liebling. Oder vielleicht besser gleich vormachen. Wenn wir nicht mehr in einer Kirche sind.« Sie griff nach seiner Hand. »Aber nein, diesmal habe ich ausnahmsweise nicht *daran* gedacht.«

Joe grinste wieder. »Nein? Und das, wo wir noch keine zwei Monate verheiratet sind? Offenbar muss ich meine ehelichen Pflichten gründlicher wahrnehmen.«

»Darauf komme ich zurück, versprochen. Aber jetzt ...«

Er lächelte sie an und drückte ihre Finger. »Jetzt willst du hauptsächlich eins wissen, oder? Geht mir ehrlich gesagt genauso.«

Sie sahen sich an. Und dann sagten sie gleichzeitig: »Wo zur Hölle ist die Braut?«

Rezepte

Veganer Schokokuchen

Saftig, schokoladig, mit glänzendem Guss – wenn ihr wie Liz Brownies mögt, werdet ihr diesen Schokokuchen lieben! Als Backform kann man eine eckige Form verwenden (20 x 20 cm) oder auch eine nicht zu große Springform.

Zutaten

für den Teig:
  180 g Mehl
  175 g Zucker
  50 g guter Backkakao
  3 TL Backpulver
  1 Prise Salz
  250 ml warmes Wasser
  80 ml geschmacksneutrales Pflanzenöl
    (z. B. Sonnenblumenöl, Rapsöl)
  etwas zum Aromatisieren, wie
    Vanille(-zucker) oder Orangenschale

für den Guss:

90 g Zucker

55 g vegane Margarine

30 ml Pflanzenmilch, wie Hafer-, Mandel- oder Sojamilch (und nein, Joe hat unrecht, niemand sagt »Mylch«, oder?)

20 g guter Backkakao

etwas zum Aromatisieren, s. o.

optional: essbaren Goldglitter

Zubereitung

Den Backofen auf 175 °C (Ober-/Unterhitze, 155 °C Umluft) vorheizen. Die trockenen Zutaten, also Mehl, Zucker, Kakao, Backpulver, Aromazutat und Salz, gut vermischen. Dann das warme Wasser und das Pflanzenöl unterrühren. Das kann man sogar in der Backform selbst machen, denn die muss nicht eingefettet werden – dann solltet ihr nur darauf achten, dass ihr nicht allzu viel Teig an die Ränder spritzt bzw. mit einem Spachtel die Ränder säubert.

Für 30 Minuten backen oder bis keine Krümel mehr am Zahnstocher hängen bleiben, wenn man ihn in die Mitte pikt. Kuchen vollständig abkühlen lassen.

Für den Guss Zucker, Margarine, Pflanzenmilch und Kakao in einem kleinen Kochtopf aufkochen und zwei Minuten unter Rühren köcheln lassen. Vom Herd ziehen und die Aromazutat hinzufügen, zwei, drei Minuten abkühlen lassen, auch dabei rühren. Gleichmäßig über den Kuchen verteilen. Der Guss wird wirklich schnell fest, wenn ihr ihn also wie ich gern mit essbarem Goldglitter verziert, solltet ihr den unbedingt schon griffbereit haben.

Schmeckt am nächsten Tag fast noch besser als frisch.

Schokokuchen ohne Mehl

Rezepte für tollen Schokokuchen und die unterschiedlichsten Lebenslagen und Gäste kann man ja nie genug haben. Das folgende Rezept ist zwar nicht vegan, aber dafür glutenfrei – und Ceecee und ich mögen es insgeheim fast noch mehr als Liz' und Joes Favoriten.

Zutaten

125 g Butter
125 g dunkle Schokolade z. B. 70 %-ige Schokodrops
3 Eier (Größe M)
50 g Zucker

Zubereitung

Butter und Schokolade im Wasserbad schmelzen. Währenddessen die Eier mit dem Zucker so lange aufschlagen, bis der Zucker sich vollständig gelöst hat und die Masse hellgelb ist. Ihr könnt das auch mit den Fingerspitzen testen – wenn ihr keine Zuckerkörner mehr fühlt, ist es perfekt. Schokolade-Butter-Gemisch vorsichtig unter die Eier-Zucker-Masse rühren und dann in eine gefettete Springform (20 cm) geben. Den Teig ca. eine halbe Stunde kühl stellen, bis sich die größten Luftbläschen verabschiedet haben, man kann die Form zusätzlich auch ein-, zweimal sanft auf die Arbeitsplatte schlagen. Dann für 20 Minuten bei 200 °C (Ober-/Unterhitze, 180 °C Umluft) backen.

Gebratene Oliven

Eine Profiköchin wie Liz könnte Joes Rezept vermutlich auch ohne größere Probleme selbst nachbauen – für mich war es allerdings eine richtige Offenbarung! Die Oliven sind sehr gut vorzubereiten und machen trotz minimalen Aufwands echt was her.

Zutaten

250 g Oliven
  (grün und/oder schwarz, aber Hauptsache, gut! Das heißt leider, mit Kern.)
1 ½ EL Olivenöl

1 Knoblauchzehe, leicht zerdrückt
1 Zweig Rosmarin oder Thymian
½ EL Rotweinessig
Pfeffer und evtl. Salz

Zubereitung

Oliven entkernen (das macht Joe für Liz besonders gern, aber natürlich kann man die Oliven auch ganz lassen). Das Öl in einer Pfanne bei mittlerer Temperatur erhitzen, dann die Knoblauchzehe dazugeben und für eine Minute braten. Oliven und Kräuter zufügen und unter gelegentlichem Rühren alles ein paar Minuten weiterbraten. Mit dem Essig beträufeln und pfeffern. Zum Schluss solltet ihr probieren, ob die Oliven vielleicht noch etwas Salz brauchen. Heiß, warm oder bei Raumtemperatur servieren – Joe empfiehlt die Raumtemperatur selbst dann, wenn man vorher nicht noch angenehm beschäftigt ist.

Ein grosses DANKE geht an

… Esther Madaler für die Mails zur rechten Zeit, den Enthusiasmus und den Einsatz für meinen Erstling,

… Stefanie Kruschandl und Steffi Korda fürs Mutmachen, Lesen und Lektorieren,

… meine Agentin Sarah Knofius für die vielen Tipps (»Atmosphäre, Atmosphäre«) und das Händchenhalten,

… meine Schwester Sabine für die Begeisterung, die konstruktiven Hinweise und das Italienisch,

… meine Freundin Silvia fürs Zuhören und Diskutieren, überhaupt an all die Freund*innen, die sich geduldig meine bestimmt oft ebenso freudigen wie wirren Ausführungen über Wisconsin, Plot Points, Polizeiarbeit in New York, italienische Küche und Deadlines angehört haben. Ihr seid die Besten, ich bin so froh, dass es euch in meinem Leben gibt,

… Joe und Liz, die nicht lockergelassen haben, bis ich ihre Geschichte endlich da hatte, wo sie sie haben wollten.

Und nicht zuletzt danke ich allen Leuten, die bis hierhin gelesen haben – ich kann nur hoffen, dass ihr dabei genauso viel Spaß hattet wie ich beim Schreiben. Danke!